メイドなら当然です。
濡れ衣を着せられた万能メイドさんは旅に出ることにしました
Ⅱ
"This is a common
The supermaid has
being falsely
三上康明
Illustration
キンタ

ニナの旅行記

旅に出るというので奮発して新しい手帳を買ってしまいました……！
旅のことを書き記していきたいと思いまして。
わたしの旅で、最初に出会ったのはエミリさんでした。
エミリさんはとても才能のある魔導士でいらっしゃって、
なんと「第5位階」まで魔法を使えるんです！
ただ、魔力筋に少々問題があったので、
それを解きほぐすお手伝いをさせていただきました。
そうしたらエミリさんは、わたしの旅の、その、
仲間……になってくださったのです！
仲間、です！　すごいでしょう？
生まれて初めて国境を越えた先はフレヤ王国です。
発明家のアストリッドさんと、メイドの依頼を通じて出会いました。
アストリッドさんはとても才能のある発明家でいらっしゃって
……ってエミリさんと同じふうに書いてしまいましたが、
アストリッドさんはエミリさんととても仲が良くて、
そのせいでしょうか、アストリッドさんも
旅の仲間になりたいとおっしゃってくださいました。
とても頼りになるお姉さんなのです！
3人で次に向かったのはウォルテル公国にあるイズミ鉱山です。
鉱山見学をしたかったわたしは、月狼族のティエンさんと出会いました。
ティエンさんは鼻がよすぎるために、
食事が美味しく感じられないという苦しい状態にあって、
僭越ながらお食事を作らせていただきました。
それから、イズミ鉱山の崩落事故、
復旧作業と大変なことが続きましたが、ティエンさんとも仲が良くなり、
わたしたちの旅についてきてくださることになりました。
ティエンさんは、離ればなれになったご両親を捜したいのだそうです。
あんなに可愛らしいのに、とっても力持ちなんですよ。
いろいろな場所を巡り、素敵な人たちと出会う。
旅ってほんとうにすばらしいですね！

●これまでの旅程
クレセント王国王都「三日月都」→商業都市フルムン→
「発明の国」フレヤ王国→ウォルテル公国「イズミ鉱山」

c h a r a c t e r

エミリ

魔導士の少女。
いつまでも見習いレベルの魔法しか使えないため、
「永久ルーキー」とあだ名をつけられていたが、
ニナのおかげで『第5位階』の
魔法を使いこなす一流魔導士となる。

ニナ

冤罪により屋敷を追い出されたことをきっかけに、
旅をしているメイドの少女。
一見地味な女の子だが、
その実どんな仕事も完璧にこなすスーパーメイドさん。
「メイドなら当然です」が口癖。

ティエン

少数民族「月狼族」の少女。
働く街の食事が合わず、
常に空腹で力が出なかったが、
ニナが原因を解明したことで本来の力を取り戻し、
両親を捜すためにニナの旅に同行する。

アストリッド

女性発明家。
発明のための実験が上手くいかず
燻っていたが、
ニナのアドバイスにより
世界を変えるような大発明に成功する。

contents

プロローグ　万能メイドさん、ただいま求職中

高貴な人々の間でひっそりとウワサが流れていた。

クレセンテ王国にその人ありと言われたマークウッド伯爵は、それまでの権勢がまさに砂上の楼閣であったかのように崩れ落ちたのだけれど――それはたったひとりのメイドによって支えられていたのだと。

魔導士の頂点と名高い「五賢人」のひとり、トゥイリード＝ファル＝ヴィルヘルムスコットが執心しているのはひとりのメイドだと。

ウォルテル公国を治める公爵閣下が大金を積んでまで欲しているのはただひとりのメイドだと。

「――そのメイドがいればお屋敷は常に清潔に保たれ、万病を退けるというな」

「――ほう？　ワシが聞いたのはそのメイドは幸運を招く存在であり、いるだけで巨額の富が転がり込んでくるというが」

「――あらあら、私が聞いたのはそのメイドが作る料理は絶品で、今まで味わったことのないものを作ってくれるとか」

「――私は違う話を聞いた。なんでもそのメイドは……死者すらよみがえらせるという」

ウワサには尾ヒレどころか背ビレも胸ビレも、おまけに触角までついて広がっていた。そのせいでだんだんと本気にする者は少なくなったのは、そのメイド本人にとっては幸いなことだった。


「おーい、そこのメイドさん。お使いかい？　ウチが仕入れている香辛料、絶品だからさ、お屋敷の旦那様に勧めてくれないか？」

「あっ……いえ、わたしは今休職中の身でして……」

「なんだい、食いっぱぐれかい。そんなら斡旋《あっせん》所を紹介してやろうか」

「ありがとうございます。ですが、ちょうど向かっているところですので大丈夫です」

「そうか。いい仕事が見つかるといいな！」

「はいっ！」

ウワサの渦中にいるメイドは露店の店主にぺこりと頭を下げると先を急いだ。

ウォルテル公国の首都セントラルファウンテン。

今まで見てきた首都の中ではもっとも小さいのだが、小さいながらに主要な施設同士のアクセスはよく、住人は活気にあふれていた。

特徴があると言えば、都市の内部を縦横無尽に走っている水路だろう。水が豊富なウォルテル公国は管理された水路がある。これは飲み水としても使えるほどキレイで、市民の洗い物や洗濯物に利用されていた。

首都の近くには水平線が見えるほどの巨大湖があって、フレヤ王国とウォルテル公国を隔てる山脈にまで続いている。

この水がどこから来てどこに消えているのかはいまだに明らかになっていない。というのも、どんな大雨があっても湖が氾濫したことは過去に記録が残っておらず、おそらく大量の伏流水がどこかへ消えているはずなのだが、湖には肉食の巨大モンスターが棲息《せいそく》しているので調査が進まないのだ。

そんな巨大モンスターを首都の市民が恐れているふうはなかった。なぜかと言えば、湖には大量のカエル系モンスターがおり、カエルたちを巨大モンスターたちは食べて満足しているからだった。だからと言って船を出して湖を渡ろうとでもしようものなら、巨大な魚影が現れて船は沈められてしまうので、この湖は手つかずの自然として残っていた。

つまるところ市民にとっては「水がたっぷり使える」こと以外に影響はなく、首都で暮らす人々は水の恩恵にあずかっていた。

そんな首都の、メイド仕事の案内所は中心部にあった。こぎれいな石造りの建物は他のものと同じで、どこか事務的に感じられるほどに素っ気なかった。

小さな石造りの橋が架けられていて、その下をたっぷりとした水が流れている。

「ここですね」

メイド服を手で払ってホコリを落とす。左右のお下げに手を触れて髪が乱れていないことを確認。

ヘッドドレスの位置もオーケー。

その一連の動きは流れるようで、ものの数秒もかからない。

「では、お仕事を探しに行ってみましょう」

メイドは――ニナは、案内所に足を踏み入れた。


首都セントラルファウンテンに到着したのは昨晩も遅くだった。

同行者であるエミリ、アストリッド、それに新たな仲間となったティエンの3人はひょっとしたらまだ眠っているかもしれない。

世界の各地を見てみたい――小さな村の生まれで、村と雇われたお屋敷の周囲しか知らなかったニナにとってそれはたったひとつの「やってみたいこと」だった。

観光の旅。

観光をするにはお金が掛かる。

お金に困っているわけではないけれど、稼げるときには稼いでおく――それがニナたちの共通認識だった。首都ならば仕事も多いはずだ。

滞在期間は数日から、長くて10日程度を考えていた。

その間に街を見て回りつつ、お金を貯《た》めて次の町を目指す。

ティエンは「両親を捜す」という目的があるので彼女にはそちらをやってもらいつつ、ニナは短期のメイド仕事でお金を稼ぐつもりだった。

首都の案内所に入ると、朝いちばんにやってきたせいもあるだろう、人でごったがえしていた。

女性の多くは大人しい服装。

男性の多くは身なりをよくしている。

メイド服姿はいない。メイド服はお屋敷で支給されるものだからだ。

だからこそニナは目立ったのだけれど、ニナを見て驚く人はいても文句を言ったりひそひそ話したりする者はなかった。

できる人たちだ。

（皆さん、お屋敷で働いた経験がありそうですね……！）

同業者と書いて「なかま」と読んだニナは口元が緩む。

旅が長くてこの空気を忘れていた。もしもここが冒険者ギルドだったら必ずひとりは「おいおい、メイドのお嬢ちゃんがこんなところでなにしてる？」と絡んできたことだろう。

「次の方——あら、あなた、自分のメイド服を持っているの？」

カウンターにいた中年の女性はニナがやってくるとそう言った。

「はい。ですがお屋敷に制服があるのでしたらそちらを着用いたします」

「紹介状は？」

「……ございません」

「それじゃ身分証は、と……あら、冒険者ギルド。あなた首都の外……しかも国外から来ているのね？」

「はい」

にっこりと笑って、女性は言った。

「ご紹介できる仕事はないの、ごめんなさいね。――はい、次の方」

「え」

えええっ!?　……という驚きは、実はそこまでない。

メイドの仕事とはお屋敷に入り込まなければいけない。そのメイドは身元がはっきりしているか、とか、仕事ぶりは真面目か、とか、そういうところで判断されるのだ。

つまり「紹介状」がモノを言う。

もしそれがなければ「身分証」で確認して、たいしてお屋敷に入り込まなくてもいいような仕事を請け負い、信頼を勝ち取れれば正式に採用される……そんな世界なのだ。

「うう……わかってはいましたが、厳しいです……」

案内所を出ると、すこしだけ恨みがましい目でその建物を見上げてしまうニナだった。

「エミリさんか、アストリッドさんか、ティエンさんのお手伝いをしましょうかね……」

高貴な人々の間でウワサになっているそのメイドは――能力を発揮して活躍しているどころか任せてもらえる仕事すらなかったのだった。

第1章 老舗商会をめぐる陰謀

ウォルテル公国の首都、セントラルファウンテンの目抜き通りには多くの商会が店を出しているのだが、ここに出店できるのは古くから商いを営んでいる老舗《しにせ》に限られていた。

「ゴールディング商会」もそのひとつだ。

大きくはないけれど、さりとて首都セントラルファウンテンに長く住んでいる者なら当然知っている老舗。

「…………」

だけれどその店内は、

「……全っ然ダメね、赤字まっしぐら」

閑古鳥《かんこどり》が鳴いていた。

商会長であり店長でもあるクレア＝ゴールディングは、事務室で頭を抱えていた。

何度帳簿を見ても赤字だった。ナナメから見ても赤字だった。誰かが改ざんしたのでは？　と思ってよぉく見てみたが紛《まご》う方なく自分の字だった。

その数字が表しているのは、代々貯め込んできた銀行の貯金残高がどんどん減っているということだった。

「はぁ……参ったわね」

前髪が垂れないようヘアバンドで留めた、ウェーブの掛かった赤茶色の豊かな長髪は美しい。

平均的な女性よりも大柄で、肉付きもよい健康的な彼女は、28歳という年齢だったが独身。この世界では10代の結婚もふつうなので、クレアはだいぶ遅れているほうだった。

それでも彼女は焦っていない。

「——やあ、クレア」

「！」

裏口から入ってきた長身の男は、クレアより間違いなく年上だろうという渋めのイケメンだった。がっしりとしたアゴにはヒゲが生えており、ごつごつした手には細かな傷がいっぱいついている。

「今から工房で仕事？」

彼が身につけているのは厚手の布で作られたエプロンに、ツナギだ。職人然としたスタイルだった。

「ああ、そうだよ。君は——帳簿の管理かい？」

「え、ええ……」

クレアは悩んでいたことを隠すように帳簿を閉じて彼のそばへと向かった。

「大丈夫かい？　表情が陰っていたが……」

「もちろん、平気」

クレアよりも大柄な彼にそっと抱きつく。こうしていると安心する。目の前の赤字の悩みをいっとき忘れられる。

「ケットも魔道具の開発、がんばってね」

「ああ、もちろんだ」

そう言うとケットは手を振って去っていった。

「ふー……ケットにああは言ったけど、どうしよ……。主力に置いてる魔道具が全然売れてないのよね……ケットががんばって開発してくれてるのに……」

クレアはイスに戻るとまた長々とため息を吐《つ》いた。

そこへ、店員が入ってくる。

「店長、お客さんですよ」

「そりゃ商店なんだから客だって来るでしょうに」

「そうじゃなくって、店長と話したいって」

「あたしと？　誰？」

「いや、それが……」

店員は困ったように言った。

「メイドさんなんです」

案内所で仕事をもらえなかったニナが宿に戻ると、すでにエミリも、アストリッドも、ティエンもいなかった。「お仕事を探しに案内所まで行ってきます」というニナの書き置きの下に、「冒険者ギルドで月狼族《げつろうぞく》のこと聞いてくる。エミリ・ティエン」、「発明家協会を見てくるよ。アストリッド」という文字が追加されていた。

「あら……」

そうなるとニナにやれることは少ない。

宿の部屋の掃除はものの数分で終わり——信じがたいほどにピカピカになっていて、数時間後に戻ってくるエミリが二度見するほどである——残りの時間をどう過ごすか。

「あ！　ここはセントラルファウンテンでした！」

ニナはひとつ思いついたことがあった。

それはパーティーの仲間、ティエンのことだ。

ひもじさを抱えながら鉱山労働者として働いていた彼女。鉱山街の食料は外からの輸入に頼っていたのだけれど、そこに使われた保存料のニオイがどうしてもダメで、ティエンはちゃんと食事ができていなかった。

ニナはその保存料を使っていない食材を探し出してティエンの問題を解決したのだが——その食肉を卸していた商会がここ首都にあったのを思いだした。

商会の名は「ゴールディング商会」。

食肉販売の老舗だ。

街の外にはモンスターや盗賊なんぞがいるこの世界で、畜産業を営めるほどの広々とした土地を確保するのはとても大変。

せめて、お礼を一言伝えたいと思っていた。

お昼にはまだ早いという時間に、ニナは「ゴールディング商会」へとやってきた。

「………」

だけれどニナは、足を止めてしまった。

ドアへと続く石段は泥がついたままで、店の看板もくすんで見えた。手入れがされていない。

ドアを開いて店舗に入ると、日中だというのに薄暗さを感じた。窓の汚れが放っておかれているので光がちゃんと入ってきていない上に、ランプの明かりも絞られていた。

「……こんにちは～」

入ってすぐの陳列棚には魔道具が並んでいるのでますますニナの頭には「?」が浮かんでしまった。

ここは食肉販売の老舗だったのでは……。それに魔道具を販売しているのに室内で油のランプを使っているのはなぜ……?

ニナが奥へと進むと店の隅に食肉のコーナーがあった。だがその量は少なく、塩漬けや燻製《くんせい》にされたものが並んでいるだけで、あまり美味《おい》しそうには見えなかった。

「あ、いらっしゃい。……あれ?　あなたどちらのメイドさん?」

ニナに気がついた店員がやってくる。広い店舗の割にひとりしかいないのだろうか。

「店長はいらっしゃいますか？」

「店長ですか？　はい、いますが……呼んできましょうか」

「よろしくお願いいたします」

ぺこりと頭を下げると店員は「ちょっと待っててくださいね～」と奥へと去って行った。

「………」

なんだか変だなと思いながらニナは周囲をもう一度見回す。

掃除もあまりされていない。魔道具の販売価格を見ると結構な高額だ――少なくともアストリッドが出身のフレヤ王国では、この半額で売っているだろう。

そして、豚肉。

嫌われ者が隅に追いやられたようにも見え、その扱いの悪さがなんとも悲しかった。

「――あたしが店長のクレアだけど……アンタどこのお屋敷のメイド？」

奥から店長がやってきた。

「初めまして。ニナと申します。実は――」

ニナが優雅に頭を下げて礼をすると店長はハッとした。

「も、もしかしてどこかお貴族様のお屋敷からいらっしゃったんですか!?　ということはついに、ウチの魔道具を認めていただけたということでしょうか！　よかったぁ……うちのケットの才能はいつか認められるってわかってたんです。他の連中……その、ありますでしょう？　ヌーク商会とかロンダッド商会はウチの技術を盗んだんだって、いつか証明されると思ってましたから」

いきなりまくし立てられ、ニナは目をぱちくりさせる。

「その、申し訳ありません。誤解を解きたいのですがわたしは今は……お屋敷では雇われておりません」

「……へ？」

「それとここに参りましたのも魔道具のことではないんです。実は、ゴールディング商会で卸している食肉についてお話をしようと思いまして」

「………………」

「……あの？」

ニナは首をかしげる。

そんなにおかしなことを話したつもりはなかった——魔道具がどうのと言い出したのは店長なのだから、誤解は解けたはずだ。

店長は、拳を握りしめ、ぷるぷる身体《からだ》を震わせた。

「……出てってくれ」

「え……？」

「出て行けって言ったんだ！　魔道具じゃないだけならまだしも、肉だって!?　肉!?　どうせアンタ、ヌーク商会に雇われて嫌がらせしにきたんだろ！」

「え？　え？　え？」

「出て行け！」

ニナが目を瞬かせていると、先ほどの店員が飛んでくる。

「て、店長落ち着いて……お客さんも、今日は出直していただいたほうがよろしいようですね」

「二度と来るな！」

「す、すみませんっ」

あわてて頭を下げるとニナは逃げるように店を出た。

「え……？」

店を出てみたけれど、なにがなんだかわからない。

保存料を使わない食肉を鉱山街に届けてくれていることに、感謝を伝えたいだけだった。

それなのに取り付く島もなく「出て行け」となってしまった――。


「――ということがありまして」

その日の夜、宿ではニナたちが今日あった出来事をそれぞれ話していた。

最初にエミリとティエンが話したけれど、ティエンの両親である月狼族に関する情報はなかったという。

次にニナが、話したところだった。

「…………」

「…………」

　エミリとティエンが黙りこくっている。ややあってエミリが低い声で、

「……それ、どこの商会って言ったっけ？」

「ゴールディング商会ですが……」

「そう、わかったわ。あたしは魔法でその店舗を吹っ飛ばせばいいのね？」

「違いますよ!?　どうしてそうなったんですか!?」

　いったいなにをどう「わかった」のかと言いたいニナである。

「エミリは正しい。チィも手伝うのです」

「ティエンさんまで!?」

「わかってるじゃない、ティエン。ニナがわざわざ感謝の気持ちを伝えにいったにもかかわらず、勝手に勘違いしていちゃもんつけて追い払うような商会は悪徳に決まってるわ」

「そのとおりなのです」

「違いますよ!?　きっとなにかの行き違いですからね、くれぐれも早まったことはしないでくださいね……？」

　ニナは内心で首をかしげる。

　エミリとティエンはこんなふうに過激派だっただろうかと。

　いや、エミリは元々過激派のケがあったけれどもティエンは落ち着いていたはずだ。

「ふふっ、ふふふふふ……あっははははは」

　するとひとり、傍観していたアストリッドが笑い出す。

「ア、アストリッドさん、笑ってないで助けてくださいっ……！　放っておいたらおふたりがとんでもないことをしてしまうかもしれませんよ!?」

「ああ、ごめんごめん。ふたりともニナくんが邪険に扱われて腹を立てているだけさ。本気で店を燃やしたり破壊したりはしないから安心して」

「そ、そうなんですか……？」

ニナがエミリとティエンを見ると、

「…………」

「…………」

ふいっ、とふたりは視線を逸《そ》らした。

「えっ？　ふたりとも今のは本気じゃなかったよね？　本気だったら結構ヤバイ発想なんだけど？」

むしろアストリッドが焦るが、ふたりから返事はない。

「……と、ともかくだね、ゴールディング商会は少々ワケありっぽいじゃないか。調べてみたら面白いんじゃないかと私は思うんだけれどね」

「なんでよ」

ムスッとした顔でエミリが言う。

「向こうが一方的におかしなことしてきたのよ？　どうしてアストリッドが調べようとか言ってんのよ。興味本位で言ってんの？」

「ああ、それにはふたつ理由がある」

アストリッドは長い足を組んで細く長い人差し指をピンと立てた。

こうして見ると彼女はまるでファッションモデルのようだった。

「ひとつ目は、ニナくんがその商会にお礼を伝えたいという目的を果たせていない。もちろん、向こうとしてはそれが商売だからやっていることなのだろうけれど、それでもニナくんに……いや、私たちにとっては、ティエンくんを救った肉を届けてくれた商会じゃないか。特別な思い入れがある」

「そ、それは、そうだけど……」

「後ね、お礼だけではないんじゃないのかなって」

「え？　どういうことよアストリッド」

「それはニナくんの考えで、私はわからないよ」

「はぁ？」

わからない、という顔でエミリがニナを見ると、

「あははは……アストリッドさんにはお見通しですか。実はちょっと食肉の保存方法についてお話ししたいこともあったんですが、でもその機会がなかったのでもう大丈夫です」

「機会がなかったと決めるには早いかもしれないよ」

「どうしてでしょうか？」

ニナが首をかしげると、アストリッドは人差し指の次に中指を伸ばした。

「ふたつ、理由があると言ったでしょ？　もうひとつの理由は……これよ」

アストリッドはポケットから取り出した小さな紙片をテーブルの上に置く。

大きさこそ小さかったが、偽造防止の魔術証書であり立派なものだった。

残り３人がその紙をのぞき込むと、そこにはこう書かれてあった。

> ウォルテル公国発明家協会依頼書
>
> 発明家アストリッド＝マホガニー殿に次の内容を依頼する。
> ・依頼主の指定する魔道具を修繕すること
> ・修繕の詳細については依頼主に確認すること
> 報酬は、５千テルとする
> 依頼主は、ゴールディング商会である

５千テルとはそこそこ重要なポストについている役人の月給くらいだ。

つまり発明家協会に出されていたゴールディング商会からの依頼を、アストリッドは受けて来たのだ。

「私が今日なにをしていたのか話していなかったね。まずはそこから話そうか」

にこりとしてアストリッドは話し出した――。

早朝は冷ややかで、清浄な空気が王都を漂っている。

各家から立ち上る炊煙を嗅ぐと、あちこちの家でスープを温め、パンを焼いているのがわかる。屋台では巨大な蒸し器で蒸しパンを作ったりイモをふかしたりしているし、ランチボックスとしてサンドイッチを売り出しているところもあった。

チキンを挟んだもののように見えたが、よく見るとそれはカエルの肉だ。近くの巨大湖で獲れるカエル系モンスターの肉らしい。

「くぁ……」

アストリッドは欠伸《あくび》をかみ殺した。

昨日は「首都到着記念〜！」とか言ってエミリと遅くまでワインを飲んでしまった。

ニナとティエンはすやすや眠ってしまって――夜中にティエンが起きてきてニナのベッドに潜り込むのもいつものことで――日の出前に起きたニナがアストリッドのために酔い覚ましのスープを作ってくれた。

「……あれがなかったらヤバかったなぁ」

なにが入っているのか知らないけれど、飲めば身体の芯から温まって、夏でも指先と足先が冷えるアストリッドですら身体がぽかぽかする。

頭がちょっとふらりとするけれど、ほどなく全快するだろう。

「ニナくんがいると、私はどんどんダメになってしまうなぁ」

自覚しつつもまったく自制する気がないアストリッドである。

「――と、ここか」

ゴールディング商会へとやってきた。表の扉をノックするが返事はない。裏手に回ると細い路地裏になっており、そこでばったりとゴールディング商会の裏口から入ろうとしている女性に出くわした。

アストリッドも身長が高いが、それと同じか、向こうが少し大きいだろう。

赤い髪の豊かな人だった。

「あら、アンタは……」

「発明家協会から来たんだ」

ひらりと依頼票を差し出すと、女性はそれを受け取った。

「アンタが発明家……？」

「ああ、そうだよ」

「女じゃないか」

「あなたも女性のように見受けられるけれどね」

「！」

言い返された女性はハッとすると、

「……それはそうだね、失礼したね。アタシはクレア＝ゴールディング」

「アストリッド＝マホガニー。フレヤ王国で発明家登録した正真正銘の発明家だよ。これが登録証」

「フレヤ王国!?　名門中の名門じゃないか。さあ、入っとくれ。依頼の話をする前にお茶でも淹《い》れるよ」

ニカッ、と笑った彼女はアストリッドと握手をすると、アストリッドの肩をぱんぱんと叩《たた》きながら中へと入っていく。

事務室は雑然としていて様々な帳簿が並んでいた。給湯エリアも小さいながらついていて、そこでお茶を淹れながらクレアは言う。

「すまないね……アンタに『女じゃないか』なんて言ってしまって」

「いいさ、よくあることだよ」

「それがさ、アタシ自身が『女のくせに商会長なんかやりやがって』ってふだんから言われてんのよ。そのくせに、同じように思っちまうなんてねえ……。はい、どうぞ」

「ありがとう」

お茶の入ったカップを受け取ると、香ばしくも甘い香りが漂った。コーン茶らしい。

それからしばらくクレアとアストリッドは世間話に花を咲かせた。

豪快ながら商売人らしく人を飽きさせないトークが上手なクレアを見て、アストリッドは思う
――これがほんとうに、怒ってニナを追い返したような人物なのかと。

それが気になってアストリッドは、

「そう言えばゴールディング商会は魔道具をずっと扱っていたのかい？」

と聞いてみた。

すると、はぁ、とクレアはため息を吐く。

「実はね……他国から来たアンタは知らないかもしれないけど、ウチはさ……昔から畜産農家と取引があるんだ。それで食肉を流通させてる……この公爵領にあるレストランやホテルじゃ、ウチの名前を知らないところはモグリだと言ってもいいかもね」

「ほう、そんなに。でもどうして浮かない顔なんだい？」

「……アンタにだから言うけどさ」

ぽつりとクレアは言う。

この短時間ではあったが、発明家協会から正式に依頼された人物であること、フレヤ王国の発明家であることがアストリッドの信用を高めたらしい。

「昔からね……食肉の卸商会だというだけで、そこの跡取り娘であるアタシは『豚女』だなんてからかわれてきたんだよ」

なるほど――とアストリッドは合点がいった。

彼女はそれがコンプレックスだったのだ。

いきなりやってきて魔道具には目もくれず「肉」について言い出したニナは、不幸な偶然で、彼女のコンプレックスを刺激してしまった。

（……これはよほど深い傷のようだね）

アストリッドはそう推測する。

勘違いでニナを責め立てたことはよくないし、アストリッドも腹立たしい思いをしたものだけれど、話を聞いてみればクレアもつらい思いをしてきたようだ。

そのとき裏口のドアが開く音がした。

「――クレア、いるか？」

男の声だ。

「いるよ、ケット――ちょっと待ってて」

そうしてクレアは立ち上がり裏口へと向かったのだが、髪の毛がはねていないか確認したりしつつ足取りは軽やかだった。

（ふーん、なるほどね……）

とアストリッドはクレアとケットの仲に気づいた。

ふたりの姿は見えないが声は聞こえてくる。

「――今日はやけに早いじゃないか」

「――そ、それはだな、お前が発明家協会に依頼をしたとか聞いたから……そんなのはウソだよな？」

「――ほんとうだよ。アンタにも話すつもりはなかったんだけど」

「――なんでだ？　俺がそんなに頼りないのか？」

男の声はがっかりしているとか困惑しているとかいう感じではなく――アストリッドが聞いた感じでしかないのだが「腹を立てている」ような口調だった。

「――違うって。アンタの研究の邪魔をしたくなかっただけさ……今回は『魔道具の修繕』という建て前で依頼はしたんだけど……頼みたいのは……」

ごにょごにょとふたりの声は小さくなる。

「――な、なんだそういうことか。それなら早く言ってくれたらよかったのに」

「――ごめんよ」

「――いや、いいんだ。それじゃちょっと依頼を受けた発明家さんに挨拶だけしていこうかな」

一転して男の声は明るくなった。

そうして事務室へとやってきて――アストリッドの姿を見て一瞬足を止めた。

「あ、ああ……ええと」

「アストリッドだ。昨日、ゴールディング商会の依頼を受けて来た発明家だよ」

「……ケットだ。この商会で新商品の開発をしている発明家だ」

ふたりは握手をかわした。

アストリッドはケットの服装を見る――仕立てのよいジャケットにパンツ姿だった。見た目もまあ悪くはなく、これではクレアが惹《ひ》かれてしまうのも理解できる。

相手を観察していたのはケットもそうだった。

彼は握手を終えると、

「お前は……いや、なんでもない。それじゃ、クレア。俺は工房に行ってる」

「ああ、わかったよ。アタシたちもあとでそっちに行くと思うけど」

「わかってる。そのときには、俺が席を外すよ」

ケットは裏口から出て行ってしまったが、その背中を名残惜しそうにクレアは見つめていた。

(今……あの男は明らかに驚いていた)

アストリッドは思う。「発明家」と聞いて想像していた人物像とアストリッドが違ったので、一瞬足を止めたのではないか。

つまり彼はここにいるのが「男」だと思い込んでいたのだ。

でも女だった。

そしてなぜか安心して——アストリッドにはそう見えた——去っていった。

「ケットはさ、アタシが食肉卸だけじゃなくて新商品で魔道具開発を始めた後に……正直うまくいってなかったんだけど、そんな状況でもいいって言って雇われてくれたんだ。腕のいい発明家を雇うのは大変だろう？　だけど、今も一所懸命働いてくれてる」

「……そんな彼にあなたが惹かれるのも無理はない、か」

「な、なにを言うんだい!?　そ、そんなんじゃないよ！」

「あんな空気を出されたらどんな鈍い人間だって気づくさ」

「そ、そうかな？　そんなに『似合いのふたり』かい？」

照れまくってくねくねしているクレア。

やれやれ、ノロケを聞きに来たんじゃないんだけどな……と小さくため息を吐いてアストリッドは聞く。

「それで私にやらせたいのは単なる魔道具の修理ってことじゃないみたいだけど、なにをして欲しいの？」

「ああ、さっきの聞こえてたのか……？」

それまでの浮かれた表情からは一転して、暗い声でクレアは言った。

「実はね……盗聴器を探して欲しいんだ」

と。


クレアが言ったとおりゴールディング商会は食肉卸では老舗だった。

けれどもクレアの先代——亡くなった父が商会長だったころから徐々に、売上が減っていった。

ライバルの商会が勢力を伸ばしたこと、契約している畜産農家がつぶれたりして取り扱える肉の量が減ったこと、いろいろと理由はある。

クレアがいちばん問題だと思っていたのは、父が「新しいこと」をするのをイヤがったこと、だった。

そこで父が亡くなり、クレアが商会を継いでからチャレンジしたのが魔道具の開発と販売だったのである。

お金があるうちに、と挑戦した魔道具開発だったがこれが思いのほか「金食い虫」だった。

開発に成功する数は少なく、商会に残っていた貯金はみるみる消えていき、たくさんいた従業員も減らさなければならなくなり、「なんとしてでも成功させなくちゃ……」と追い詰められた。

そんなときに出会ったのがケットだ。

他国から流れてきたケットはこの首都では仕事にありつけず、酒場で安酒を飲んで酔い潰れていた。

明日の自分もこうなっているかもしれないと思ったクレアは、最初は同情心でケットに食事と寝床を与え――住み込みの従業員もいなくなって部屋は空いていたし、幸い食べ物は売るほどあった――面倒を見てやった。

するとケットは「俺は発明家なんだ」と言い出した。以前働いていた工房では工房長とケンカして出て行くことになり、この首都に流れてきたが素性が知れない自分を雇ってくれる場所がなかったと。

それならウチで働いてみる？　とクレアは何の気なしに提案し、ケットも、食事とベッドがあるならやると答えた。ワインの一杯もつけば言うことはないけどな、と。

実際働いてみると――ケットは優秀だった。

今まで滞っていた開発がなんだったのかというくらい新しい商品を連発し、それらは売れた。

売れれば売れるほどふたりの仲も接近する。

ケットがいればゴールディング商会は上手《うま》くいくと思った――矢先だった。

「……問題が起きたのよ」

これまでの経緯を詳しく語ったクレアは表情を曇らせた。

ふたりは事務室を出てお客さんの入る店舗フロアにいる。

「ウチが開発を終えて売り出そうとした魔道具と……そっくりのものが、先に売り出されたの」

「そっくり？」

アストリッドは聞き返す。

この世界での魔道具は、そうそう大量に売れるものではない。

たとえば家に合うサイズのストーブとか、荷車の補助動力とか、キッチンに合わせたオーブンとか。

魔導ランプのような大量に流通しているものもあるけれど、それらは大量生産品なので開発して売るには割が合わない。

だから魔道具の発明は「高額商品を少量」販売することが一般的だった。

「他社の魔道具が売れてしまえば、ゴールディング商会が売り出すときには需要がなくなってしまうね」

「それだけじゃないさ。アタシたちは『泥棒猫』呼ばわりされたんだよ」

「ああ……」

後から商品化したほうが「ニセモノ」扱いされるのは当然だ。

アストリッドは納得する。

クレアは考えたのだ。なぜこんなことになったのか。

悩んだ末に出た結論は、

「……それで、この商会に盗聴器が仕掛けられているのではないか、ということか」

「そうなんだよ」

自分たちの発明内容を「盗まれた」ということ。

魔道具の発明を盗み、盗まれ、というのはアストリッドの出身であるフレヤ王国でもよくあることだったので、その結論にたどり着いたのは理解できた。

だけれど、

「ふーむ」

アストリッドは腕組みして考える。

あと30分もすれば開店する時間だったけれど、ただひとり雇っている店員はまだ来ていないのでじっくり考えられる。

クレアの様子を見るに、その店員すらも疑っているようだ——店員は魔道具の工房に近づくことすらないのに。

クレアは発明家協会にすら「疑い」を知られたくないので、依頼内容を「魔道具の修繕」と偽った。しかも、ウォルテル公国以外の発明家を募集するという念の入れようだ。

彼女にはすべてが疑わしいのだろう。

そんなところへ、発明の最先端を走るフレヤ王国の、しかも女性の発明家《アストリッド》が現れたものだからあっという間に信用してしまった。

（危ういね……自分の信じたいものだけを信じているように見える）

アストリッドは頭の片隅でクレアをそう分析しつつ、口を開いた。

「盗聴器が仕掛けられている可能性は低いね」

「ど、どうしてだい？　まだ調べてもないのに」

「まず盗聴器の魔道具は確かに実用化されているのだけれど、長時間稼働させるのは難しいんだ。たとえばこれくらいの――」

アストリッドは両手でお弁当箱サイズを示す。

「――盗聴器が、今考えられる最小のサイズで、これより大きいとなると見つかりやすくなるだろう？　もしこのサイズの盗聴器を稼働させるとしたら、連続稼働で5日がせいぜいだと思う。原動力となる魔石の交換が必要で、そうなると5日ごとにここに忍び込むか、お客のフリをしてやってくることになるんだけど、5日ごとに、あるいは定期的に来るお客に心当たりは？」

「…………」

クレアは少し考える仕草を見せたが、首を横に振った。

心当たりはないらしい。

「他に考えられるのは大型化して、建物の外につける方法だね。とりあえず建物の外や、床下、天井裏を見てみようか」

「た、頼むよ！」

店員が来る前に販売フロアを確認し、それから事務室や給湯室も見た。その間に店員が来たが、

「なにやってるんです？　顔が煤《すす》だらけですよ」と目を瞬かせていた。

屋内にはなにもなかった。

ふたりは建物の外へと出る。

あちこちの商会が店を開けており、通りは忙しくなっていた。

「…………」

「…………」

無言で建物の壁や屋根を眺めているふたりに、近くを通りかかった人々は怪訝《けげん》な顔をする。

「……ないね」

調べた結果、なにもなかった。

「なにも、ない……？」

「まあ、当然だとは思うけどね。私が情報を盗もうと思ったら商会に盗聴器を設置するなんてまだるっこしいことはせずに、工房につける。それか、直接盗みに入るさ」

「それは……そうなんだけど。ケットは『盗聴器なんてない』って言うもんだからさ」

「でもさっきは調査することを承知していたようだったけど？」

「どうしても、１回だけお願いって言ったのさ。――行ってみるかい？」

「そうだね。早いほうがいい」

ふたりはケットのいる工房へと向かった。ケットは少しだけイヤそうな顔をしたけれど――それは自分が「盗聴器はない」と言っているのに信じてもらえないからなのか、あるいは単に他人に工房に入られることがイヤなのか――さっき言ったとおりふたりを中に入れてくれた。

「……俺は席を外してるよ。見られてもいいようにいろいろとしまっておいたから金庫はクレアしか触ったらダメだぞ」

「ありがとうね、ケット」

「いや、いいさ……どうせなにも出ない」

そう言い残して去っていった。

「………」

工房の建物はそう大きくなかった。2階はないがハシゴを伝って屋根の扉を開けると屋上に出られるようになっていた。この扉は内側からがっちりとした閂《かんぬき》をかける仕組みだった。

屋上はホコリが積もっているだけでなにもなかった。

工房内はアストリッドの発明環境とは結構違う。

アストリッドも資産を切り崩しながら――ゴミにあふれた家で――研究をしていたのだけれど、それでもここよりは設備が整っていた。

（一昔前の道具ばかりね）

実験キットもそうだし、魔術回路を切り出すための魔道具もどれも古い。

（それに……）

整然としている開発環境を見てアストリッドは考え込んでいる。

「……アストリッド？　なにかあったのかい？」

「ん、いいや……そうだクレア。ここの発明環境で使われている道具はどれも年季が入っているようだけれど」

「ああ。ケットが毎日使っているからね！」

クレアは「年季が入っている」という言葉を「使い込んでいる」と捉えたようだ。

「ケットがここで研究するようになってからどれくらい経《た》つんだい？」

「んー……そうだね、もう3年くらいか」

「彼はここの道具を買い換えてくれとかは？」

「最初はそういう話もあったけど、ね……開発用の魔道具を買うのはお金が掛かるからさ」

「つまり彼はここ最近はこの環境で研究をしていたということだね」

「そうだよ。さっきからそう言ってる。……なにが言いたいんだい？」

「いや、ちょっと確認しただけさ」

「………」

アストリッドはそれだけ確認するとクレアに背を向けて工房内に盗聴器がないかくまなく探した。

（……クレアはケットに入れ込みすぎている）

アストリッドはそう考えた。

もし昨日、ニナがクレアの怒りを買ったと聞いていなければ、アストリッドは今感じた「おかしさ」について話してしまっていただろう。

おかしさとはずばり、ケットに関することだ。

話していたら、おそらくクレアは激怒してアストリッドの話を聞かなくなる。このまま追い出されてしまうだろう。

(報酬さえもらえればいい、という考え方もあるけれどね……)

アストリッドが思い出すのはこんなときにもニナのことだった。

(ニナくんがあんなことを言ったものだからねえ)

彼女はこう言った。

——実はちょっと食肉の保存方法についてお話ししたいこともあったんですが……。

と。

ニナに心残りがあるのならそれを晴らしてやりたいと思う。

(私もつくづくワガママだな)

クレアのためではなく、まして自分のためでもない。

ただニナをすっきりさせてやりたいという理由だけで、この茶番を続けている。

「——盗聴器は、あったのかい？」

「ないね」

アストリッドにはもうわかっていた。

ここに盗聴器はない。

「……ほんとうに？　それじゃあどうやって他の商会はウチの発明を盗んだんだい！」

「魔道具は万能ではないからね。さっきも言ったようにもし盗聴器を隠すことができたとしても魔石の交換が必要になる。この工房へ入るには――」

アストリッドは入口を見る。天井とは違って鍵を掛けるタイプだが、かなり頑丈でしっかりとしたものだった。

「あの扉しかない。窓は鉄格子が嵌《は》められてあって人間は入れない。他に出入り口はないだろう？」

「…………」

納得できない顔ではあったがクレアはうなずいた。

「鍵を持っているのはクレアとケットのふたりだけ。違うかい？」

「それは……そうだけど」

「となると他の商会が先んじて商品を売ってしまうのには他の原因があるはずだ」

「他の原因って……？」

クレアは自信なさそうに聞いてくる。

怒ったり、疑ったり、しょげ返ったり、情緒が不安定だった。

それほどまでに追い詰められているということだろう。

「……わからない。だけど、もう少し私に調べさせてくれないか？」

「え……」

「その間、私に頼んだ依頼は失敗したということにしておいて欲しい。できるかい？　だけれどこれは誰にも言ってはいけないよ。もちろんケットや他の友人、親族にも」

「な、なんでそんなことを？」

「敵を油断させるためさ」

　敵、という言葉をアストリッドは思わず使った。

「違う！　聞きたかったのはそうじゃない。どうしてアンタがそんなことまでしてくれるんだい？　発明家が依頼の失敗をしたとなったら信用に響く。たとえ後で『ウソだった』と言っても失敗の印象は完全に拭い去れないだろ」

「……なるほど」

　改めてアストリッドはうなずいた。

　クレアは根っからの商売人らしい。「信用の価値」をよくわかっていて、そして、「得もないことを人はしない」と信じている。

　こういう人物になんと言うべきかアストリッドにはわからなかった。

　だから、

「ただの気まぐれさ。それじゃダメかい？」

　と言った。

　これでクレアが信じてくれないのならこの話はここで終わりだ。ニナの「思いつき」についてはなにか違う形でクレアに届けるしかないだろう。

　だけどクレアが信じてくれるのなら……。

（ひょっとしたら面白いものが見られるかもしれない）

クレアはおどおどと視線をさまよわせた。

最初に会ったときの豪快な雰囲気はもうどこにも残っていなかった。

「ア、アタシにゃわからないよ……アンタの考えが」

「発明は商売じゃないんだよ。少なくとも私にとってはね」

「……アタシには発明も商売だよ」

「そのようだね……ならば仕方ないさ」

アストリッドはクレアを置いて工房を出た。どうやらクレアと自分の考えの溝は埋まらないようだ。

残念だな、とアストリッドは思った。

「……それもそうだよね。生まれた国も、育った背景も違う。それに出会ったばかりの人間を心から信じてしまうようでは、商売人としては成功しないだろう」

そしてゴールディング商会を後にした――。

「待っとくれ！」

工房からクレアが飛びだしてきた。

「……アンタに、お願いしたい」

今度はアストリッドが困惑する番だった。

「どういう風の吹き回し？　あなたからしたら私は、少なくとも理解できない人種なのだろうと思ったのだけれどね」

「どう言っていいかわからないけど……アンタはお金じゃ動かない人なんだろうって気づいたんだ。

だから、かもしれない。アンタに任せたほうがいいんじゃないかってフッと思ったんだ。そうしたらこの先は明るいのかもしれないって」

「……そう」

出会ったばかりの人間を心から信じてしまうようでは、商売人としては成功しない。

それは間違いないとアストリッドは思う。

でも、

「わかった。私も全力を尽くすよ」

こうも言えるだろう。

己の直感を信じることができなければ、人としての成功をつかむこともまた、できないはずだ

――と。

宿に戻ったアストリッドは、みんなが帰ってくる夕方まで寝ていようと思いつつ部屋のドアを開けて――固まった。

「お帰りなさい！　アストリッドさん！」

「あら、早かったじゃない」

「アストリッドは優秀だから、修繕の仕事なんてすぐに終わると思ってたのです」

まだ磨き足りないのか掃除をする格好で雑巾を手にしていたニナと、窓辺で本を読んでいたエミリ、それにやることがないのかニナの後ろをちょこちょこ歩いていたティエン。

つまるところ3人とも部屋にいたのだ。

「……えーっと？　どうして君たちは部屋にいる？」

「アストリッドが帰ってくるのを待ってたのよ」

当然のようにエミリは言う。どうやらアストリッドがうまくやれるかどうか気になって待っていたということらしい。

「ティエンは仕事が終わって帰ってきたと思ったみたいだけど、あたしの考えは違うわ。ずばり、アストリッドは依頼主を怒らせて追い出されたんでしょ！」

「信用ないなあ」

昼寝はお預けね、と思いながらアストリッドはイスに腰を下ろすと、いつ服を整えたのかニナがいつものこぎれいなメイドの格好をしてお茶を淹れて出してくれた。

ふわりと立つ湯気からはハチミツの優しい香りがした。

一通りアストリッドが話を終えると、3人はじっと考え込んだ。

まず口を開いたのはエミリだった。

「話を整理するとこうよね？　ゴールディング商会は魔道具に手を出したけど失敗し、落ちぶれてる。で、イライラしてニナに八つ当たりした」

「チィは絶対に許せない」

「いいわよ、ティエン。暴れておいで」

「えぇっ!?　エミリさん!?　ティエンさん!?」

「こらこら……私の話を聞いてどうしてそうなった？」

あたふたするニナと、頭を抱えるアストリッド。

とりあえず立ち上がっていたティエンを座らせていると、渋々という感じでエミリが言った。

「……そのクレアって人にも同情するところはあるけどね」

「うん、まずは彼女の問題を解決してやりたいって思っているよ」

「解決？　盗聴器を見つけるの？」

「違くて」

アストリッドは首を横に振る。

「盗聴器なんてものは最初からないんだ」

「……は？　だって他の商会が開発した魔道具のコピーを先に売っちゃうんでしょ？　明らかに情報が盗まれてるじゃない。……あ、そういうことか！」

エミリは腕組みして「むふー」と笑った。

「犯人は……ずばり鍵屋さんね！」

「！」

「！」

ニナとティエンがハッとする。

「工房にある機密情報を奪うには合鍵があればいつでも盗みに入れるわ。でも、合鍵はクレアとケットのふたりしか持っていない……と見せかけて、その鍵を売った鍵屋さんがいるはずだわ！」

「不正解」

アストリッドが即答した。

「なんでよ!?　これしかないじゃない！」

「鍵は、ケットが作ったそうだよ」

聞いた話をアストリッドはした。ケットがゴールディング商会に転がり込んでから魔道具開発を始め、最初に作ったのが「工房の鍵」なのだという。

「じゃあ、工房の修理に出入りする業者さんとか？　つまりアストリッドみたいな人が犯人ってこと?」

「えっ、アストリッドさんが犯人!?」

「ニナくん……私は君といっしょに首都に来たばかりだよ?」

「そ、そうでした」

「エミリくんも、適当なことを言わないように」

「てへぺろ」

たまにエミリは悪ふざけをしたあとこうして舌を出すことがあったが、誰もその意味をよくわかっていなかった。

「……事実はもっとシンプルだと思う」

お茶を飲みきると、ティーカップをアストリッドは戻した。

「情報が漏れているのは、情報を知っている人間が外で話しているからよ」

「！」

「クレア本人がそんなことをやっているとは思えない。破滅願望があるなら別だけれど、彼女はそういうタイプではなさそう。店員さんはどうかしら？　店員さんが情報を手に入れるチャンスはあるでしょうけど、工房には近づけていないとクレアは言っていた。必要もない工房付近にその店員がいたら怪しまれるのは間違いない。となると……可能性はたったひとつだけ」

アストリッドがクレアには言えなかったこと。

さっきの時点では、まだ。

アストリッドもその「可能性」が間違っていればいいと思っていたからだ。

「……ケットが裏切っているんだ」


「──クレア」

夕方に戻ってきたケットがゴールディング商会の事務室に入ると、帳簿を前に相変わらずクレアは唸《うな》っていた。

「ああ、ケット。今戻ってきたの？　長かったわね」

「そりゃな、工房を隅から隅まで調べ上げるなら1日がかりだと思ったからさ」

「全然掛からなかったわよ。半日もね」

「そうなのか？　それでなにか見つかったのか？」

「実はね……」

なにもなかったけどアストリッドはまだがんばってくれるみたい——と言いかけたクレアだったが一度言葉を切り、次にはため息交じりに首を横に振った。

「……なにも見つからない。ダメだったわ」

「そうか。そりゃそうだろうな。それでがっかりしてるのか？」

「ううん。あの発明家がほんとうにひどくてね。てんでろくなことを言わないから、依頼は失敗扱いにしたの」

「え？　そりゃまた……」

ケットは驚いたようだった。

失敗扱いということは相当に重い決定だ。依頼を受けた相手がその決定に文句がある場合は訴訟にまで発展することもある。

それくらい「失敗」は信用に傷をつける行為なのだ。

「珍しいな……お前がそこまでやるなんて。商売人はもめ事を避けるものだろう。少々でも金をつかませてお茶を濁さなかったのか？」

「まあ、そうね。でもさ、許せないじゃないか。あの発明家はこともあろうにアンタのことまでバカにしたんだよ」

するとケットは納得したようにうなずいた。

自分をバカにしたからその仕返しに依頼を「失敗」扱いとした――それほどまでにクレアは自分に惚《ほ》れているのだと。

「そうかそうか。そいつは災難だったな、忘れちまったほうがいいぞ。じゃあ、俺は今日は外で飯を食う予定があるから行ってくる」

上機嫌で出て行こうとするところへ、

「――ケット」

「ん？」

「アンタはさ……」

言いかけたクレアだったが、やはりここでも言葉を切って首を横に振った。

「いや、いいや。飲み過ぎるんじゃないよ」

「ん？　ああ。わかってるって」

そうしてケットは出て行った。

「………」

ふー、と長々とため息を吐いたクレアはイスに座った。

「……商売柄、秘密を持つことには慣れてるけどケットに黙ってるのはつらいねえ」

夜になっても表通りには街灯が煌々《こうこう》と輝いており、その光を映じて水路は流れていく。路上はまだ多くの人々が行き交っていた。

初夏と言うには早い春の盛りだった。

「ふぁー……」

「今ごろお目覚め？」

アストリッドが昼寝から目覚めると、外は暗かった。窓の外からは街の喧騒《けんそう》が聞こえている——宵《よい》の口だ。

部屋にいたのはエミリだけだった。

「ニナは隣の部屋で作業中、ティエンは外で活動中」

「動くのが早いなぁ……」

「あなたがのんびりしすぎなの」

「私は遅咲きの天才なんだよね」

うそぶいたアストリッドに、エミリはやれやれとばかりに肩をすくめた。

隣の部屋に行くと、ニナが背負子《しょいこ》のようなものを作っていた。木製の枠にベルトがいくつかついている。

「アストリッドさん、お目覚めでしたか？　すぐにお茶を淹れますね」

「いいよ、これから食事をするだろうし」

「えぇ？」

お昼ご飯を食べてすぐ昼寝を始めたはずなのにもう夕飯の話か、とエミリが目を丸くしている。

「あの……例の魔道具を背負う道具はこんな形でよろしいでしょうか？」

「いやはや、すごいね、ニナくんは。繕い物だけでなく工作もできてしまうとは」

アストリッドは昼寝に入る前にニナに頼み事をしていた。

それがこの背負子製作だったのだが、重い魔道具を「とりあえず背負えればオーケー」くらいのつもりだったのに、本格的なものができあがっていた。

これなら大人ひとりくらい担げそうだ。

「そんな。メイドなら当然です」

「…………」

「…………」

絶対そんなメイドいないからな？　とツッコミたくなるのをすんでのところでアストリッドとエミリはこらえた。

ふたりもニナと過ごす時間が長くなり、だんだんそのあたりの耐性がついてきたのだ。

と、そこへ、

「――お客さん？　表に商人が来てるけど、アンタが呼んだのかい？」

「はい。ありがとうございます！」

宿の人に声を掛けられニナが出て行った。

それを見送ったエミリが、

「準備は着々と進んでるってところね」

「いやはや、ニナくんに商会のツテがあってよかったよ。レアな魔道具だからなかなか置いている商会も少ないし」

「乗合馬車で移動したときにいっしょになった商人がいてさ、その人の所属してる商会らしいよ？『ウチで働きませんか』ってニナを勧誘してたらしいんだけどね〜」

「ニナくんの実力に目をつけるとは、貴族よりも商人のほうが見る目があるのかもしれないねえ」

「お金になりそうなものにはめざといからでしょ」

「ちなみになんていう商会だい？」

「え？　えーっと……なんだったかな。あたしが冒険者ギルドに行ってる間に、メイドの案内所でも会ったとか言ってた気がするけど……」

　エミリは考えるようにする。

「あ、そうだ。『ヴィク商会』って言ってたかな」

「…………」

「ん。どしたん、アストリッド？」

　目をぎゅっとつぶったアストリッドがこめかみに親指を当ててぐりぐりやっている。まるで頭痛をこらえるように。

　恐る恐るエミリが、

「もしかして……ヴィク商会って有名？」

「……有名もなにも、大陸各地に店舗を構えている大店《おおだな》だよ。特に最近は魔道具の取り扱い量が増えていて、私のいたフレヤ王国でも5本の指に入る商会だった。そうか……そうだよな、ニナ君ならその商会から声が掛かってもおかしくはないな」

　フッ、とアストリッドが遠い目をしたところへ、ガチャリと部屋のドアが開いた。

「わざわざありがとうございます、中まで運んでいただいて」

「いえ、構いませんよ」

　にこやかな青年が大きな荷物を持って入ってきた。

　短く刈り込んだ青色の髪はさらさらで、知的な面差しは「商人」と言うより学者や役人のようだった。

　とはいえ肉体はがっしりとしていて健康的に日に焼けた肌をしているのだけれど。

「あ、ご紹介しますね。わたしの旅仲間のエミリさんとアストリッドさんです！　こちらは魔道具の手配でご協力くださったファースさんです！　まさか首都にいらっしゃるとは思いませんでした」

「たまたま今日の昼に首都に入ったんです。ニナさんからの発注があったと聞いたので、自分で運ぼうと思いましてね」

重そうな魔道具をテーブルに運んだファースはアストリッドとエミリに視線を向けた。

「ファース＝ヴィクと申します。以後お見知りおきを」

「…………」

「…………」

エミリとアストリッドは顔を見合わせた。

ヴィク？　今ヴィクって言った？　ヴィクってヴィク商会のヴィクとなにか関係がある？　──そんな言葉を無言で交わす。

関係ない、わけがない。

「どうしました？　おふたりとも」

ニナがきょとんとしているが、このメイドは自分がどんな人間とつながっているのかという自覚がまたもないようだった。

「い、いや、いいんだ……ありがとうファースさん。魔道具については私が詳しいから説明は必要ないよ」

「なるほど、アストリッドさんは発明家でいらっしゃるんですね」

と言ったファースはにこやかに微笑《ほほえ》んで、

「では差し支えなければこの魔道具をなにに使うのかお聞かせ願えますか？『録音機』が大急ぎで欲しいなんて、なかなか聞かないことですから」

頼んでいた魔道具、ニナが作った背負子で持ち運ぼうとしていた魔道具はファースの言うとおり

「録音」ができる魔道具だった。「録音」した音声を「再生」することもできる。

その使い道は貴族同士の重要な会議や、国家間の会談で「言った・言わない」を避けるために使われるような代物で、当然安くはない。

「……それを説明する必要はないと思うけどね。私たちは客で、正当な代価を支払った。なにに使おうと自由なはずだ。これは使用目的の説明が義務化されているような武器の類《たぐい》じゃない」

アストリッドは答えた。

ファースの視線が気に入らなかった。彼は、探りを入れるような目をしている。

「納得のいく説明をいただけなければお売りできません」

「なんだって？」

耳を疑った。

商人が、物を売らない？

しかも高価な魔道具なのに？

「『なぜ商人が、大金を目の前にちらつかされて商品を売らないなどと言っているのか』と疑問に思っていそうなお顔ですね」

「それは……」

「私は、少なくとも自分で納得のできない商いはするべきではないと考えています。ましてニナさんが関係しているならなおさらです」

「ニナくんは私たちの仲間だし、パーティーメンバーでもある。あなたにとやかく言われる筋合いはない」

アストリッドはムッとして言い返していた。

さっきのファースの視線がなんなのか、わかったのだ。

彼はアストリッドとエミリが「信用できるのか」見極めようとしていたのだ。

余計なお世話だ。

とはいえ――それは過去に、アストリッドがニナと出会ったあと、ニナの同行者であるエミリが「信用できるのか」と疑ったのとまったく同じなのだけれど、彼女はそんなこと忘れていた。

「商人の端くれとして、一度つながりを持つことができたお客様は大事にしたい。私とニナさんの関係の話をしています。ニナさん自身が必要としたのではなく、アストリッドさんが魔道具を使うのであれば、ニナさんに関係することとして使用目的を聞くのは筋が通っているでしょう?」

「それならよその商会を当たるわ」

「この魔道具を扱っている商会はほとんどありませんし、もうどこも店じまいしている時間ですよ」

「むっ……」

「お、おふたりとも、落ち着いてください」

そこへニナが割って入った。

「アストリッドさん、ファースさんは信頼できる方だと思います。わたしがフレヤ王国でアストリッドさんの依頼を受けられたのもファースさんのおかげなんです」

「！」

フレヤ王国のメイドの仕事案内所では、前の雇用主――つまりマークウッド伯爵――の紹介状を持たないニナは門前払いを食らった。

そこへファースがやってきて「彼女なら私が推薦しましょう」と言ってくれたのだ。

「ファースさんも……アストリッドさんとエミリさんは、わたしの大切な仲間です。仲良くして欲しいです」

「……申し訳ありません」

ニナの真《ま》っ直《す》ぐな瞳を受けて、ファースは素直に頭を下げた。

「商品を盾にして交渉するようなやり方は商人として恥ずべき行為でした。アストリッドさんにお詫び申し上げます」

「……いや、いいよ。購入手続きをニナに任せたのは私だったし……」

アストリッドもそっぽを向いてごにょごにょと言った。アストリッドにしては子どもっぽい仕草だった。

「では、ニナさん。納品も済んだので私は帰りますね」

「あ……その、魔道具の使用目的なのですが」

「いいえ。アストリッドさんの言うとおり、購入者に説明義務がない魔道具ですから聞かずにおきましょう――」

と言いかけたときだ。

タタタタッ、と軽やかな足音がしてドアがガチャリと開くと、

「みんな、ターゲットが商人っぽい人間といっしょに店に入った。盗み聞きするなら今」

ティエンが駈《か》け込んできた。

「…………」

「…………」

「…………」

「…………」

室内の４人は沈黙したが、「盗み聞き」いう単語は明らかに、日常会話では出てこない特別なワードだろう。

「……今『盗み聞き』という言葉が聞こえましたね」

にこやかにファースが言うと、ティエンは「？」と小首をかしげた。自分がマズいことを言ったとはわかっていないようだった。

「心変わりしました。やはり、魔道具の使用目的を聞いておきたいです」

ファースがそう言い出すのは、至極もっともなことだった。

夜の首都の通りを歩く。

どこかで水路の水が落ちるのか、ちょろちょろという音が聞こえていた。

先頭を行くのがティエンで、次にニナとファースが並んで歩く。ファースの背には背負子があり、

魔道具がそこに鎮座していた。まさに行商人という格好だったけれどメイドや魔導士、発明家が担ぐよりははるかに違和感がない。

最後尾を――すこし距離を空けて――エミリとアストリッドが歩いていた。

「アストリッドにしては珍しいわね、あんなに感情的になるなんて」

「……別に、ニナくんを利用しようとしているかもしれない商人を警戒しただけだよ」

「ふーん」

「なんだい、その言い方は」

「い～え～」

いつものアストリッドに戻っている、とエミリは思った。

（ま、なんか思うところがあるんでしょうね）

あえてそこまで聞かない。いつかアストリッドのほうから言うだろうと思っている。

結局あれからファースにはすべて話すことにした。変に隠し立てするのも面倒だったし、商会で活動しているファースにも多少は関係あることだったから――ファースに邪魔されたくないというのがいちばんではあったけれど。

ゴールディング商会のこと。

ケットが裏切っているかもしれないという推測。

それを確認し、証拠を記録するために魔道具が必要であること。

最初こそ涼しげな顔をしていたファースだったけれど、話が核心に向かうに従って真剣なものになった。

　そして彼はこう言ったのだ。

――確かに、ロンダッドという商会がやたらと安い値段で魔道具を販売していると聞いたことがあります。

　魔道具を安く売ることは犯罪でもなんでもないが、この金額で売ってもたいして利益が出ないだろうという水準らしい。

　欲しがっていた客が殺到し、客には商品が行き渡り、少し在庫が残るくらいだという。

――それが……他の魔道具商会を蹴落とすことが目的なのだとしたら理解できます。

　ゴールディング商会が新製品の準備をする。だがその販売のちょっと前にほとんど同じ商品が売りに出され、需要がなくなってしまう。

　ゴールディング商会は製造した商品のすべてを在庫として抱えてしまうことになる。

――情報が漏れて、先んじてロンダッド商会が似た商品を作る、というのは無理でしょうね。どうしたって最初の開発元がいちばん早く商品を作れますから。そうなると――「ゴールディング商会で開発していた発明の情報が漏れた」のではなく「ロンダッド商会から与えられた情報をゴールディング商会にちらつかせて、商品を作らせるだけ作らせ損害を出させた」と推測するのがすっきりするかもしれません。

　そこまで話したファースは、自分もついていく、と言い出した。アストリッドは断ったが、「重要な話を聞いた証言者として、他の商会の人間がいれば説得力が増すでしょう？」と言われれば反対する理由がない。なによりニナが「よろしくお願いします！」と言ってしまったのだ。

つまり、である。

アストリッドは、気にくわない。

ニナから感謝されたファースがまんざらでもない顔をしていたのがなにより気にくわない……。

ティエンを先頭とした５人は首都の表通りをどんどん通り抜けていき、裏通りを何本も抜け、最後は薄暗い路地に出た。

ひとりだったら絶対に通らないような路地だ。

アストリッドの目にはかなり暗いのだが、ティエンには足元が見えているのかすいすい進んでいく。

「ちょっと——」

待って、と言おうとしたときだ。パッ、とファースの手元が明るくなった。

手のひらサイズの簡易魔導ランタンがふたつ、現れる。

「どうぞ」

「……どうも」

ファースに手渡され、ムッとした顔でアストリッドは受け取った。小さいのに十分に明るい。高性能の魔道具で、フレヤ王国でもつい最近発売されたばかりのものだとアストリッドは知っている。

そんなものをファースが持っているのもまた気にくわない。

「この先にある、赤い扉の酒場」

ティエンが足を止めた先には、小さなランプが表に掛かっており、真鍮《しんちゅう》でできた看板とくすんだ赤色の扉が照らされている。

看板には「緋肋鶏《ひろくけい》の止まり木」とあった。酒場の名前らしい。

ティエンが言うには、ケットはゴールディング商会を出るとこの店へとやってきたらしい。それはおよそ1時間ほど前のことだ。

「……ではちょっと私が様子を見てきましょう」

ファースが言うので、アストリッドは、

「なんであなたが？　ここから先は私たちの仕事でしょう」

「私はケットさんに顔を知られていないし、ケットさんが会っているのがロンダッド商会の人間ならば私には判別できます。なにより男がふらっと酒場に入るのは自然なことでしょう？　女性発明家がひとりで入るよりも目立たない」

「フレヤ王国ではよくひとりで飲みに行きましたけど？」

アストリッドが対抗すると、

「なにそれ、寂しすぎない？」

とエミリが要らんことを言った。

「わかりました……ではアストリッドさんではない、別の方と私がいっしょに入りましょう。それならどうです？」

「なぜ私ではダメなん――」

「そりゃアストリッドはケットに顔を知られてるからでしょ」

エミリが言うと、

「うっ……」

「じゃ、あたしが行くわ。メイドが入ってきちゃおかしいし、ティエンはまだまだ小さいし。――でもその魔道具を担いで入るのはさすがに目立ちすぎるから置いてく？」

「……待って。たぶん、ちょっと回路をいじれば録音感度を上げることができると思うよ。周囲は静かだから店の外から録音するという方向で行こうか」

アストリッドが言った。驚いたのはファースだ。

「いや……そう簡単なものではありませんよ、この録音機は。ウチの発明家たちがかなり苦労して造っていましたからね」

「あのね」

ファースの鼻先にアストリッドは人差し指を突きつけた。

「発明家のことは発明家にしかわからないのよ、商人さん」

「………………」

じりっ、とファースがたじろいた。

「あ、それじゃアストリッド、こうしましょ。壁際とか個室にいるようだったらうまくその近くまで行くわ。あたしがパンパンって2回手を鳴らしたら店の外をぐるっと回ってその近くまで来て。パンパンパンって3回手を鳴らしたら店の中央ね」

「いや、さすがに店の中で手を鳴らしても外には聞こえない――」

とファースが言いかけたところで、ティエンが、

「わかったのです。中央だったら屋根から侵入して魔道具を使うのです」

ファースから受け取った背負子を担ぐと駈け出し、ひらりとジャンプすると隣の建物のてっぺんにまであっという間に登り足場を確認してすぐに戻ってきた。

「よゆーなのです」

その間、ほとんど音も鳴らなかった。

「……この子もふつうじゃないな」

ぽつりと、ファースがつぶやいた。

ファースとエミリのふたりが「緋肋鶏の止まり木」に入っていくのを見送ったニナ、ティエン、アストリッドの3人は店舗の裏手に移動する。

細い路地裏にも水路があるけれど光が届かないので黒々とした水面《みなも》を見せていた。ファースが置いていった魔導ランタンが周囲を照らし出す。

ネズミが走り抜けていった。

「あの……アストリッドさん」

「んー？」

「……その、申し訳ありません」

急な謝罪に、わけがわからずアストリッドは目を瞬かせる。

「えっと、その……わたしがゴールディング商会にお礼を言いたいと言ったことがきっかけで、大《おお》事《ごと》になって……それにファースさんも勝手に呼んでしまって。アストリッドさん、ファースさんをあまり快く思ってらっしゃらないですよね……？」

「……いや、そんなことはないよ」

とっさにウソを吐いた。気にくわないのは事実も事実だった。

だけれど今日一日を我慢すれば、ファースの顔を見なくて済むし、もしかしたら二度と会うこともないかもしれない。それならウソを吐いてでもこの場を穏便に終わらせてしまいたい――アストリッドはそう思うくらいには大人だった。

「ファースさんはとてもよい方です」

「うん」

「先ほど申しましたとおり、ファースさんがいなければアストリッドさんと出会うこともありませんでした」

「……うん、わかっているよ」

「わたしはアストリッドさんに、ファースさんとも仲良くしていただければと思っているのです……」

「…………」

どうしてだろう、とアストリッドは思った。どうしてニナはそうまでしてファースにこだわるのだろう。

アストリッドの胸のもやもやが加速する。

さらに言えばどうして自分はここまでファースが気にくわないのだろう――他人に対してこんなに強い感情を持ったことはほとんどないのに。フレヤ王国で嫌みを言ってきた女発明家たちを相手にしてもここまで「気にくわない」とは思わなかった。

「ファースさんは信頼できる商人さんです。だから、きっと、アストリッドさんがまた発明家として生活を始めたらファースさんは力になってくれます」

「！」

ああ、そうか――。

アストリッドは納得した。

魔道具の手配を頼まれたニナがヴィク商会を使ったのは、魔道具の販売に強いという理由はもちろんあるだろうけれど、それだけが理由ではなかったのだ。

アストリッドが将来、発明した魔道具を販売する場所になるかもしれないから、その接点を作っておきたいとニナは考えたのだ。

録音機を使って盗聴まがいのことをしようとしたとバレたとき、ファースが「ついていく」と言い、ニナが他の人の意見も聞かずに「よろしくお願いします！」と言ったのも、よく考えればニナらしからぬ行動だった。でもそれは、ファースとアストリッドの会話が増えることを考えたからなのだろう。

つまりはニナの行動は全部、自分《アストリッド》のため。

ファースのため、ではないのだ。

（ああ、なーんだ……）

そこに気がついたとき――アストリッドが抱えていたわだかまりはスッと消えた。

ファースに対する激しい感情や反発の理由はまだちょっとわからないところもあったけれど、今のアストリッドは不思議なくらいすっきりとした気持ちだった。

「……わかったよ、ファースさんには後で、突っかかっていったことを謝ろう」

「あ、そのっ、アストリッドさんに謝って欲しかったわけではなくて……！」

「ただひとつ言っておこうかな、誤解があるようだから」

「誤解……ですか？」

「ああ」

アストリッドは微笑んだ。

「ニナくんは私の発明家としてのキャリアを考えてくれたんだね。だけれど、今、私はこのパーティー『メイドさん』のメンバーなんだ。しかもパーティーはできたばかりときている。今からパーティーを辞めた後のことを考えたくはない」

「あ……」

「私はニナくんと、もっといっしょにいたいよ」

「！」

言われたニナは顔を赤らめるともじもじした。

と、そこへ、

「……アストリッド、魔道具を改造するのです」

ずずいとティエンが割り込んできた。

「今、いいところだったんだけど」

「エミリが待ってるのです。手が2回鳴らされたから」

「おっと」

アストリッドにはまったく聞こえなかったが、ティエンはしっかり聞いていたらしい。

ポケットから魔道具回路の改造用ツールを取り出すアストリッドを、じとーっ、とティエンが見てくる。

まるで飼い主をとられたワンちゃんね、と苦笑しつつ、アストリッドは魔導ランタンの持ち手を口にくわえると流れるような手つきで魔道具の外装を剝《は》がし、回路を露出させると内容を解読、手を加えて機能を変更する。

ものの数分で作業は終わった。

「はい、これでよし」

「え、も、もうですか!?　すごい！」

「ニナくん」

ニッ、とアストリッドは笑った。

「発明家なら当然さ」

そうして彼女は工具を片づけると、

「ティエンくん、どこなら中の音が聞こえるかな？」

「こっちなのです」

ティエンに続いてアストリッドとニナは路地を少し先に進む。

アストリッドは魔道具から伸びるホースのようなものをつかむと、先端にくっついている吸盤を建物の壁に押し当てた。

『――さあ、もう一杯飲めよ』

『――ははは、もう十分いただいてます』

魔道具から声が聞こえてきて、３人はハッとした。

「ケットさんの声ですね」

ニナが言うと、アストリッドはうなずいて録音をオンにする――。


酒場に入るとにぎやかながら落ち着いた喧噪《けんそう》がエミリを包んだ。

彼女は冒険者で、冒険者が集まるような酒場ならば何度も経験があるし、逆にお高いレストランにも入ったことがある。

でも、こういう、落ち着いた雰囲気の酒場は初めてだった。

よく整備された町並みとは真逆の、自然由来の木材をふんだんにつかったインテリアだった。

店内の明かりは抑えめで、テーブルとテーブルの距離は離されている。ロフト席なんてものもあった。

客層は商人が中心なのだろう――身なりのいい客ばかりだ。ひょっとしたら貴族も紛れ込んでいるかもしれない。

（ファースといっしょでよかったわ。あたしやアストリッドが入店したら浮きまくってたかも）

服装には気をつけているエミリであっても商人の着ているものとは明らかに違う。いつ冒険や旅に出るかもわからない旅装だ。

「――お客さん、初めてかい？」

店員らしき男が出てきた。

「ああ。ヴィク商会の者だ」

「ヴィク商会が来るとは珍しいね」

近くのテーブルにいた商人は「ヴィク商会」という名前を聞いて顔を上げたが、それより離れたテーブルまでは聞こえなかったようだ。

やはりヴィク商会は名前が売れている。

「ふたり……でいいんだよな？　カウンターにするかい？」

「いや、テーブルにしようか。ゆったり座りたいから席を選ばせてくれないか」

ファースは店員の手に銀貨を握らせた。

「ごゆっくり」

店員は銀貨を確認すると「さすがヴィク商会、気前がいいな」という顔でふらりと奥へと消えていった。

「――それ、必要経費で後で請求してよね」

「もちろん。私は商人だよ？」

カッコつけて「そんなことはしない」と言うのかと思ったが、ファースは当然のように言うとパチリとウインクしてみせた。

イケメンがやると絵になるなぁとエミリは思った。

「さて、どこのテーブルにするかな」

客の入りは半分といったところで、テーブルにも空きがある。

ファースとエミリは薄暗い店内を進んでいき――、

「え」

ぐい、とエミリは手を引かれて方向転換した。

「ちょっ、なに――」

「シッ」

ファースは手を引いてエミリを店の奥へと連れて行く。

「――いたよ。ロンダッド商会の副店長だ」

「！」

「私とも顔見知りだから、顔を見られないようにしたい。でも、テーブルにはひとりしかいなかったな……」

そのとき、店の奥からひとりの男が出てきた。

エミリとファースのふたりはちょうどそちらに向かっていたところなので鉢合わせだ――つまるところ、トイレの前で。

「ん？」

酔って顔を赤くした男が怪訝な顔をする。ヒゲの生えた渋めのイケメンだった。

「ああ、すみません。連れがトイレに行きたいと言うもので」

「そうかい」

通路ですれ違った。男はロンダッド商会の副店長がいるテーブルへと戻っていった。

「アイツが、もしかして……」

「そうでしょうね。ケットさんでしょう」

あらかじめ聞いていた風体にも合致しているから間違いなさそうだ。

顔を知られていない自分たちでよかったとエミリは心底思った。

ふたりはロンダッド商会の隣のテーブルを陣取った。ファースはそちらに背を向けて座り、エミリがパンパンと2回手を鳴らす。

先ほどの店員がやってきた。

「お客さん……テーブルにベルがあるでしょ。犬じゃないんだから手を鳴らさんでくださいよ」

「あら、ごめんなさい。それじゃまず飲み物持ってきて」

店員は「こいつに酒を飲ませてもいいのか？」という顔でファースを見たが、ファースはにこりと微笑んだ。

しょうがないな、と店員が離れていくと、隣のテーブルから声が聞こえてきた。

「──さあ、もう一杯飲めよ」

「──ははは、もう十分いただいてます」

ふたりは楽しそうにロンダッド商会で起きた最近の出来事について話している。ケットが、ロンダッド商会の店員の名前までよく知っているというのはおかしなことだった。

しばらく雑談が続く。

店員が銅製のジョッキたっぷりのワインの果実水割りを運んできた。ファースには強めの蒸留酒だが、一応店員なりに考えて少女っぽい見た目のエミリには甘い酒を選んだのだろう。

慣れた手つきでエミリがぐびりと酒を飲むと、店員は眉根を寄せて去っていった。

「ねえ、ファース。あの魔道具ってどれくらい長く使えるの？」

「……1時間はもつと思いますが、それよりほんとうに外に伝わっているんですかね？」

石造りの壁の向こうに、録音機を構えたニナとティエン、アストリッドがいるとはファースにはどうしても思えないらしい。

「いるわ」

だがエミリは信じ切っている。

「ふー……私としてはニナさんが危ない橋を渡ったりしないのであればなんでもいいのですが、そのやたらな信頼はなんなんでしょうね」

「アストリッドもティエンも、ある意味ニナと同じだからね」

「ニナさんと？　確かに、あの少女は……ヒト種族ではない彼女はすさまじい身体能力をお持ちのようですが、発明家の方は――」

そのときだった。

「――それにしても、クレアはなかなかあきらめないな。ゴールディング商会の件はさっさとケリをつけたいんだ」

ロンダッド商会の副店長が言った。

「――はい、そうですね……かなり粘り強いと思います」

「――君は疑われていないんだな？」

「――そこは問題ありません。さっきも話しましたけどクレアは盗聴器があるっていまだに思い込んでいて、発明家を雇って調べさせたくらいです」

「――ふうむ……ならば実際に盗聴器を置いておけばよかったか。そいつが見つかって安心したところへ、さらに次の製品でウチに出し抜かれたらショックは大きいだろう。そうなったらクレアもゴールディング商会を畳まざるを得ないはずだ。クレアの食肉の販路は我がロンダッド商会がいただく」

「――は、ははは っ。さすがロンダッド商会の副店長だ。考えることがえげつない」

聞いていたエミリの、ジョッキを握る手が震えた。

気づいたファースが「落ち着いて」と声を掛ける。

「胸くそ悪いったらないわ……」

「今、おかしな動きを見せないでくださいよ」

多少の距離があると言っても隣のテーブルだ。背中を向けているファースはともかく、顔が見える位置のエミリの様子がおかしくなればロンダッド商会の副店長だって気がつくだろう。

副店長は楽しそうに話を続ける。

「――相手の懐に潜り込んで堕落させている、お前のほうがよほどえげつないだろ？　ええとなんといったか、お前の二つ名の」

「――止《よ》してくださいよ」

「――ああ、そうそう、『温石毒《おんじやく》のケット』だ。懐や布団に入れる温石は気持ちのよいものだが、気づけばそこから毒がにじみ出しているという……。改名すれば故郷でもまだまだ詐欺師として活躍できただろうに」

「――名前が気に入ってるんですよ。口に転がして言いやすく、どこか隙があってなじみ深いような『ケット』って名前がね」

「――この国ではあまり聞かぬ名だが、ユピテル帝国ではよくあるのか？」

「――ありふれた名前ですよ」

ユピテル帝国とはウォルテル公国の隣にある国の名だ。

話から察するに、ケットは帝国でも詐欺師として活動していたがウソがバレ、隣国に渡ってきたのだろう。

「――女を陥れるのはどんな気持ちだ？　やはり快感か？　罪悪感などは感じぬのだろうな……すべてがウソで塗り固められたのなら」

「――全部が全部ウソってワケじゃあ、ないんですけどね……それに俺を使おうと決めたのはあなたじゃないですか。俺は発明家か、そうでなければ魔道具の修理工として生きていこうと思っていたのに」

「――はっははは！　お前が女を騙《だま》したくてうずうずしていたから、私はその背中を押してやっただけだろう？」

「――そんなことは……」

「――猫をかぶるな。そもそも指名手配を受けたお前がまともな道など歩めるわけもない」

「――それは……わかっています。ですが、今回だけですよ？　ゴールディング商会の件が終わったら、俺に金か、仕事を用意してくれるって」

「――わかっているわかっている。いくらでも用意してやろう」

「――あと……ゴールディング商会から離れたら、クレアを深追いしないってのもお願いします」

「――ああ、なるほど、そういうことか。深追いすると、グサッと刺されたりするからだな？　さすが一流の詐欺師、引き際を心得てる」

「――そうじゃなくて……いや、そういうことで構いませんが、言質《げんち》は取りましたよ――」

ケットが言いかけたところだった。

ファースの横に店員が立った。

「お客さん、追加の注文はないんですかい？　1杯頼んだっきりじゃないですか。ヴィク商会とも
なりゃあ、ウチの目玉料理『青鹿の脳みそソテー』を頼んだって懐は痛まないでしょう？」

「――ヴィク商会？」

ん？　という感じでロンダッドがこちらを見た。

それに釣られてケットも顔を向け――固まった。

エミリとファースに気がついた。それがさっきトイレから戻ってくるときに出会ったふたりだと。

少し言葉を交わしただけだった。だが長年、人を騙してきた男だ――他人の顔色をうかがうこと
には慣れている。

「出ましょう」

ケットはすぐに立ち上がった。

「なんだって？」

「申し訳ないですが、今日はこの辺にしときましょう」

「おい、どうしたケット。まだまだ夜はこれからじゃないか」

「――そうですよ。私もお話をうかがいたいですね」

隣の席の男が――ファースが、すぐ横に来ていた。

そのとき、副店長はハッとした。

「お前……ヴィク商会の……!? あんましこの首都で粋がるんじゃないぞ。新興の商会が調子に乗って自滅するなんてよくあることだからな」

「そうですか？ たとえばロンダッド商会の息が掛かった者を送り込んで、誤った情報を流して自滅させ、販路を奪うとかですかね？」

「っ!? お前！」

カッとした副店長が立ち上がったところへ、

「待ってください、副店長。……これは罠《わな》です」

酔って怒りっぽくなっていた副店長だったが、ケットに言われて止まる。

「……ケンカに持ち込もうとしてるんですよ。なにが目的かはわからないですけど、もめ事にして衛兵を呼びたいんでしょう」

エミリから見れば変わらず涼しげなファースの顔だったが、ケットの言ったことは図星だったらしい。

(ケンカに持ち込むってなに!? そんなの作戦になかったじゃん！)

エミリは内心焦っているが、どうしていいかわからず動けない。

「おぉ、怖い怖い。ヴィク商会はこういう搦《から》め手も使ってくるのか。こりゃ商売仲間にも教えてやらなきゃな」

俺は引っかからんぞ、そんな卑劣な手には——みたいな顔をしていた副店長だったが、明らかに止めたのはケットではあった。

　彼らはこういう突発の駆け引きにも慣れているのだろう。

　テーブルに代金の銀貨を置いて、副店長とケットが離れていく。ファースはそれを眺めていることしかできない――悔しそうに見えるのはエミリの気のせいではあるまい。

「ねぇ、ファース」

　とエミリが話しかけると、

「……すみません。一時的にも身柄を拘束させて、ケットという男を調べさせようとしたんですが……。そうでもしないと『話を聞かれた。企《たくら》みがバレた』と思ったケットは首都から逃げるかもしれません」

　なるほど、それがファースの狙いだったかとエミリは納得したが、

「あー、それなら平気よ」

「平気……平気とは？　ケットが首都からいなくなればクレアさんも目が覚めて現実を直視できるということですか？」

「ああ、違う違う。そうじゃなくって……」

　エミリは笑い、

「あたしの仲間は頼りになるってこと」

　と言ったときだった。

「――な、なんだお前ら！」

副店長の大きな声が、店の入口から聞こえて客や店員たちもそちらを向いた。

扉の開いた向こうに毅然《きぜん》と立っていたのは3人の少女たち。

そちらを見るまでもない。

エミリにはわかっていたのだ。

彼女たちは来る——と。

そしてそこには当然、メイドと、発明家と、月狼族の3人がいたのだった。

「ケットさん、それにロンダッド商会の副店長さん。おふたりは共謀してゴールディング商会を陥れましたね？　卑劣な手段で」

口火を切ったのはメイド服の少女だった。

「なに……？　どこのメイドだお前は」

入口近くのテーブルに座っていた商人が「ロンダッド商会がなんかやらかしたのか？」と口にすると、副店長はあわてて、

「そんなことあるわけがない！　当商会はいつも法律を守って仕事をしております。——おい、メイド。いい加減なことを言って人の名誉を傷つければどうなるかわからんのか？　お前の雇用主は誰だ」

「雇用主はいません」

「いない？」

怪訝な顔をした副店長だったが、ぽん、と手を叩いて納得したように、

「なんだ、そうか、そういうことか。ここで妙な難癖を付けて仕事をもらおうというクチか！」

「……副店長」

だが、ケットは知っている。

メイドの後ろにいる背の高い人物——発明家が誰なのかを。

「マズいです。あの後ろのヤツはクレアが雇った発明家ですよ」

「なにっ!?　お前、尾行されていたのか!?」

「ち、違います——うぐっ」

副店長に頬を殴られたケットがよろめいた。

この場はマズいと思ったのだろう、副店長はずいっと前へ進む。

「いい加減なことを吹聴してロンダッド商会の評判を落とすようなことがあれば、私たちは全力でお前たちを見つけ出し、罪を償わせるからな！　ロンダッド商会はいつだって不正を許さない！」

それは店内にいる他の商人へのアピールに過ぎなかった。

副店長はそれだけ言い残すと、

「どけっ！」

「どきません！　クレアさんに謝ってください！」

ニナが両手を広げて入口を塞いでいるので、

「メイド風情がいい加減にしろ——え」

副店長が伸ばした手を横からティエンがつかんだ。

「お、おい、離せ！」

「………………」

副店長は振りほどこうとするがびくともしない。まるで岩盤に腕を取り込まれたかのようだ。

そのときだ。

「……ケット？」

往来から現れたのは――アストリッドよりもさらに背の高い女性。

「ク、クレア……」

ゴールディング商会長のクレアだった。

彼女がなぜここにいるのか、エミリとファースもわからなかったし、もちろんケットがいちばん混乱しているだろう。

録音を始めた後にティエンがひとっ走りゴールディング商会に向かい、酒場の場所とケットがいることだけを伝えたことはニナたちしか知らないことだ。

「ケット！　アンタ、ケガをしてるじゃないか！」

クレアはティエンの横をすり抜けてケットに近寄ると、ポケットから取り出したハンカチでケットの唇についていた血を拭いた。

「どうしたんだい!?　ケンカなんてしない人なのに……それに、こいつは」

ティエンに腕をつかまれている男がロンダッド商会の副店長であることをクレアも当然知っている。

「……クレア、俺は」

「ともかく場所を変えましょうか。ここだといろいろな目がある」

そこへファースが割り込んだ。

酒場内は静まり返っていた。

「アンタは……？」

「ヴィク商会のファース＝ヴィクと言います。ウォルテル公国ヴィク商会の総、、、責、、、任、、、者でもあります」

彼の言葉は爆弾のように炸裂《さくれつ》した。

「──ヴィク商会のファースって言ったら、商会長の秘蔵っ子じゃないか」

「──あれが『次世代のエース』と評判の……」

「──なんてこった、首都に来ていたとは」

商人たちはみんなファースの名前を知っているようで大騒ぎだ。酒場の店員は全然わからずにおろおろしている──ただの商会の若者だと思っていたからだ。

「……あんた、そんなに有名だったの？」

エミリがたずねると、ファースはパチリとウインクしてみせた。

「よろしいですね？　ロンダッド商会の副店長殿」

ティエンにつかまれた手が放されたことでこっそりと逃げ出そうとしていた副店長はびくりとして振り向いた。

「な、な、なんの権限があってそんなことを――」

彼が言いかけたとき、

『そうなったらクレアもゴールディング商会を畳まざるを得ないはずだ。クレアの食肉の販路は我がロンダッド商会がいただく』

アストリッドが録音されていた音声を流した。

それは騒音やノイズ混じりだったが、はっきりと、副店長の声が聞こえた。

「権限などありません。ですがわたしたちには証拠があります」

ニナが言うと、副店長はその場にくずおれた。


その日の夜は長かった。

場所を変え、ヴィク商会の応接室を借りての商談が最初に行われた。

結論から言えば――ロンダッド商会はゴールディング商会に与えた損害のすべての補償は当然として、さらにその同額を上乗せした金額を支払うと同意した。それは相当な金額になるが、

「商談に応じるならあなたの上役である店長や、さらに上の創業一家にも秘密にする……という条件でいかがですか?」

ファースが提案したら一発だった。

その場で証文を交わし、契約が成立すると副店長はあわてて逃げ出した。

「……そんなことでよかったのかい、クレア？　彼のやったことは商業に携わる人間としてけして許されることじゃないし、公開すれば副店長はこの首都にはいられない上にロンダッド商会に大打撃を与えられる」

アストリッドはたずねたが、クレアは苦笑とともに首を横に振った。

「聞いただろ？　ロンダッド商会がなにを欲しがっていたのかを」

副店長からはきっちり事情を聞き出した。

ゴールディング商会が持っている食肉卸の商いは、ロンダッド商会から見ると魅力的だった——違法に手を染めてでも欲しいほどに。クレアが考えている以上に自分の商会は他商会から見て魅力的なのだ。

「……結局のところは金なんだよ、商会が見ているものってのはね。アタシもそうさ。魔道具を取り扱おうとしたのも売上を増やすため。つまり金。あの副店長には『金の罰』を与えるのがなにより効くだろうって思ったのさ。衛兵に突き出してもウチの商会の損害は戻ってこないしね」

きっと副店長は必死になってゴールディング商会へ返済することを考えるだろう。個人で支払うにはあまりにも高額だから、ロンダッド商会だって利用するだろう。それこそが「金の罰」なのだとしたら、確かに効くかもしれない。

それを聞いたアストリッドは、気がついた。

（そっか……私は、そうだったのか）

ファースに対してやけに突っかかってしまったこと、イラ立ったこと、その理由がわかったのだ。

アストリッドもまた発明家として「マホガニー商会」を持っている。発明家が自分の発明品を売るには商会がどうしても必要だからだ。

だけれどファースのヴィク商会やゴールディング商会、それにロンダッド商会といった商会と、マホガニー商会とでは明らかに種類が違う。

彼らは「商売」が目的で、アストリッドは「発明」が目的なのだ。

発明家の商会であっても「商売」……と言うより「金儲《かねもう》け」を目的とした商会もいっぱいあってアストリッドは彼らに苦しめられた。

だから知らず知らずファースに対して激しい感情や反発を持ってしまったのだ。

ニナが心のもやもやを消してはくれたが、ファースに対する感情や反発の理由を理解できて今度こそ完全にアストリッドはすっきりした。

「それではケットさんはどうしますか？　損害の賠償請求をするにもお金を持ってはいないでしょうし、衛兵に引き渡せばユピテル帝国の罪状も明るみに出て、長く牢屋暮らしとなるでしょうが」

「……それがいいだろう。俺にふさわしい末路だ」

ファースの言葉に、ケットは膝の上で手を組んだままテーブルの一点を見つめていた。

「待って……くれないか」

言ったのはクレアだった。

「アタシとケットで話す時間が欲しいんだ……ダメかい？」

「それはお勧めできませんね、クレアさん。彼は聞いての通り詐欺師です。あなたを言いくるめることくらいわけはないでしょう」

ファースが止めるのも当然だった。クレアがもし、自分が騙されていたという現実を受け止めきれずにいるのならば冷静な判断なんてできっこない。

「この人の言うとおりだ、クレア。もう俺を信用しないほうがいい」

「……イヤだ」

「イヤだ、ってお前……子どもじゃないんだ」

「あまりにも……いろいろありすぎた。どうしてこんなにアタシだけ苦しい思いをしてるんだって思った。でも、よく考えてみたらさ……ケット、アンタはアタシを守ろうとしてたんじゃないか？」

「…………」

ケットは黙り込んだが、他の面々は「守る？」と疑問符を頭に浮かべた。

「アタシが、酒場で飲んだくれてたアンタを見つけてからしばらく……アンタは本気で魔道具の開発に取り組んでた。あれが演技だったとはどうしても思えない」

それはここにいる中で、クレアしか知らない記憶だ。

「最初の発明品、覚えてるかい？　木工師の道具を手入れするヤツさ。あんなもの売れるものかねって思ってたけど作った5つは即完売で、追加で5つの注文まで入った。すぐに他の商会が似たようなものを出したけど、『ゴールディング商会の魔道具は侮れない』って言われてアタシの鼻は高かったよ」

「…………」

「その次から……他の商会に出し抜かれるようになった。ロンダッド商会が多かったけどヌーク商会のときもあったね。最初の発明の後……だったんだろ？　ロンダッド商会が接触してきたのは」

「……そうだ」

ケットはぽつりと話した。

「……ゴールディング商会の屋台骨は揺らいでいる。今なら損失を出さずに倒産させて……商会の販路を売却すればクレアが一生遊んで暮らせるくらいの金を工面できる。だから……協力しろと……」

驚いたのはニナたちだけではなかった。ファースも目を見開いている。

でもクレアだけは違った。

「……そんなこったろうと思ったよ。アンタは詐欺師のくせに不器用なんだね。アタシに全部話してくれればよかったのに」

「『女ひとりの商会では、どんなトラブルが起きるかわからない』と脅されたんだ……暴力を振るわれたら俺だって自信はない」

それを聞いたファースが「さっきの賠償金では金額が足りませんでしたね……」と忌々《いまいま》しげにつぶやいた。

「それで？　ケット。アタシがゴールディング商会を二束三文で売り飛ばしたあとはどうするつもりだったんだい?」

「……ロンダッド商会に発明家の仕事を紹介してもらうつもりだった。俺は……クレアのそばにいるにはふさわしくない男だ」

「ユピテル帝国でやったっていう詐欺のことかい?」

「……ああ」

ケットはうなずいた。

「バカだね」

クレアは小さく笑った。

それは悲しそうで、寂しそうな声だった。

「アンタはバカだよ……。まあ、アタシもバカだ。大バカさ。アンタの過去の詐欺だって、なにか理由があったんじゃないかって思っちまうんだから」

目尻に涙を浮かべたクレアがファースへと顔を向けた。

「……ファースさん、ケットのことは黙っておいてもらえないかね?」

「他国の犯罪について黙っていることは罪にならないので構いませんが……ほんとうにいいんですか?」

「いいんだ。アストリッドさんや、他のお仲間もいいかい?」

「……構わないよ」

アストリッドがうなずくと、ニナたちもまたうなずいた。

「よかったね、ケット。アンタは自由だよ。どこに行ったっていい。だけどもう、アンタを利用しようとする悪人には捕まらないようにね。元詐欺師が騙されてちゃ世話ないだろ」

「……クレア、俺は」

「これでお開きにしようか。ファースさん、世話になったね。近いうちに改めてこのヴィク商会にうかがうよ」

真っ先にクレアが出て行き、次にニナたちだ。

応接室に残ったファースとケットを、アストリッドはちらりと見て――それから部屋を出て行った。


それから一日を空けた翌々日の朝――ゴールディング商会が開店すると同時におとずれたふたりがいた。

「いらっしゃいませー……あれ？　昨日来てた発明家さん？　それに――メイドさん？」

店員はアストリッドとニナの来店に驚いたようだった。

昨日の依頼の続きなら裏口に回るだろうし。

「店長はいる？」

「あ、はい。ちょっと待っててくださいね」

店員はニナの顔に見覚えがあるようだったが、すぐにクレアを呼びに奥へと行った。

「やっぱりもう少し日を置いたほうがよかったでしょうか……」

「これ以上待ってもそうは変わらないと思うな。私たちだって首都にそう長く滞在しているつもりもないんだし」

「はい、それはそうですけれど」

「であればニナくん、君が考えていたことを伝えてあげるにしても早いほうがいいさ」

そんなことを話していると、

「……ああ、アストリッド。わざわざ来てくれたんだね」

「！」

出てきたクレアを見てアストリッドは驚いた。

顔色は悪いし目の下にはくまがある。明らかに「寝ていない」とわかる顔だった。

さすがに一日空けたから大丈夫かと思っていたのだが、クレアは全然大丈夫ではなさそうだった。

「ああ、平気よ……見た目ほど弱ってないから。あ、お茶出して」

「はい〜」

店員が奥へと消えたが、ふらふらとした足取りでカウンターのスツールに腰を掛けるクレア。

「平気にはまったく見えないけど」

「仕方ないじゃないか、商売は待っちゃくれないんだ。それに今は……なにかしてるほうが気が楽なんだ」

「…………」

アストリッドは思う。

クレアはケットと縁を切った。それは被害者であるクレアが、自分を騙していたケットを「捨てた」ように見える。ふつうに考えれば「せいせいした」と思うところだろう。

けれど人の感情はそこまで単純なものではない。

「それで？　辛気くさい顔を見に来たわけじゃないだろ？　――『依頼失敗』の取り消しは後で必ずやっておくよ」

「いや、実は今日話があるのは、こっちだよ」

「あれ？　アンタは……」

アストリッドが紹介したニナを見て、クレアはすぐにそれが3日前に来たメイドの少女だと気づいたようだった。ヴィク商会にもいたのだが、そのときは気づいていなかったらしい。あのときはそれどころではなかった。

「アストリッドの知り合いだったのかい!?」

「知り合い――と言うより、今は同じパーティーで行動しています」

「それは……そうだったのかい。あの日はすまなかったね、店から追い出したりして……。てっきりアタシはアンタがどこぞの商会からの回し者だと思って」

「わたしも、そんなにもクレアさんに敵が多いと知らなくて……」

「いや！　アンタが謝る必要なんてないんだよ。アタシの勘違いでしかないんだから。ほんとに申し訳なかったね」

クレアはカウンターに手を突くと頭を深々と下げた。「頭を上げてください」「こうでもしないとアタシの気が済まない」「いえ、でも」「いやいや」とふたりがやっているのを見かねて、

「わかった、わかった。クレア、謝罪は受け取ったしニナくんはもう許した。これでお終《しま》い」

「……いいのかい？」

「はい、もちろんです」

ニナが笑顔を浮かべると、クレアもにっこりとした。

「こんなに可愛《かわい》らしい子にアタシはなんて扱いをしちゃったんだろうねぇ……」

「クレア、私が来たときにはぞんざいな扱いをせずに、ニナにはそうしてしまった。その違いがどうしてかわかるかい？」

「…………」

クレアは神妙な顔でアストリッドを見る。

「わかってるならいいんだ。今日はニナから話があるんだ」

勧めるとニナはクレアに、鉱山の街へ食肉を運んでくれたお礼やティエンのことを話し始めた。

（——きっとクレアはもう大丈夫）

メイド服を着ているニナを見たときに、クレアだけでなくロンダッド商会の副店長も同じことを聞いた——「どこのお屋敷のメイドか」と。

アストリッドは最初にクレアに発明家協会から受け取った依頼票、それにフレヤ王国の発明家協

会の登録証を見せた。それでクレアはアストリッドをすぐに信じた。

つまり、肩書きと証明。

このふたつはとてつもなく重要だ。身分や実力を証明してくれるのだから。

でも――とアストリッドは思う。ニナといっしょに旅に出て気がついた。きっとそれよりも重要なものがあると。

それは中の人、そのものだ。

肩書きが立派でも中身がダメになっていれば意味がない。

自分なんかよりも先にニナを信じるべきだったのだ、クレアは――とアストリッドは思う。

だけれどそれがいかに難しいことか。

疑心暗鬼になっていたクレアにはなおさらだろう。

「――ほんとうに助かったんです、わたしも、ティエンさんも。ゴールディング商会はとてもすばらしいお仕事をなさっていますね！」

ニナが話し終えるとクレアは微妙そうな顔をした。

「別に……それは父が遺《のこ》したものだからさ……」

「ご謙遜を。お父様が遺したものであったとしても、しっかりと引き継いでいるクレアさんはご立派だと思います」

「止してくれよ。アタシにもっと商才があれば減っていく売上を見て悶々《もんもん》とすることもないんだからさ」

「――そうは言っても店長はがんばってますよ～。あ、お湯ここ置いときます」

店員が奥からやってきて湯気の立つヤカンとティーセットを置いていった。

「奥の整理をしといてくれ」

「はーい」

店員が奥へ行くのを見送ったクレアが視線を戻すと、ニナが手際よくお茶の準備を始めていた。

「あ、ちょっ！　お客さんがやったらダメだよそんなこと！」

「わたしはここではお客かもしれませんが、メイドですから」

「え？　いや、え？　ダメだよね？」

謎理論で煙に巻かれそうになったクレアがアストリッドに助けを求める。

「まあ、ニナくんがやりたいと言ってるんだからやらせよう。それにニナくんの淹れるお茶はいつだって美味しいからね」

「えぇ……？　でもこれはうちのいつもの茶葉なんだけど――なんだこれ、美味《うま》っ!?」

一口すすったクレアが目を見開く。

「茶葉の管理も重要ですが、淹れ方も同じように重要なんです」

「すごいねぇ……こんなに変わるもんだとは思わなかった。アンタの腕はすごいんだね」

「メイドなら当然です」

さらりと言ったニナだったが、

「……クレアさん、失礼を承知でひとつ『提案』があるのですが、いいでしょうか？　今日は食肉を運んでくださっていることへの『お礼』と、もうひとつ、『提案』をすることのふたつが目的だったのです」

「お礼なんていいさ。アタシも商売でやってるんだから……それで『提案』ってのは？」

「お肉の運搬方法です」

「運搬方法？」

今度こそ「わからない」という顔でクレアは首をかしげた。

なぜメイドの口から「運搬方法」なんていう言葉が出てきたのかと。

「鉱山の街に運ばれてくる食材には紫鈴連花《しりんれんか》が保存料として使われていますが、ゴールディング商会はこれを使わず運んでくださっていますね」

「あ、ああ……紫鈴連花のかすかなニオイを嫌う気難しい料理人がいてさ。それで特別に手配してるんだ。アンタの連れもそのおかげで助かったってことだったね」

「はい。ですがその運搬に問題があるのもご存じですか？」

「もちろんさ。捨てるところが多くなってしまうんだ。ま、それは仕方がないね」

保存料を使わないせいで肉の外側部分が傷んでしまい、切って捨てる必要がある。

そのせいで紫鈴連花を使わない食肉は高価になる。

「もったいないです！　せっかく畜産農家の方が出荷してくださった食肉の、多くを捨ててしまわなければいけないなんて！」

ぐぐいとニナが身を乗り出した。

「そ、それはそうだけど……仕方ないだろう。保存料を使えないいんだから」

「では、他の保存方法を考えてみませんか？」

「ん？」

「『冷蔵による運搬方法』のご提案をしたかったのです」

「ああ――わかったよ。アンタの言いたいことが」

するとクレアは合点がいったというようにうなずいた。

だけれど、

「――それはできないねえ」

「どうしてですか？」

「魔道具の冷蔵庫は確かにあるけどね、それ自体がかなり重いからふつうの馬車では運べない。結局輸送費が高くつく。あと単純に魔道具自体も高価だ」

「その問題を解決できるならどうでしょうか？」

「そりゃまぁ……って、え？　解決できるのかい？」

ニナがちらりとこちらを見たので、

「できるよ」

アストリッドは持ってきた図案を広げた。

「これは……」

「冷蔵庫は基本的に据え置き型、置きっぱなしで設計されているから、それ自体の重さを気にする人はいない。だけど持ち運ぶとなったら話は別さ」

「い、いやいや、この部品はなんだい？『ウェットランズフロッグの皮』ってのは……。アンタは魔物《モンスター》の素材を使うってのかい!?」

「これは保温性と密閉性に優れていてね、なにより軽くて安い」

「その素材はアタシも聞いたことがあるよ。安さには理由があって、それは『破れやすい』からだろ？　そんな部品を使うなんて……」

「私の考案した魔道具は軽量化に重点を置いているんだ」

「そりゃ確かに軽そうだけど、この出力じゃ、冷蔵庫の半分くらいしか冷えない！」

さすが魔道具を新商品にしようとしていただけはある。クレアは設計図を読む勘所を知っているのだ。

「私も最初はそうだと思って自分の中では却下したアイディアだったんだ……だけれど、ニナくんの考えは違う」

「このメイドさんの……？」

自分に注目が集まって、ニナは照れくさそうに言う。

「えっと……まず考えていただきたいのは、食肉の長期保存が目的ではないということです。鉱山街にはもう冷蔵庫があるので、そこにたどり着くまでの保冷でいいんです」

「だけどこの魔道具じゃ……」

「畜産農家に冷蔵庫を置いて、一度食肉を冷やしてから出荷するんです。できるなら氷室から氷を切り出してそれもつけられればいいですね。ウェットランズフロッグの皮でくるめば水漏れもしません」

「あ」

ぽかん、とクレアは口を開けた。

氷による保冷はよくある手段だったが、それと冷蔵の魔道具を組み合わせるという発想がなかったのだ。氷は溶ける前提で、その速度を緩めようというのが今回の魔道具の発想なのだ。

「だ、だけどその皮だよ、問題は！　何度も使えやしないんだよ。数回で破けちまったらどうするんだい」

「予備を常に持っていくんです。いえ、一度きりの使い捨てでもいいかもしれません」

「な……なんだって？」

「ウェットランズフロッグは首都のそばにある巨大湖でよく獲れ、食肉としても出回っています」

「あ、ああ……安いからね」

「しかも個体が大きく捕獲しやすいと。だからこれだけ大きく皮を使っても掛かる材料費は1テルから2テルくらいでしょう。傷んで捨てざるを得ない食肉の金額は……」

「……毎回10テル以上だね。なるほど」

使い捨て、という発想はこの世界にはほとんどなかった。こと、道具においてはなおさらだ。

さらには軽量化した冷蔵の魔道具は取り外しが可能で、ウェットランズフロッグの皮を誰でも付け替えできるというアイディアは発明家のアストリッドにもないものだった。

「え？　いや、ちょっと待っておくれよ。そうしたら海から海産物を運ぶ費用も安くなるし、果物だって流通が盛んになるんじゃ……」

「……そうなんだよね」

ふー、とアストリッドは息を吐いた。

「これはへたしたら流通革命を起こすかもしれない」

もとより王侯貴族は高いお金を払って遠方から新鮮な食品を取り寄せている。それこそ冷蔵庫を積んだ馬車を何台も持っているのだ。

だけれど庶民は違う。

肉のジャーキーにドライフルーツは安く流通しているけれど、新鮮な果物は生《な》っているその場でしか食べられないものだ。

もし、少しばかり高くとも、鮮度の高い肉や魚、果物が流通すれば……暮らしが、生活が変わる。

人生の彩りが変わると言っても過言ではないだろう。

「…………」

唖然《あぜん》としてクレアはニナを見たが、ニナは「？」と小首をかしげているだけだった。

「……こ、この子のアイディアだって？　ウソだろ、フレヤ王国で最近流行の発明技術とかなんだろ？　アタシは見たよ、精霊の力を魔力に変換する画期的な発明があったとかなんとか」

「フレヤ王国は関係ない。あとちなみにその論文を書いたのは私だよ」

「はぁっ!?」

「そしてその発明に至るヒントをくれたのはニナなんだ」

「はぁぁっ!?」

　クレアがもう一度ニナを見るが、

「いえ、わたしはちょっと思いついたことを話しただけで、後はアストリッドさんの才能ですよ！　ほんとうです！」

「その『ちょっと思いついたこと』というか、ニナくんの持っている知識がくせ者でね……」

「そんなことはありません。メイドなら当然思いつくような程度のことです」

　言ったニナに、「ほんとうか？　メイドなら当然なのか？」という顔をクレアがアストリッドに向けてくるが、アストリッドは無言で首を横に振った。

「やれやれ……。人を見た目や肩書きで判断してはいけないっていうことは骨身に沁《し》みてよぉくわかったよ」

「ははは。私もニナくんに会ってそう感じたよ。――ところでこれはまだ設計の段階で、実際に使うには実験を何度も繰り返さなければならないんだ。とはいえこれは新規の魔道具発明だし、ゴールディング商会の本業の助けになるものだと思っている。だからこの研究を――」

「――ウチでは手に負えない」

　設計図を、すっ、とクレアは押し戻した。

「え……？」

「……もう止めようって決めたんだよ、魔道具の発明事業はさ」

「………」

「向いてなかったんだ」

クレアはそう言って寂しそうに笑った。

そう、言われるかもしれないとは思っていた。あれだけの裏切りがあった後であればなおさらだろう。

もし断られたら無理強いはしないでおこう——と、アストリッドとニナは話していた。

「ここにはもう魔道具研究ができる発明家はいない……アタシが雇う発明家はケットが最後。あの人との思い出といっしょに、この事業はお蔵入りにするんだ」

「クレア……」

ひしひしと伝わってくる。

クレアの、ケットへの思いが。

過ごした年月の長さではなく、この商会の未来を懸けた事業にふたりで取り組んだ記憶が、思いを深くしたのだろう。

「ごめんよ。こんなに面白そうなアイディア……世界の流通を変えちまうかもしれない発明、アタシなんかじゃなく別の人に任せたほうがいい——」

そう、言いかけたときだった。

店の扉が開かれた。

「……聞かせてくれないか、その面白そうなアイディアを」

立っていたのは背の高いクレアよりもさらに上背のある、渋みのある男性だった。

着ている服は同じだったけれど乱れていて、髪はボサボサだった。

だけれど目は――その瞳に宿った光は輝いていた。

「立ち聞きするつもりはなかったんだが、聞こえてきてしまって……魔道具を扱う人間が足りないなら俺がやる。俺にやらせて欲しいんだ」

「ケット……」

ふらりと、立ち上がったクレアはカウンターを迂回《うかい》すると駆け出し、

「ケット！　どうして、どうして戻ってきちまったんだよ……！」

彼の前で立ち止まる。

男性は、ケットは、店に入ってすぐのところで両膝と両手を地面に突いて頭を下げた。

「……こんなこと言える義理じゃねえってことはわかってる！　だけど、だけどお願いだ……！

最後にゴールディング商会のために働かせてくれないか!?　都合のいい願いだってわかってる……金なんて要らない。だけど俺を、お前のために働かせて欲しいんだ……」

「ケット！」

そこに覆い被さるようにして、すがりつくようにクレアは泣き出した。

「クレアさ――」

「待って、ニナくん」

近づこうとしたニナをアストリッドは止めた。

「ふたりきりにしておいてあげよう」

「……はい」

ふたりはゴールディング商会から表へと出た。

入口の横にあった札を「ＯＰＥＮ」から「ＣＬＯＳＥＤ」に変更して。


それから時間を置いて商会を訪れるとクレアは照れくさそうに笑って、

「……ケットに戻ってきてもらうことにしたんだ」

と言った。

ケットもニナたちに「やり直すチャンスが欲しい」と深々と頭を下げた。

正直に言えばケットがクレアのそばにいるのは心配だった――彼の経歴を考えれば。だけれどそれも、クレアが決めることだ。

ケットは自分の過去をすべてクレアに話したという。

確かにケットは「結婚詐欺師」として指名手配されていたが、被害に遭ったのは「さる貴族の娘」とか「さる富豪の娘」というふんわりした内容での手配だ。それはどうやらケットを自分のものにしようとした貴族夫人が手を回しているのだという。

問題はその貴族夫人が数名いるということなのだが……ケットも数年前までは遊び人であり、彼女たちを手玉に取って遊んだことは事実だった。それはすべて自分に非があるとケットは話した。だが、誓って、無実の人を騙して金を巻き上げたりはしなかった。そしてケットはいい加減、年齢も年齢だし、遊ぶのは止めて手堅く生きていこうとウォルテル公国に移ってきたのだそうだ。

「ふーん……ケットはワケありってことね。女は秘密を持った男に惹かれるものよ。そして逆もまた真なりね」

話を聞いたエミリはゴブレットに入ったワインをちびりと飲む。

そこは宿の隣にある小さな酒場。客はエミリたち以外にちらほらといる。

エミリはやたらと訳知り顔だが、それは日本で見たドラマや映画の知識であることをアストリッドたちは当然知らない。そもそもエミリが転生者であることもまだ話していない。

「チィにはよくわからないのです。裏切った者をまた雇うなんて」

ティエンはハチミツを入れたホットミルクだ。

「そうだね。クレア自身もよくわかっていないのかもしれないよ」

アストリッドはエミリと同じワインだ。

ニナは宿の部屋で寝ている。

今日は「ニナがやらかして面倒ごとに巻き込まれるのを防止しよう同盟」による会合である。

会合とは言っても、日にちが決まっていない不定期（そこそこ頻繁）会合なのだけれど。

「それで、アストリッド。あなたが持ってった魔道具の設計図は？」

「ゴールディング商会に託してきた。改めて設計内容……というより『思想』だね。『使い捨ての思想』を説明したらケットは震えていたよ。これがどれほど画期的なものか気づいたらしい」

「……チィはよくわからないのだけど、『使い捨て』ってもったいないのです。いくら安くても捨てちゃうなんて」

「正確に言うとね、完全に捨てるわけじゃないんだ。素材で使うウェットランズフロッグの皮は土に埋めるとすぐに分解されて肥料になる。だから今までは肥料として流通していた」

「大雨が降る地方に行く冒険者は、ウェットランズフロッグの皮を何枚か持っていくと聞いたことがあるわ。破れたら埋めちゃうんだって。で、冒険からの帰り道にそこを見ると雑草が生えてる」

アストリッドの説明にエミリが補足しつつ、

「大々的にやるんなら、ウェットランズフロッグの皮の流通を押さえておかないとダメよね。カエルは湖にいっぱいいるとしても、流通を扱うのはまた別問題だから。それってゴールディング商会でできるの？　聞いた感じだと、店員が足りないんでしょ」

「……ヴィク商会が助け船を出すらしい」

「あら。アストリッドの天敵の？」

「誰が天敵よ、誰が。別にあの男が嫌いだとかそういう感情はもはやないよ」

「ふーん……ちゃんと謝った？」

「え？」

「ファースに突っかかったことを謝るってニナに言ったんでしょ？」

「…………」

確かにその話はニナにした。

だけれどそれは、酒場「緋肋鶏の止まり木」の路地裏でのことだ。

あのときエミリはファースとともに店内にいた。

「……ティエン」

「チィは知らないのです」

ニナがそんな話をするはずはないだろうから、言ったとすればティエンだろう。

だというのにティエンは素知らぬ顔でミルクを飲んでいる。

目を合わせないところを見るに、やはり言ったのはティエンだとアストリッドは結論する。

「この子は……まったく、純朴で素直な子かと思っていたのに」

「ふふふ。ティエンも成長してるって証拠じゃない。女は秘密をしゃべってナンボよ」

「そこは秘密を持ってナンボじゃないのかね」

「身内には話して共有して楽しまなきゃ。それで、それで？　ファースにはなんて話したの？」

「……なんでそんなに突っかかってくるんだ、エミリ？」

「や、だってさー。すらっとしたアストリッドとファースが並んだら美男美女って感じでお似合いじゃない？」

「はぁ？」

呆《ほう》けたような声が出た。

「いやいや……待って待って。エミリくんはそんなくだらないことを考えてたの？」

「えー？　くだらなくないじゃん。アストリッドだって発明発明って発明のことしか言わないから、このまま数年したら婚期逃すよ」

「ぐっ……ニナくんが悪いんだ。ニナくんがいると快適で発明のことばかり考えていてもなんの問題もないからね……恋だの愛だの結婚だのは忘れていられる……」

「…………それは同意するけど」

　ダメ女子ふたりはすでにニナの手のひらの上で転がされている状態である。

　ニナに言わせれば「メイドなら当然の仕事をしているだけなのですが」と言うだろうけど。

「ふたりとも、ニナのせいでダメダメなのです。ニナのことはチィに任せてふたりは一度パーティーを卒業したらいいのです」

「ティエン……仲良くなってきたと思ったらずけずけ言うようになったわね」

　こうして同盟会合の夜は更けていき――翌朝、ニナたちパーティー「メイドさん」はウォルテル公国の首都を出発していったのだった。


　4階建ての石造りの建物は、首都の目抜き通りに並ぶ他の建物と比べても遜色ないほどに大きく、立派なものだった。

　窓から光が射《さ》し込む室内は明るく、大きな執務机で書類に向かっている青年――ファース＝ヴィクは部屋に入ってきた男を見やった。

「精が出ますねえ、若」

「……若は止めて欲しいと言ったはずですが、店長」

「若は若でしょう。ヴィク商会の跡取りなんですから」

「私は『跡取り候補』の中のひとりでしかないよ」

やれやれと息を長く吐いたファースは、イスに座ったまま伸びをした。

執務机を挟んで向かいにやってきた中年の男は、「ヴィク商会ウォルテル公国首都総本店」の店長を務める男で、ファースの祖父の代からヴィク商会で働いている有能な男だった。

「調べましたよ、確かにケットという男はユピテル帝国で指名手配をされていますね」

「ええ……そうでしょう。それで？」

「それだけです。衛兵が動くほどの事件でもなし、国境警備隊が警戒を強めるほどの重罪でもなし、ただ指名手配が出ていて、ケットが向こうで暮らすには暮らしにくいだろうなぁという程度のものですな」

「……つまるところ、罪を犯していないと断言はできないが、悲観的に見積もっても害のなさそうな男ということですね」

「つまらない野郎ですよ。若が気にするほどではないでしょう」

「つまるかつまらないかは私には関係のないことです」

ファースがつれなく言うと、店長は肩をすくめた。こういう軽口が好きで、顧客やヴィク商会の中枢にもこれで食い込んできたのだが、ファース相手にはうまくいっていない。

「……それで若、ゴールディング商会から持ち込まれた案件ですが、進めてもよろしいので？」

「はい、もちろんです。なるべく大急ぎでお願いします。ウチの持っている首都郊外の工房を使って、情報漏洩《ろうえい》にはくれぐれも気をつけてください」

「わかりました」

わかった、と言いながらも店長はわかったような顔はしていない。

ファースは、店長から見れば息子と同じくらいの年齢だ。

「では1か月後には試作品をお願いします」

「わかりまし――えっ!?　1か月!?」

「当然です。私は大急ぎでと言いましたよ？」

「ははは、ご冗談を。まず郊外の工房は現在別の開発案件が進んでおり、それが終わるのが来月末です。その後に今回の試作品開発を始めますが、発明家の手配がなかなか難しく――」

「店長」

つらつらと話を続けようとする店長を、ファースは右手を広げて止めた。

「大急ぎでと言ったら大急ぎなのです。この試作品はスピードがすべてです。今すぐすべての案件を停《と》めてください」

「……そんなことできるわけがないでしょう？　若、いくらあなたが跡取り候補だとしてもできることとできないことが――」

「わかりました。では私がひとりで進めることにします」

「えっ」

「この事業についてはヴィク商会を絡めないものとします」

「い、いや、それは……」

店長はうろたえた。

実のところファースの父、現在のヴィク商会を束ねるトップである商会長からは、

――できる限りの力を使って息子たちを助けて欲しい。

と言われていた。

これがヴィク商会の伝統だからだ。

おかしな案件、筋の悪い案件であれば各地の店長が歯止めを掛けるが、それ以外のチャレンジであればどんどんやらせる。

そして最も結果を出した者が次の商会長となる。

「若、これはウォルテル公国首都総本店の店長としての判断です。若は公国全体の総責任者ではありますが、言うべきことは言わせていただきます。事業的な見込みがないものに投資をされては……」

「もういいと言いましたよ?」

「しかしですね」

なおも食い下がる店長に、ファースはため息をひとつ。

「わかりました。しばらくこの店舗から離れるのでくれぐれも干渉されませんよう。あ、当然のことですが今回の案件、誰にも口外しないように」

「い、いえ、邪魔者扱いしているわけではなく……若、若っ!?」

ファースは立ち上がると書類をまとめて部屋を出た。店長が追いかけてくるが無視して店舗を出て、ただの「ファース」として使っている宿へとやってきた。

ファースが、行商人として稼いだ自分のお金で泊まっている宿だから当然高級ホテルなどではない。とはいえ商人がよく使うところなので清潔ではあった。

「やれやれ……」

ファースは、首都総本店の執務机に比べると5分の1くらいに小さいテーブルに書類を載せる。

「あの人も、平時の店舗運営にかけては強いのですが、どうしても将来を見据えた大胆な戦略は描けないんですよね……」

書類に入っていたもののひとつは、設計図だった。

ケットをもう一度雇い入れるという判断はクレアがしたのだから、ファースはとやかく言うつもりはない。むしろ、「そうなるだろう」と思っていた。クレアもケットもお互いに未練たらたらだとファースの目には見えていたから。

アストリッドとはあれから一度話した。彼女はそっぽを向きながらごにょごにょと「すまなかった」みたいなことを言ったが、ファースにはなんのことだかワケがわからなかった。むしろ彼女が「これ、簡単な改造をしてしまったんだけど……返すからいくらかで買って欲しい」と持ち込んできた録音機のほうに気を取られた。アストリッドが改良したそれは、小さい音も漏らさず録音できるようになっており「簡単な改造」とはとても言えない代物になっていたのだ。

彼女が一流の発明家であることをファースも認めないわけにはいかなかった。

録音機にニナが払った購入金額をそっくりそのまま返し「ヴィク商会の発明家に見せて勉強させてもいい」という言質を取った。勉強代だと思えば激安だった。ファースがニナたちのために骨を折った手間賃を考えても十分に元は取れた。

そしてまたも、ファースはアストリッドが一流である証《あかし》を突きつけられることになる。

それこそがこの設計図だ。

ニナのアイディアを元に、アストリッドが仕上げた冷蔵用魔道具の設計図である。ちなみに原本はケットが持っており、これはケットの手による模写だった。

「……完璧だ」

過不足なくまとまっており、誰が見ても「どう作ればいいか」すぐにわかる設計図。

設計図なんて誰が描いても同じだろうと思っていたファースだけに、この設計図はシンプルだからこそ衝撃だった。

素人であるファースですら、「これなら自分にも作れるんじゃないだろうか？」と思えるほどにわかりやすい。

難しいものを難しく言うのは簡単だが、難しいものを簡単に言うのは至難の業だ。

その至難の業がこの設計図上では実現されている。

「流通革命が起きるぞ……！」

ファースもクレアと同じように感じていた。それほどこの設計図には価値がある。

流通の世界を変えた後は、「使い捨て」という発想が魔道具の概念を変える可能性まであった。

そう――説明したのだけれど、首都総本店の店長は理解できなかった。魔道具についてさほど明るくないので、そういう商人には難しい内容なのかもしれない。

「急がないと……」

ファースは焦っていた。

これは時間との勝負だと思った。

まず、ウェットランズフロッグの皮が大量に必要になるが、これを買い集めたらウワサが立つだろう。鼻の利く商人ならばファースの動向に気づくかもしれない。

そう考えるとヴィク商会を動かさなくて済んでよかった。ヴィク商会は他の大手の商会からその一挙手一投足を監視されている。ファース個人ならばさほどでもない。

次に、人だ。

この設計図を見たのはクレア、ケット、それにファース。店長には見せていない。こうなることも可能性として想定していたからだ。

人の口に戸は立てられない。魔道具の発明家を新たに雇えばその者にも設計図を見せる必要がある。なるべく、秘密を守れる発明家が必要だ。

「それよりもまずは工房を用意しなければ……人を雇うには少し時間が掛かるでしょうし。ゴールディング商会の工房でケットさんが働き出したら、ロンダッド商会の副店長は必ず探りを入れてくるでしょう」

あれから副店長はなりを潜めているし、少しずつ損害賠償金を個人的に入金しているようだが、なにを考えているかわからない。

彼だけでなくゴールディング商会を敵視しているヌーク商会なども横槍《よこやり》を入れてくるだろう。ヌーク商会がゴールディング商会を出し抜いたのはほんとうにただの偶然だったらしいが。

わずらわしいったらない。

だけれど、それこそが商売人の競争だ。

ファースだって逆の立場だったらそうする。

「……人目に触れない場所、工房になりそうな建物の用意。……ん、そうなると新たに商会をひとつ作っておいたほうがいいかもしれませんね。私とクレアさんが共同経営者となり、ケットさんを雇う。そこに利益を集めて折半する」

ファースはそのアイディアをメモした。

「でも『ファース』や『クレア』の名前を入れるのはよろしくないですね……新商会の名前は……そうだ、こうしよう」

メモに単語が追加された。

「アス・ニナ商会」

——と。

この「アス・ニナ商会」が作り出した冷蔵の魔道具は、新鮮な魚介類や肉類を安価で遠方に運ぶことを可能にし、各地の平民の食生活を一変させることになるのだが――それはまだ少し先の話。

ちなみに言うと湖に大量にいるウェットランズフロッグが狩られまくり、巨大モンスターが暴れ出すのもまたもう少し先の話だ。

「……ん？」

ファースは書類の中に、見慣れないものが交じっているのに気がついた。

どうやら総本店が集めている雑多な情報を書き留めたものらしい。後で返しておこう――と手に取ったとき、ある一文が目に飛び込んできた。

『ウォルテル公爵閣下がメイドの捜索命令。クレセンテ王国から入国してきたニナという名のメイド。彼女を発見、保護し、公爵閣下へ届け出た者には報奨金を授けると……』

第2章 月狼族を捜せ!　帝国首都サンダーガード編

ティエンは月狼族で、自分の両親を捜している。

なので「男女二人組の月狼族がいる」――そんな情報が入ってきたら捜しに行かねばなるまい。

「ごめんなのです。チィのために……」

「違いますよ、ティエンさん」

「違う……？　なにが、違うのですか、ニナ？」

「そういうときは『ごめんなさい』ではなく『ありがとう』と言うんです。そうしたらみんなハッピーですから」

「――うんっ！　ありがとうなのです！」

馬車に揺られ、ティエンが笑顔でうなずくとニナもまた笑顔を返した。

「……ねぇ、アストリッド」

「……なんだい、エミリ」

「……あたしの目が確かなら、ニナは馬車に揺られながら刺繍《ししゅう》をして、道具の手入れをして、衣服を畳み直して荷物整理しているように見えるんだが？」

「……君の目は確かだよ。見間違いなんかじゃない」

ティエンと話しながらも細々《こまごま》とした作業を続けている――しかも馬車はガタピシと揺れている
――ニナはふとエミリを見ると、

「メイドなら当然です」

「そうなのです。ニナなら当然です」

なぜかティエンが胸を張った。

そんな4人を乗せた馬車は、やがて国境を越えて隣国ユピテル帝国へと入っていく――。

「沈まぬ太陽の照らす都」、「千年都市」、「栄光の首都」とも呼ばれる首都サンダーガードに到着したのはそれから数日後。

高い石造りの城壁が都市を囲んでいるが、その外にもはるか遠くまで街は広がっており、都市内へ入るための長い行列が現れた。

じわりじわりと陽射《ひざ》しが強くなり、春から夏への移り変わりを感じさせる6月のことだった。


月狼族は太古の昔に「月狼」という神聖獣とヒト種族とが交わり生まれた種族だと言われているが、真偽は定かではない。

新月の夜を映したかのような黒くつややかな髪に、ひょこんと立った耳はその先端が白く、ふっさりとした尻尾が生えているのが見た目の特徴だ。

身体能力も人間よりはるかに高いのだけれど、そのぶん燃費が悪く、すぐにお腹《なか》が空いてしまうというのも月狼族ならでは。

また嗅覚と聴覚もヒト種族よりはるかに鋭く、その能力から、過去には料理人として活躍した者もいたという。

「――鮮度の高い情報は商人か冒険者に聞けってのが鉄則なのよ！　この世界じゃ各地を渡り歩くのは商人と冒険者だけだからね」

偉そうにエミリが言ったのだが、ニナが、

「エミリさん、『この世界じゃ』って？」

「そっ、それはいいのよ。ニナ、冒険者ギルドに行くわよ！」

「は、はいっ」

日本からの転生者であるエミリはまだそのことをニナたちに話していない。

話したくないわけではなく、特に話す必要も感じていないし、うまく説明できる自信もないだけだった。

ともかく、4人は宿を取って首都の街へと出た。

城壁内部は古くからの街並みが多く残っているが、それらはどこか厳《いか》めしさすら感じさせる石材で造られた街並みだ。

店を示す真鍮の看板が、にょっきりと建物から生えており、それは見上げるほど高い5階にまであった。

地方都市などは、食べ物、衣服、日用品が主要な店舗であるのだけれど、さすがはユピテル帝国の首都――代筆、失せ物探し、卜占《ぼくせん》、なんていう店まであった。

「わぁ……広いですね」

ニナがまず驚いたのは首都を走る幹線道路の広さだった。端から端へと歩いて渡るのに1分は掛かりそうな広さで、馬車が何台も並走できる。

巨大な鉄の貨車も線路の上を動いており、それは魔法の力を借りたエンジンが動かしていた――人が歩く程度の速度ではあったけれど。

幹線道路の交差点では衛兵が10人ほど散らばって、手旗信号で交通整理している。魔導貨車が最優先で、貨車がやってくるとすぐに人も馬車も停めて貨車が通り過ぎるのを待つ。

「………………」

きょろきょろと周囲を見回しているニナを見て、首都民が気づいてくすくす笑っている。お上りさんだと思ったのだろう――間違ってはいない。

そんな首都民の服装はやはり垢抜《あかぬ》けており、ここに至るまでの宿場町ではまったく見かけなかった柄物のジャケット、パンツスーツ姿の女性などが見られる。男性のほとんどがシルクハットやハンチングといった帽子を着用しているのも特徴だった。

アストリッドは微笑ましくニナを見ていた。

「ニナくん、首都の風景は面白いかい？」

「あ……す、すみません、止まってしまって。いえ、その、すごく裕福な街だなと思いました」

「これだけの人がいて、魔導貨車が走っているからね」

「それもそうなのですが……交通量が多いのに石畳は整備されていて、舞い上がるホコリも少ないので衛生的です。雨が降っても問題ないように排水もできていますし……こういうところまで手が回るのはほんとうに裕福な証拠です」

「………！」

アストリッドは驚き、内心で唸った。

ニナは、魔道具はもちろん都市開発の勉強なんてしたことはないはずだ。

だけれど彼女は本質を見ることができる。

「……なるほど、ニナくんの考えは正しいよ。実はここまで首都を整備し、美しくしたのは今代の皇帝陛下が即位されてからなんだ」

「そうなのですか！　すばらしい方ですね」

「うん、私もそう思う。『帝国の繁栄はここに住む帝国民によってもたらされる』と公言してね、帝国民からの人気も高いんだ。陛下が即位されてから帝国も安定したようだよ」

「すごい……」

「すごいさ。帝国始まって以来の、在位50年だからね」

「へぇ～……って50年!?」

さすがにニナは驚いた。

「い、今はおいくつなのでしょうか？」

「さて、60代だったはずだけど……」

「ひえぇ……じゃあ10代で皇帝に即位されて……」

大通りには垂れ幕やのぼりが出ており「皇帝陛下在位」みたいな文字が書かれていた。

同心円のマークがあって、三重丸のようにしか見えなかったがこれは帝国を意味する簡易記号だった。

本来の帝国紋章は、中央に太陽と月があり、そのふたつをつなぐ1本の剣。波紋のように広がる同心円がそれだ。

本物の紋章を使えるのは皇族だけなので、街では簡易記号というわけだった。

こういったお祝いの装飾は、大抵の国でも行われているのでニナも気にしていなかったのだけれど、「在位50年」という数字は確かにインパクトがあった。確かに「50」という数字が大きく描かれている。

「ちょっとニナ、アストリッド、なにしゃべってるのよ。置いてっちゃうわよ」

「あっ、すみません！」

長い横断歩道を渡り終えていたエミリが振り返って手を挙げている。その横ではティエンが、通行を止められている馬車につながれた馬をじーっと見ていた。ぶるるっ、と馬が鼻を鳴らすとティエンは目を瞬かせた。

首都に居を構える冒険者ギルドは全部で5つあるのだが、そのうちの4つは首都の入口付近に位置しており、受注と発注に特化していた。

エミリが先導してやってきたここ「中央ギルド」は首都の冒険者ギルド業務を一手に扱っている中枢であり、情報を求める冒険者や、大口の発注元である貴族家の使いがやってくる。

建築されて１００年は優に超えているだろう石造りの建物は古めかしくも歴史を感じさせるたたずまいだった。壁や柱が大きく取られ、ひたすら頑丈に造られているのがわかる。過去には首都内でモンスターとの戦闘が起きることもあり、戦闘拠点となるギルドは徹底的に堅牢性を求められたのだとか。

ロビーは広く、多くの人たちがテーブルで話し合っていた。

入ってきたニナたちをいちいち気にかける者もいない。

掲示板は何枚もあり、そこには見切れないほどの情報が掲示されている。

「護衛」「素材」「討伐」といった冒険者にはおなじみの依頼掲示板もあれば、「尋ね人」「失せ物」「指名手配」「情報提供」なんてものもあり、極めつけは「死亡情報」「危険区域」「取扱厳重注意物品」などといった物騒なものまであった。

「わぁ……」

「さ、あたしたちはあっちのカウンターに行くわよ」

「月狼族の情報、ありますかね」

「あるでしょうね」

エミリはウォルテル公国の冒険者ギルドで「月狼族の二人組が帝国の首都サンダーガードにいる」という情報を得ていた。

月狼族はどこにでもいるような種族ではなく、その証拠にウォルテル公国の首都にはまったくいなかった。

希少種族なのだろうとエミリは思っている。

であれば逆に、月狼族を見つけることができれば向こうもティエンには会いたいはずだ――。

「こんにちは、ご依頼ですか？」

受付カウンターに行くと、ギルド職員の女性がにこやかに出迎えてくれた。職員は全員、紫紺の制服を着ており、若草色のスカーフとそれを留めている銀色のブローチがわかりやすく目立っていた。

「情報を提供して欲しいの」

エミリは切り出した。

ウォルテル公国のイズミ鉱山にある鉱山街に捨てられたティエンのこと。彼女が月狼族で、両親を捜していること。首都に月狼族の男女二人組がいるという情報を得てやってきたこと――。

「なるほど……」

職員は目を瞬かせて、ティエンの黒髪と尖《とが》った耳を見ていたが、その視線を後ろにやると――そこにはメイドがいる。

「……ひょっとしてそちらの方はニナさんとおっしゃるのではありませんか？」

「え？　あ、はい――」

「違うわ！」

エミリがすぐに否定した。

実はこの瞬間、エミリのアンテナが反応したのだ――「ニナがなにかやらかしたのではないか？」をキャッチできる「ニナ危険信号アンテナ」が。

だがニナはそれがわからない。

「えっ」

「このメイドは先ほど首都で雇ったネジという名前のメイドだよ」

「えっ、アストリッドさん？」

アストリッドもまた同じようにアンテナが働いたらしい。「やらかしニナ警報アンテナ」が。

「エミリくん、私はネジとともにお屋敷に戻っているよ」

「ええ、頼むわ」

手早くニナをギルドの外に連れて行くアストリッドを見送ると、エミリはティエンに視線を向けた。ティエンはこくこくとうなずいた。「ニナがやらかして面倒ごとに巻き込まれるのを防止しよう同盟」の一員として「ちょっとでもヤバそうだったらニナを連れて退避する」という基本方針を守ったのである。ちなみに基本方針は第6まであるが、今後もふえていく見込みだ。

「ああ、そうなんですか、この首都のメイドでしたか……月狼族とメイドの組み合わせなんてそうそうないとは思っていたのですが」

と言う職員に、

「月狼族自体が少ないしね。あのメイドとは今日初めて会ったばかりよ。……ところでその、月狼族といっしょのメイドになにか問題でも？」

「いえね、ウォルテル公爵閣下がお捜しだそうですよ。そう言えばあなたたちもウォルテルから来たんですよね」

「え、ええ！　でもウォルテルは経由しただけだから！　その前はフレヤ王国にいたの！」

あわててエミリは取り繕った。

（ウォルテル公爵が捜してる？　ニナを？　なんで!?）

さすがのエミリもいきなり出てきたビッグネームに混乱する。

「はあ、そうですか。……それはそうと月狼族の二人組をお捜し、ということですが、それはおそらく『凍《い》てつく闇夜の傭兵団《ようへいだん》』にいるふたりのことでしょう」

「傭兵団？」

「はい。他国に名前が売れるほど有名になっているとは、同じ帝国民としてうれしいですね。そう言えば年齢もちょうど、ティエンさんくらいのお子さんがいてもおかしくはないと思います」

「っ！　そ、そのふたりは夫婦なの？」

「はい、そうだと聞いています」

エミリとティエンは顔を見合わせた。

「お名前は、男性が『彩雲《さいうん》』、女性が『明星《みょうじょう》』と、おっしゃいます」

エミリとティエンが宿に戻ると、ニナが腕組みをして頬をふくらませていた。

どうやら「怒っている」というアピールらしいが、

「……なにニナは可愛い顔してるの？」

「かっ、可愛くなんてないです！　エミリさん！　どうしてわたしを厄介者扱いして追い払ったんですかっ」

「ああ、そのこと。なんでもウォルテル公爵がニナを捜しているらしいのよね。つまり……なんかやったでしょ、ニナ」

「やってませんよ!?　公国にいるときはずっといっしょだったじゃないですかぁ！」

「ん？　そう言われてみるとそうね。でもね、ニナ。あなたはそんなつもりはなくとも、実は『やらかしてしまった』とか、『すごく感謝された』みたいなことに思い当たることはない？　きっとあると思うの。あたし怒らないから思い出してごらん？」

「ないですよ!?　そんなふうに優しく言われましてもありませんって！」

「……ほんとかなぁ」

「……どうだろうねぇ」

「……なのです」

ニナはアピールするがエミリもアストリッドも、ティエンまでも信用していなかった。

「まあ、ニナくんがおいおい思い出すのを待つとして……」

「ないですってばぁ！」

「ティエンくんの件はどうだったんだい、エミリくん」

アストリッドにスルーされて涙目になっているニナを、ティエンがなでなでしてやっている。

「そうね、結論から言うと、首都にいる月狼族がティエンの両親である可能性はゼロではないわ。そこにも期待しつつ、もし違っても他の月狼族の情報が得られるんじゃないかなって」

エミリは先ほど聞いたギルドでの情報をアストリッドとニナにも伝える。

「あのっ、ティエンさんのご両親のお名前はなんとおっしゃるんですか？」

「……『シャオ』と『ツィリン』なのです」

「全然違う……」

「でも、月狼族は部族内で使う本名以外に、通称を持つのがふつうです。だからお父さんとお母さんが『彩雲』と『明星』を名乗っていてもおかしくないのです」

「！」

ニナは頭をなでていたティエンの手を――というか今までずっとなでていたのかという話ではあるのだけれど――つかむと、ぎゅっと握りしめた。

「では、行きましょう！　そのおふたりのところに！」

「っ、う、うん」

急に迫ってくるニナに焦りながらもティエンはうなずいた。

「――の前に、やらなきゃならないことがあるわね」

「やらなければならないこと……？」

「なんなのです？」

きょとんとするニナとティエンに、エミリはにやりとした。


冒険者と傭兵というのは、自由な生き方をできるという点では似ているけれど、その行動の仕方は全然違った。

モンスターを相手に戦うのが冒険者だとしたら、傭兵は人を相手にして戦う。

戦争に駆り出されてその働きに応じてお金を稼ぐのだ。

そのためには個人で仕事を請けることはなく、数十人でまとまる。そうして「団」を結成する。

「凍てつく闇夜の傭兵団」は、広々とした土地を持ってそこに豪邸を構えていた。首都内でも外れのほうにあったけれども、それでも都市内にこれほどの土地を持つのは相当稼いでいる証拠だった。

周囲を高い塀に囲まれているので中はうかがいしれない。それでも3階建ての屋根は見えた。

「大きいですねぇ……」

「うーん、傭兵団というのは儲かるのかい、エミリくん」

「そりゃあ、数人でパーティーやってる冒険者より規模が大きくなった傭兵団のほうが儲かるんじゃないの?」

「…………」

ティエンだけが無言だった。

それは月狼族に会えるという期待による緊張……というのではなく、「耳がもぞもぞするのです」

かぶっている帽子が原因のようだった。

先ほどの冒険者ギルドではなぜウォルテル公爵がニナを捜しているのかはわからなかったものの、「あまりいい話じゃなさそう」とエミリは思っていた。

そういう情報が出回っているのも問題だ。

ニナに関する情報提供だけで懸賞金ももらえるようなので——なんと1万テルという額で、それはニナたち4人が宿に2か月は泊まれるほどの金額だ——「月狼族＋メイド」という組み合わせは隠したほうが面倒ごとに巻き込まれないだろうとエミリは判断した。

その結果の、帽子である。

大きいキャスケット帽は月狼族特有の耳を隠すことができる。ただ耳が帽子の中でもぞもぞする、、、のがティエンはイヤらしい。

「我慢して。宿に戻ったら取っていいから」

「つまり、街中ではずっとつけてなければいけないということなのです」

「……さ、行くわよ」

我慢、以外に解決方法が思いつかないので、とりあえずエミリたちは「凍てつく闇夜の傭兵団」邸宅正門へと向かった。

邸宅の正門は閉ざされているが、鋼鉄製の格子の向こうにお屋敷が見えた。

右手には広々とした広場があり、傭兵の訓練場になっているようだが――誰かが使っているような様子はなかった。

呼び出しベルもなにもなかったが、エミリたちが門の前に立つとお屋敷の扉が開いて男が出てきた。がっしりとした体格で、眠そうに欠伸をしながらやってくる。

「んん？　なんだ、お前たちは」

「ここに月狼族の男女二人組がいると聞いたのだけれど。『彩雲』と『明星』という名前の二人組」

「そりゃいるが……会わせてくれってのはナシだぞ」

「え!?　な、なんで？」

「おふたりは忙しいからな」

男は説明した。

傭兵団の「彩雲」と「明星」のふたりは他国に名前が売れているくらいの有名人だ。

いわゆる「スタープレイヤー」というヤツで、このふたりがいるから「凍てつく闇夜の傭兵団」に依頼を出したい！　という顧客や、寄付を申し出る者もいるという。

「だから、なんの紹介も約束もない者と会ったりはしない。帰った帰った」

だがエミリはこういう傭兵団の対応も想定済みだった。

「ふーん……でも、この子を見てもそう言えるのかしら？」

「ん？」

「じゃーん！」

エミリは後ろにいたティエンを前に出すと、キャスケット帽を取って見せた。

「なんと、この子も月狼族なのよ！　『彩雲』と『明星』のふたりはきっと興味を示すんじゃないかしら!?」

「なっ……」

男は驚いた顔をした——が、

「めっちゃよくできてる耳だな。これほど精巧な『付け耳』は初めて見た」

「……へ？　『付け耳』？」

「あのなぁ。彩雲さんと明星さんのおふたりに会いたくてやってくるヤツはごまんといるわけだ。月狼族の仲間を名乗るヤツは大体10人にひとりだな。そんなわけでシッ、シッ、帰った帰った」

「え!?　ちょっ、ウソ～～～～～!?」

男は振り返りもせずに去っていった。


「絶対に許さないんだから！　このあたしをコケにしたことを後悔させてやるわ！」

ドンッ、とエミリがテーブルに拳を叩きつけた。

「お客さん……テーブルは優しく扱ってくれよ」

「あ、すみません」

スキンヘッドにヒゲ面、肉体はムキムキマッチョという店長がやっている小さなレストランで早めのランチとなった。

もちもちのニョッキにトマトベースのソースがよく絡んでいる。ニンニクの香りと、塩漬けした魚の味がアクセントになっていてとても美味しい。

ティエンのフォークが止まらない。嗅覚が鋭い彼女も満足の一品だ。

「いやしかし、さっきのエミリくんの顔といったらなかったね。ぷぷ、今思い出しても笑える」

「ちょっとアストリッド！　あなたも考えなさいよ！　あたしがどうやってあの傭兵団に報復するかを」

「すぐそういう物騒な方向に行くね、君は。ティエンくんをどうやって『彩雲』『明星』のふたりに会わせるか、だよね？」

「ああ、そう、それそれ。……それと、あたしの望む『ざまぁ』展開ね」

目的がズレそうになっているエミリは、先ほどの取り付く島もないやりとりがだいぶ業腹だったようだ。

ふーむ、とアストリッドが長い足を組んで考える。

「一度、彩雲と明星のふたりに会って、ティエンくんのことを伝えられればいいのだけどね。ウォルテル公国で親と離ればなれになったティエンの境遇を聞いて、ピンと来るかどうかの確認。それに他の月狼族の居場所を知っているかどうかの確認」

「それが難しいんじゃないの。肝心のふたりは全然外出しないって話だし」

あれからエミリたちはもう一度冒険者ギルドに行っていた。

ちなみに傭兵ギルドというのはなく、傭兵団が冒険者ギルドに傭兵を募集することはある。

だけれど今は傭兵の募集はなく、ちょうどこれから夏になるのでリゾート地へ向かう際の護衛依頼が多く掲出され、多くの冒険者が集まっていたのでそっちに聞き込みをしたのである。

ギルドにいた冒険者たちに話を聞いてみると——彩雲と明星のふたりが先頭を切って挑む戦いでは「凍てつく闇夜の傭兵団」は負け知らず。ふたりは帝国でも屈指の有名な傭兵となっていた。

有名になればなるほどふたりに取り入って甘い汁を吸おうとする者が増え——それを面倒に思ったふたりは、お屋敷に籠もりきりになっているという。

「黒髪に、先端だけ白い耳。それがふたりそろうとなれば目立つだろうね……」

「ま、ふたりに会うにはどうにかして傭兵団の内部に入り込まなきゃダメね」

「エミリくんが傭兵として潜り込むというのはどうだい？」

「募集がないって言ってるでしょ」

「そこはほら、『第5位階』の魔導士として行けばいい」

「あのねぇ、アストリッド。そこまで明かせばあたしは採用されると思うけど、逆に『第5位階』の魔導士をそう簡単に手放してはくれないわよ？　入団したが最後、何年も拘束されそう」

エミリが使える魔法は「第5位階」まであり、これは相当にハイレベルな魔法——戦争においてはひとつの「戦術」として使えるほどの魔法だった。

「第5位階」の魔法を使える魔導士は国に数人いるかというくらい希少なのである。

「そうか……短い間だったけど楽しかったよ、エミリくん」

「あたしを置いてくことが前提なの!?　それならあんたが魔道具の修理で潜り込みなさいよ！」

「ああいうところはお抱えの商会に修理も発注するからねえ。よそものが潜り込む余地はないさ」

「むむむ……」

「――あのっ」

とそこへ、トマトソースで口の周りをべたべたにしたティエンの口をぬぐっていたニナが声を上げた。

「わたしがメイドとして潜り込む、というのはどうでしょうか?」

「え?」

「メイドは出入りが激しいものです。洗い場《スカラリー》メイドなんて毎月人が入れ替わったりします。そこならわたしを雇ってもらうのは簡単――」

「「ダメ」」

エミリとアストリッドが口をそろえて言った。

「ニナなんて入れてごらんなさいよ。あっという間に目を付けられちゃうわよ……」

「今まで君の実力が隠れていたことが奇跡みたいなものなんだよ、ニナくん。奇跡がそう何度も起きると思わないほうがいい……」

「え、えぇ?」

いちばんわかっていないのは当の本人のニナだった。

「チィも、ニナに危険な思いをして欲しくないのです。それもチィのことでだったらなおさら……」

「なんかあたしやアストリッドなら危険な思いをしていいみたいに聞こえるけど気のせいよね？　まあ、ティエンの言うことにも一理あるわ。あたしは魔法が使えるからなにかあっても切り抜ける力はあるけど、ニナはね……」

「なにかあっても切り抜ける力がないのは私も同じだと思うけど？　魔道具修理で私を傭兵団に放り込もうとしていたよね？　まあ、それはともかく私もエミリくんの意見に賛成だ」

「うぅ……わたしはそんなに頼りないですか」

ニナが聞くと、ティエンがふるふると首を横に振った。

「ニナはとても頼れるのです。でも、それは違う方面のことなのです。今はニナの気持ちだけでうれしいのです」

それからエミリとアストリッド、ティエンは、それぞれ情報を集めながら彩雲と明星に接触する方法を探そうと決めたのだった。

「…………」

ただ、ニナだけは違うことを考えていたのだけれど。


「——なるほど、あなたが紹介所から派遣されてきた……ニナさんですか」

「はいっ」

「ここは傭兵団だということをご存じですか？」

「はいっ」

「気性の荒い方もいらっしゃいます。一方で、傭兵団長や彩雲様、明星様のように御貴族様のような暮らしをされている方もいらっしゃいます」

その日の夕方、ひとりのメイドが「凍てつく闇夜の傭兵団」の屋敷を訪れた。

裏門から入ってきた彼女を面接しているのはこの屋敷のメイド長で、小太りながら気のよさそうな女性だ。

「はいっ。以前御貴族様のお屋敷で働いた経験がございます」

「あら？　そうなの？　では紹介状を見せていただける？」

「えっと、それが……そのぅ、あのぅ」

「？」

「じじじじ実はですね、首都に移ってくる途中で荷物を盗まれてしまって……ほ、ほんとですよ!?　壺を割った罪で追い出されたとかそういうことではなくってですね！　あ、もちろん身に覚えのない濡れ衣なんですけれども！」

ここにエミリがいれば「ウソ吐くの下手すぎる」とツッコミが入っただろうけれど、残念ながら不在だった。

キョトンとしたメイド長だったが、

「あらあら、かわいそうにねえ。……それで、ほんとうにいいのかしら？」

わりと簡単に信じてくれた。

というのも、

「あなたほどのメイドなら、ここでちゃんと働けば次に行くところの紹介状を書いてあげるわよ」

メイド長はメイド紹介所からの通知書を受け取っていたからだ。ここに記されているのは「ニナをメイドとして推薦する」こと、そして、

「なんたって『当紹介所が始まって以来の逸材』とまで書いてあるんだから」

「あ、あははは……」

実はニナは、ティエンのために「凍てつく闇夜の傭兵団」に潜入することをあきらめきれずにメイドの仕事が集まる紹介所へと顔を出していた。

もちろん前職の「紹介状」を持たないニナはここでも煙たがられたのだが、

——実力をっ、試してみてください！

と頼み込んだのだ。

ふだんなら相手の迷惑も考えてそこまでやらないニナなのだが、今回はティエンの両親かもしれない相手がそこにいるのだ。

エミリたちに「ダメ」と言われたにもかかわらず、独断専行してしまったのもすべて、それが理由だ。

ニナはイズミ鉱山の街で苦しんでふらふらだったティエンを知っている。それが両親と離ればなれになった結果のことなのだから、なんとしてでも、一日でも早く、ティエンを両親に会わせてあ

げたかった。

そんなニナだったが、紹介所としては「面倒だなぁ。無理難題を押しつけて帰らせよう」という感じで「課題」を出した。

それは、紹介所の天井裏にある収納スペースの掃除。

数年放っておかれた天井裏はホコリまみれで虫まで住み着いていたが、ニナは紹介所が「どうせできないだろう」と見積もった時間の「半分」で作業を達成した。

これだけならまだしも、紹介所の職員はどんなに早く終わってもニナの仕事を認めないつもりだった。それほどまでに「凍てつく闇夜の傭兵団」のような大口顧客の紹介は難しいのだ。

この課題には罠があった。

天井裏の掃除をするということは少なからず震動が発生して天井からホコリが落ちてくる。それは紹介所で働く職員たちにとっては邪魔だし、客にとっても失礼極まりない。ホコリが落ちてきたらすぐに乗り込んでいって「課題失敗」を突きつけるつもりだったのだ。

だが——ホコリは、落ちてこなかった。

制限時間の「半分」でニナが戻ってくると、彼女が身につけていたのは汚れひとつないメイド服。

これは、「課題を放棄したな」と思った職員だったが——訪れた天井裏を見てアゴが外れそうになった。

ピカピカになった床、整理された荷物、窓から射し込む数年ぶりの光が見違えるようになった天井裏を見せていたのだ。

（……も、もしややり過ぎてしまったのでは……？）

一瞬後悔しかけたけれど、ニナの目的は傭兵団に潜り込むことだ。

呆けた顔をしていた職員は、5分後に自我を取り戻し、すぐさま「凍てつく闇夜の傭兵団」へと渡す通知を書いてくれた。「君ならどんなところにでも紹介する」という言葉つきで——ある意味ここは完全実力主義の平等な紹介所だったようだ。

とまあ——そんな事情はつゆ知らず、メイド長は言う。

「ウチは大所帯だからね、仕事は多いのよ。特に手が足りてないのは洗濯《ランドリー》メイドだけど……」

ちらりとメイド長はニナを見た。

ランドリーメイドは大量の洗濯物を洗い、干して、取り込むという重労働だった。

ニナの身体だとできなそうだと思ったようだが、

「はいっ、ランドリーメイドの仕事もしたことがあります！」

「そうかい……？　まあ、とりあえずやってみてもらおうか」

「よろしくお願いします！」

ぺこりと頭を下げた。

ニナは今日から、「凍てつく闇夜の傭兵団」のメイドとして働くことになった。

「ニナのバカぁぁぁぁぁぁぁ！」

　宿に戻ってきたエミリは、そこにあった書き置きを読んで叫んだ。

　やはりこれが最善の手段だと思うので「凍てつく闇夜の傭兵団」にメイドとして潜入します――

とニナの筆跡で書かれていたのだ。

「……連れ戻してくるのです」

「ちょっと待って」

　すぐにも出て行こうとしたティエンを、アストリッドが呼び止める。

「あのさ……このままニナくんにがんばってもらわないかい？」

「ちょっとアストリッド!?　なに言ってんのよ！　危ないわ！」

「メイドで雇われただけだよ。危ないことはない……ふつうならね。もちろん彩雲と明星に探りを入れるというミッションはあるけれど、それだって危険というほどじゃない」

「それは……そうかもしれないけど」

「……チィはイヤです。ニナに苦労をかけてしまうことが」

　ぽつりと言うティエンに、

「君は優しい子だ。逆に聞きたいけれど、ニナくんがピンチになったら君はどうする？」

「決まっているのです。助けに行きます」

「命の危険があっても？」

「当然です！」

「――それなら、ニナくんが潜入調査してくれているのは受け入れるべきだよ。他ならぬ君のためなんだから」

「！」

ティエンはハッとしたように口を閉ざす。

「私はさ、こうしてニナくんが勝手気ままに行動してくれるのが、ちょっとうれしいとすら思えたんだ」

アストリッドは苦笑する。

「彼女は気遣いの権化みたいなところがあるよね？　だからきっと私たちが心配することもわかっている。それでも、メイドとして傭兵団に潜り込もうと思った……私たちが仲間だと、家族だと、受け入れてくれるのだと信じているからだよ」

「むう……」

そう言われるとエミリも、わかるような気がした。

「で、でもさ、アストリッド。あんたは心配じゃないわけ？　ニナが……やらかすのがさ」

「大いに心配だよ。だからこそ、私たちはいつなにがあってもニナくんを救うために動けるようにしないとね」

「具体的には？」

アストリッドは人差し指を立てた。

「あのお屋敷の近くに宿を移し、監視できる場所を探そうか。次に……」

彼女が語り出した内容は細かく、よく考えられていた。

思わずエミリが「よくもまあそんなにすぐ思いつくわね？」と聞くと「そりゃこうなることは予想してたからね」と聞き捨てならない答えが返ってきたのだが。


その日、「凍てつく闇夜の傭兵団」のお屋敷――その使用人が住む「離れ」には衝撃が走っていた。

「ウソでしょ……？」

メイド長だけでなく、本宅で働いているメイドたちが唖然としていた。

彼女たちが住む「離れ」は10人のメイドが寝起きする大部屋がひとつと、メイド長の部屋があるきりの平屋、木造住宅だった。築40年を超えてだいぶガタがきている住宅だ。

いや――そうだった。

だけれど今、その外壁は美しく磨かれ、力を入れなければ開かなかった玄関の引き戸は音も立てず開くようになり、気をつけて歩かなければ滑りそうなほどに廊下は磨かれていた。

「皆様お帰りなさいませ。夕食の準備ができています」

ぺこりと頭を下げたのは――もちろんニナだった。

「い、いや、アンタねえ!?　アンタの仕事は洗濯だよ!?　お屋敷の傭兵の皆さんは毎日毎日大量の洗濯物が出るんだから！　それをほっぽり出してアタシたちの住むところをキレイにする必要なんてないんだよ！」

メイド長がまず考えたのは、ニナがランドリーメイドとしての仕事をせずに、自分たちの住居を優先して掃除したのではないかということだった。

「はい、洗濯の仕事はすべて終わっておりまして、先輩にもご確認いただいております」

先輩、と呼ばれたのは背の高いメイドで、洗濯と掃除の業務を任されているチーフでもあった。

「どういうこと⁉」

「は、はい、この子の言ったことは事実でして……そのぅ、アタシもよくわからないんですが、気づいたら洗濯は終わって全部干し場に干されてたんですぅ」

「干しっぱなしってことかい⁉」

「そ、それが、気づいたら洗濯物は取り込まれてて、畳まれて、元の場所に戻されてましてぇ」

「畳まれっ……元の……⁉」

「時間が余ったアタシは掃除のほうに回りまして、そしたらこの子は部屋の掃除をしたいって言うもんだから、まぁ、それもいいかなって許可したんですけどぉ……」

「………………」

ワケがわからない、という顔でメイド長がニナを見るが、

「お食事、温かいうちに是非召し上がってくださいませ」

ニナはにこりと微笑んだ。

その食事があまりに美味しくて、お代わりを求めるメイドが続出したことはあえて言うまでもないだろう。

いつもと同じ野菜と肉が少々のスープにしか見えないのに、味が全然違う。

気づけば皿が空になっている。

メイド長は呆然《ぼうぜん》とニナにたずねる。

「あのさ……ニナ、アンタはどこぞの御貴族様のところで働いてたんだよね?」

「はい、クレセンテ王国のとあるお屋敷です」

「そっちはみんな……これくらいのことができてしまうのかい?　その、洗濯や掃除、それに賄いの用意まで」

「メイドなら当然です」

「当然……当然か、なるほどねぇ。世界は広いや」

メイド長は謎の納得をしてしまった。

「?」

当の本人であるニナは小首をかしげるだけだった。

翌日からニナは洗濯だけでなく本宅の掃除も任されるようになった。ニナがどんどん仕事を終わらせて行くので10人いるメイドのうち4人がヒマを持て余すようになってしまい、

「アタシも洗濯がいい!」

「掃除担当はアタシに！」

と他のメイドが担当替えを希望する始末。つまり、ニナが仕事を終わらせてくれるところに移りたいという希望だ。

「これはマズいわ……堕落の始まりね……」

さすがのメイド長も考えた。よく効く薬も飲み過ぎると毒になるように、よく働く有能なメイドも、使いすぎると悪影響があることに気づいたのだ。このメイド長は聡《さと》かった。「メイドなら当然」と言われて「世界は広いや」なんて勘違いしてしまうところはあったが、ニナの実力に関しては優れた洞察力を持っていた。

さらには決断力もあった。ニナの仕事領域をきっぱりと分け、残りの仕事は必ず他のメイドがやるように指示した。

とはいえ、ニナもニナで自分に割り当てられた仕事がすぐに終わってしまうと時間を持てあます。そしてニナには特殊な能力があり、彼女は「新たな仕事」を発見するのが上手だったのである。

それまで手が回っていなかった訓練場の整備や、裏庭の草むしり、屋根の修繕などまでやるようになり、お屋敷は瞬く間に美しく整っていく。

さすがにニナが屋根に登り出したときには、遠くから見守っていたティエンが「な、なにやってるのですか、ニナ!?」とあたふたしたりもしたのだけれど。

環境がよくなればメイドだけでなくそこに住まう住人も気がつくようになる。

いつも裏口から出入りして、お屋敷で必要なものをメイド長から聞いて、調達をする御用聞きを

していた老人はニナに声を掛けると、

「アンタは、精が出るねぇ。まだ若いのに立派なもんじゃ」

と言う。

「いえ、メイドなら当然です。むしろお爺《じい》さまこそ、いつまでも壮健に働いてらしてご立派です」

「ほっほっ。その言葉、息子にも聞かせてやりたいわい。ワシが働いておると『みっともないから家にいてくれ』などと言う」

「息子さんもご立派ですね。きっとお爺さまにゆっくりしていただきたいんですよ」

「アンタは優しいのう。息子があと20若ければ、結婚相手に紹介するのじゃが……」

残念残念、と言いながら曲がった腰で、杖を突きながら去っていった。「息子」とは言っても老人の年齢から考えると60歳前後だろう。そこから20若くともニナとはまったく釣り合わないのだが、ニナはにこにこと老人を見送った。

変化に気づいたのは出入りする人間だけではない。

当然、そこで暮らす傭兵たちも気がついている。

「おい、なんか屋敷の中がきらきらしてねえか？」

「は？　お前、どのツラ下げて『きらきら』なんて言ってんだ」

「顔は関係ねーだろ！」

筋骨隆々で、顔に傷痕が残るような強面《こわもて》たちだ。

彼らは昼過ぎまで寝ていて、起き出すと訓練場で鍛えてから夕方にはお屋敷を出て行ってしまう。

街で飲んで騒いで、帰りは日付も変わったころ――そんな生活を送っている。

酔っ払っているとガラも悪くなるので、夜半は男性使用人だけが彼らの相手をするようになっているのだが、酔いすぎて吐いたり、ドアや壁を壊したりする。

傭兵というものは冒険者よりもタチが悪いようだ。

そんな汚れもニナが率先して掃除し、壊れた場所も直してしまうのでお屋敷はいつも清潔になった。

お屋敷は、たった数日で変貌した。


とはいえ。

お屋敷の住み心地改善に協力しているニナであっても、足を踏み入れることが許されない場所があった。

最上階の、３階である。

「……なあ、明星。お屋敷の中がだいぶ変わったよな」

「ええ、キレイになってるみたいね？　私は下まで行かないからわからないな～」

３階はこの傭兵団の団長の執務室と私室があり、それに彩雲と明星のふたりが寝起きしているフロアでもある。

広々とした部屋はこの屋敷のどの部屋とも違うインテリアだ。

赤色のカーテンには金糸で、緩やかに渦巻くような雲の模様が描かれている。

床面は黒のタイルが貼られ、落ち着いた統一感がある。

調度品の類もくすんだ茶色の木材が使われているのだがそれはあまり見かけない木材だった。

茶を飲んでいる明星が使っている茶器は白磁で、持ち手がついていないものだ。

「なあ、ここも掃除してもらおうぜ」

「冗談でしょ。掃除してるのは新しく入ったメイドだって聞いたわよ？　そんな子、３階には入れらんないでしょ」

「下ばっかりキレイになってここはホコリが積もったまんまってのは納得できねぇ」

彩雲が手を伸ばして棚の上に人差し指を滑らせると、確かにホコリがついていた。

「そんな上の棚なんて誰だって届かないわよ」

明星が言うのも当然だ。

彩雲の身長は１メートル90センチほどはあり、彼が見えている世界とメイドたちが見えている世界は違う。

筋肉は盛り上がり、開けた胸元からは胸筋がはっきり見える。

がっしりとしたアゴには古い傷痕があった。

彩雲と明星が着ている服もまたこの街の人々とは違った。

彩雲は着流しのようなものを羽織り、その色は水色。緩く帯を結んでいるが下はだぼっとしたズボンだった。

明星も同じ着流しだったけれどこちらの色は明るい朱色。インナーを着ているので当然胸元は見えない。

ふたりに共通しているのは黒い長髪と――頭の上からぴょこんと飛び出たふたつの耳。先端は白くなっている。

腕と足もまた黒の毛でフサフサだ。

「大体ね、新しいメイドの子を呼んでなんかしようって魂胆だってことはお見通しなのよ」

「ぐっ……。い、いいじゃねえか、俺に手をつけてもらって喜ばないメイドはいねえぞ」

「でも傭兵団長はそれを問題視してるわけでしょ？　それで結局メイド長しか来ちゃいけないことになってるじゃん。どうしてもって言うならメイド長に相手してもらいな」

「あんな年増は要らねえ！　クソッ。いったいいつまでこんな生活続けなきゃいけねえんだよ」

「さあね～。私は気に入ってるけどね。食べて寝て、身の回りのことはなんでもメイド長がやってくれる。ここんとこ戦争もないからダラダラしてられるし」

「飽き飽きだ！　俺は外に出てぇんだよ！」

「……イヤよ、貧乏に逆戻りなんて」

「…………」

言われて、彩雲はむっつりと黙り込んでしまった。

「チッ」

すると、のしのしと歩いて部屋を出て行ってしまった。

隣の部屋は彩雲の個人の部屋だ。

大方そこでふて寝だろう。

「まったく子どもなんだから」

呆《あき》れたようにつぶやいた明星は、ふわぁ、と欠伸をひとつ。

「……それにしてもヒマね。まあ、いいか、あたしはこの宝石を眺めているだけでも楽しいし」

彼女が手を伸ばしたのは茶器ではなく、その奥に置かれた——宝石のちりばめられた箱だった。

蓋を開くと、色とりどりの宝飾品が現れた。

中でも、大きなエメラルドのはまったネックレスを取り出すと、反射した光が室内を照らし出す。

明星はうっとりと、その光を見つめていた。


ニナがお屋敷に来てから、さらに5日が過ぎた。

相変わらず3階には行けないし、彩雲と明星のことを聞いても他のメイドから情報はほとんど得られなかった。

「——3階に行けるのはメイド長だけだから」

「——ずるいよね！　彩雲様と明星様を独占してるんだから！」

「——遠目に拝見した彩雲様、あたしのほうを見てにっこり笑ってくださったんだぁ」

どうやらメイド長だけが3階に行けるらしい。

メイド長にふたりのことをちらりと聞いてみたことがあったのだが、

「……ニナさん。あなたもあのお二人が目当てでこのお屋敷に来たの？」

ふだん温厚なメイド長が、そのときばかりはぎらりと目を光らせたのだ。ニナはあわてて首を横に振った。

どうやら「凍てつく闇夜の傭兵団」にとって彩雲と明星はほんとうに大事なメンバーなのだろう。

「でも、どうしてそんなに秘密主義なんでしょう……?」

ニナが洗濯物を干しているときに、同僚のメイドに聞いてみた。

このメイドはニナと同い年で、ウワサ話が大好きな青髪のメイドだ。

「そりゃあそうよ! あのおふたりがいれば百戦百勝なのよ! ……ってあたしもここの傭兵さんから聞いたんだけどね」

月狼族のふたりは傭兵として名を馳せており、そのふたりが先陣を切って突っ込んで行くと他の傭兵の士気が上がり、逆に相手の士気は下がる。

傭兵が投入される戦場は局地戦が多く、そういった場所では士気——つまり戦闘員の勢いが非常に重要だ。

勝てば勝つほど傭兵たちは勢いに乗る。

結果、全勝ということらしい。

「そんなにいっぱい戦争ってあるんですね……」

ニナとしてはむしろそちらに驚いていた。

お屋敷で働くことがメイドの生き方なので、世界情勢はともかく、それほど多くの紛争があるとは知らなかった。

「んー、でもさ。ここ3年くらいはないんじゃないかしら。だってこの帝国はとっても強くて、他の国なんて相手にならないしね」

「なるほど……？」

あまりに大きな話で、ニナにはピンと来なかった。

ともかく「凍てつく闇夜の傭兵団」が彩雲と明星を大事にしていて、そのふたりが勝利を導く鍵になっていることはわかった。

「……アンタも彩雲様と明星様狙いで入ってきたの？」

「え!?　そそそそんなことはありませんです！」

メイド長に続いて青髪のメイドからもいきなり聞かれ、ニナは思わず動揺したが、

「ふーん？　ま、いいけど。彩雲様は色っぽい大人の女性が好みだっていうからアンタは当てはまらないでしょうし」

「はあ……」

同僚の少女はツンとした顔でどこかへ行ってしまった。

なんだか最後の物言いには険があったような気がしたけれど、なんだったのか——ニナにはわからなかった——。

このままずるずる日が過ぎていったらどうしよう、エミリさんたちに連絡もできていないし……とモヤモヤし始めたニナだったが、事態が動き出したのはその翌日だった。

メイド長が朝いちばんでメイドたちを集めた。

ここはメイドの宿舎なので、彼女たちは気の抜けた顔で欠伸をかみ殺している。

今の時間は肌寒いほどだが、正午前後の陽射しは汗ばむほどだ。これから夏に向かってどんどん暑くなるだろう。

「みんな、ちょっと仕事を始める前にいいかい？　実はあたしの父が病気で倒れちまってね、何日かお屋敷を空けなきゃいけなくなったんだ」

メイドたちはざわついた。メイド長の父親を心配する声が半分、そしてもう半分は、

「――メイド長！　そしたら３階のお世話は誰がするんです？」

青髪のメイドが手を挙げた。

関心事はそこだ。場は静まり返った。

「ニナにお願いしようと思うんだ」

「えっ……」

少女は絶句したが、他のメイドたちは「やっぱりねぇ」という反応が多かった。

それほどまでにニナの仕事ぶりが他のメイドたちより抜きんでていたからだ。

「なっ、なんでですか!?　ニナはあたしと同い年で、しかも入ったばかりじゃないですか！」

しかし青髪のメイドはそこまでわかっていなかった。彼女もまたメイドになってからの日は浅く、他のメイドの働きを見る余裕もなかったからだろう。

「あたしが決めたことに反発するのかい？　そんならいつ辞めて出てってくれてもいいんだよ」

「うっ……」

「ニナ、任されてくれるかい？」

「は、はい！」

不意に訪れたチャンス。彩雲と明星に接触できる。

「ニナの仕事を減らさずにそのままでも大丈夫かい？　まあ、聞くまでもないかもだけど」

「もちろん、問題ありません」

「よし。それじゃあ、話は以上だよ。みんな仕事を始めた始めた」

メイド長はぱんぱんと手を鳴らした。

メイドたちが散っていく中、少女メイドは青い髪をなびかせて自分の部屋へと走っていってしまった。

「あ……」

ニナが声を掛けるよりも前に。

（……なんだか、悪いことをしてしまいました）

ニナとしては彩雲と明星になんの思い入れもない。

ただ、彼らがティエンの両親なのか、あるいはティエンのことを知っているのかどうかを確認したいだけだった。

「ニナ！　3階の説明をするよ。ついておいで」

「はい！」

メイド長に呼ばれてニナはともに宿舎を出た。

（あとであの子にも話をしよう。わたしひとりじゃ３階は大変だから、手伝って欲しいって言えば他のみんなも納得してくれると思うし）

うんうんとひとり納得すると、

「……ニナ、言っとくけど、余計なことをするんじゃないよ？」

ぎくっ。

「あたしはアンタの仕事を信用して任せるんだからね。人柄を信用したわけじゃないから」

「わかっております……」

先に釘《くぎ》を刺されてしまった。

「おはよう」

裏口からお屋敷に入ろうとすると、御用聞きをしている老人が現れた。

「ああ、これはこれは、おはようございます」

するとやたらと大仰にメイド長が礼をした。ニナもいつもどおり「おはようございます」と挨拶をしたのだが、

「朝から精が出ますな。そうそう、商品をもろもろ発注しておいたので、後はよろしくお願いします」

「はい。ニナ、こっちも頼んだよ」

「はい！」

「――それで、3階だけど」

老人と別れてお屋敷に入りながらメイド長が言う。

「誰がいるかはわかっているね？」

「はい。傭兵団長様と彩雲様、明星様ですね」

「そう。そのお三方の目には触れないように行動するんだよ。アンタのことは団長と執事長にはお伝えしてはあるけどね」

「かしこまりました」

このお屋敷にはメイドが多いけれども執事はほとんどいない。

なぜかと言えば貴族とは違い傭兵団なので、領地経営もなければ複雑なお金のやりとりもないために、執事の仕事はほとんどないからだ。

とはいえ執事がいないと不便もあるので、執事長がひとりと、見習いの執事がひとりだけいる。

執事と言うより、「傭兵団の経理係」兼「男性使用人の管理役」である。ちなみに最初の訪問時に門まで出てきてエミリに応対したのは傭兵団の新入りだ。

ニナが執事と顔を合わせることはほとんどない。

「さ、こっからだよ」

3階へ上がるのは初めてだった。

もちろんエスカレーターやエレベーターなんてものはないので歩いて上がる。

「毎回ここを、食事を持って上がらなきゃいけない。料理長に頼めば何人か貸してくれるよ。掃除は1日に1回、気になるところを――」

メイド長が言う内容をニナは頭にメモしていく。メイド仕事に関することは一度聞けば不思議と忘れることなく正確に覚えられた。

「まずは団長のお部屋だね」

3階にたどり着くとひっそりとしていた。

早朝だから、というのもある。廊下の窓から朝日が射し込んでいた。

「…………」

団長の部屋へと歩いて向かいながら、ニナはうずうずしていた。

廊下の隅にはホコリが残っているし、飾られた絵の額縁にも汚れがある。窓だって曇っている。

もちろんメイド長の前で掃除に取りかかるようなことはしないが、これをすべてキレイにしたらどれほど気持ちがよく、お屋敷の人たちにも喜んでもらえるだろうか。

そう思うとうれしかった。メイド冥利に尽きる。

「――団長、おはようございます。失礼します」

お屋敷のいちばん北側の部屋の前でメイド長はそう言うと、ドアを開いた。相手の返事などまったく聞かずに入る。

ドアを開けると、ムッとするような酒のニオイが漂ってきた。

室内は暗く、ぐおおおといういびきが聞こえてくる。

引かれたカーテンの隙間から明かりがこぼれており、広々とした部屋の中央にソファとローテーブルがあるのがわかる。ついでに、酒瓶と倒れたコップ、食い散らかした残骸も。

部屋に入ってすぐのところにワゴンがあり、メイド長はそれを押してローテーブルへと向かう。

ニナもすぐに動いてテーブルを片づけ、ワゴンに載せた。

「……アンタはほんとに手が早いねえ」

「恐れ入ります」

あっという間にキレイになったテーブル周辺。

「団長はまだお休みだね」

メイド長の視線を追って、隣室を見やると、

「！」

女物のドレスが床に散らばって、下着も置かれてあるのにニナは気がついた。

「それじゃ出ようか。団長は起こされるのが大嫌いだから、あっちの部屋に行くときは団長が起きてるときにしな」

「は……はい……」

「？　どうしたんだい。……アンタもしかして、ウブなのかい？」

「…………」

ニナとて幼児ではないので男女がベッドでなにをしているのかくらいは知っている。というよりメイドの師匠に教え込まれた。

だが知っているのと実際に目にするのは別だし、ニナ自身そういう経験がまったくなかった。

「アンタにも弱点はあるのねえ。なんだかホッとしたよ！」

「お、恐れ入ります……」

これもひとつのメイドとしてのたしなみかもしれなかったけれど、落ちていた服だけでさえニナには刺激が強すぎた。

「次は彩雲様と明星様の部屋だよ」

「！」

廊下を反対側に進むと、実質的に団長と並ぶ地位にある彩雲と明星の部屋がある。

「こっちには4つのドアがあってね、ふたつはつながった大広間、もう2つは彩雲様と明星様にひとつずつ割り当ててあって……」

「メイド長！」

奥の部屋から男の声が聞こえた。

「ありゃ、彩雲様だ……アンタもついといで」

「は、はい！」

思いがけず彩雲との顔合わせのタイミングが訪れたようだった。

こちらの部屋もさっきの団長と同じく酒臭いニオイが漂っていた。

彩雲はぼさぼさの頭にバスローブのような着物を羽織ってベッドサイドの床に座り込んでおり、その胸元ははだけていた。

「うぅ……頭いてぇ。水をくれ」

「はい、こちらに」

予想していたのか、メイド長は水差しから水を入れると彩雲に手渡した。

「くあ～～～～アッ、頭いてぇ」

「またお飲みになったんですか。こんなにたくさん……」

ちらりとメイド長がテーブルを見ると、ニナがすでに酒瓶を片づけており、布巾でテーブルを拭いているところだった。相変わらずの仕事の早さに目を瞬かせていると、

「あん？　そっちの嬢ちゃんは……」

「ニナと申します、彩雲様。もしよろしければ温かいスープをお持ちしましょうか？」

「あ？　スープなんて熱いもんはいらねえよ」

「失礼しました。酔い覚ましに効くのですが……」

ニナが言うと、

「酔い覚ましに？　……そんなら持ってきてみろ」

「はいっ」

彩雲は初めて見るメイドにきょとんとしていたが、ニナが部屋を出て行くと、

「……アイツは？」

「ニナというメイドです。私がしばらくここを空けるので、代わりを頼みました」

「おいおい……あんなちっこいのになにができるんだよ」

「あの子の作る料理は絶品ですよ」

「ほう？　……ん、まさか最近入ったメイドってのはアイツか？」

「さようです」

「ふーん」

彩雲へスープを提案したニナをメイド長が止めなかったのは、ニナの腕をメイド長も信頼しているからだった。

するとドアがノックされた。

「スープを持って参りました」

「え？　もう？」

ついさっき出ていったニナがもう戻ってきたので彩雲が驚いているが、差し出されたスープ皿とスプーンを大人しく受け取った。

茶色く透明なスープだった。

こんなスープは見たことがないな――という顔で彩雲が一口すすると、彼は「！」と目を見開いた。

「なんだこりゃ、べらぼうにうめえな！」

「ありがとうございます」

「お代わりをくれ！」

スプーンを使うのももどかしく彩雲は皿に口をつけて一気に飲んでしまった。

ニナがお代わりを差し出すと、それもまた一気飲みだ。

「ふう……ちょっとは落ち着いたな」

と腹をさすっている。

「飲んだら眠くなってきた。くぁ……俺は寝る」

「かしこまりました」

メイド長とともにニナは廊下に出る。

「……それにしてもいい香りだね。なんのスープだい？」

「はい、こちらは仔牛の骨を煮込んだダシをベースにしたものです」

フォンドボーと呼ばれるスープである。

このスープだけだと味が足りないので、調味料で調えているが。

味わいはやはり動物の風味があり、このスープは以前ティエンに作ったことのあるものだった。

（ティエンさんが大好きな味だから、彩雲様もお好きかと思いましたが、やっぱりそうだったようですね）

ニナからすれば同じ月狼族だから当然好きだろうと思ったのだ。

「しかし、こんなスープよく用意してたね」

残り物を味見しながらメイド長が言う。

「実は今日、3階に来るとはまったく思っていなかったのですが、メイド長から彩雲様にお勧めいただこうと思って昨日から準備していました。その、二日酔いには温かい水分がいいので」

高価な酒の消費量が毎日多いことから、ニナは、3階の住人が深酒しているだろうと推測していたのだ。

メイド長にスープを勧めてもらって彩雲がニナに興味を持ってもらえないかと考え、準備していたというわけだ。

「はぁ～……アンタに任せれば安心だね」

「ありがとうございます。がんばりますっ」

「アンタを採用したのはめっけもんだったってことだねぇ」

うんうんとうなずいた。

「――それじゃ、後はよろしく！」

引き継ぎが終わると、メイド長は裏口からお屋敷を出て行った。

頭を垂れて見送ったニナは、

「よしっ。それじゃ、お仕事しましょう！」

メイド仕事に取りかかった。

「………」

そんなニナの背中をじっと見つめる青髪のメイドには気づかなかった。

朝食にしようとベルを鳴らした明星は、入ってきた少女を見て目を瞬かせた。

「あら、メイド長は？　……そうか、何日かいなくなるって昨晩言ってたっけ」

「本日よりお世話をいたします、ニナと申します。お食事をお持ちしました」

「ありがとう――」

明星がゆったりとテーブルに座るころにはニナが朝食のセットを終えていた。

焼きたてのパンがバスケットに盛られて湯気を立てている。

数種類のジャムの瓶に、スープ皿。こちらにも先ほど彩雲に出したものと似たスープが入っていた。

「手際がいいのね」

「恐れ入ります」

「ああ、私はこんなに食べないから少しでいいのよ……」

「はい。そのように料理長から聞いておりますが、もしよろしければスープから先に召し上がってみてくださいませ」

「？　朝から温かいスープなんて……」

明星はあまり気が進まないようだった。

彼女の好みについてもメイド長や料理長から聞いている。

ここは傭兵団だけあって、出される料理も肉！　脂！　塩！　という感じの豪快な料理が多い。

もちろん、荒くれ者の傭兵たちにとってはそれがとてつもないごちそうではあるのだが、明星の好みは違うらしく、彼女は毎朝ほんの少しのパンとジャムしか食べないという。

そのせいか、明星の身体はほっそりとしていた――アストリッドよりも細く見える。

（見た目が細くともすごいパワーを持っているのが月狼族ではありますが）

ニナに勧められて明星がスプーンで一口スープをすすると、

「！」

ハッ、と目を見開いた。

「美味しい……それに、なんだろ。身体がぽかぽかする」

ニナは身体を元気にするスイッチを入れるために身体が温まる香辛料を使ったのだ。

香辛料は目玉が飛び出るほど高価《たか》いのだが、どう使えばいいか、マークウッド伯爵邸の料理人ロイから教わりニナは知っていた。もちろん、この「凍てつく闇夜の傭兵団」も裕福なので香辛料のストックはたっぷりあった。

明星はスープを飲み終えるとパンを手に取ってジャムを塗った。

「ん～、美味しい！　今日はなんだかお腹が空くわ」

「あの——」

「？　なあに？」

「……いえ、お茶を召し上がりますか？　口の中がさっぱりしますよ」

「もらおっかな」

ニナはほんとうは、ティエンについて聞こうと思った。

だが主人の食事中に自分の用件を切り出すなんていうのはメイドとして失格だ。話を求められたのならまだしも。

食事が終わるのを待とう。メイドとしての働き方を忘れてはならない。

明星の食事が終わろうとしていると、のしのしと廊下から足音が聞こえ、

「おい、腹が減った！　俺にも飯をくれ！」

「なによ彩雲。ずいぶん早起きじゃない……それに二日酔いじゃないなんて珍しいわね」

「それが聞いてくれよ。さっき新しいメイドからもらったスープを飲んだら汗がわんさか出てよ、そしたらすっきり二日酔いが……って、おお！　ここにいたのか！」

「食事をお持ちしました。こちらで召し上がりますか？」

「え、いつ取りに行ったの？」

明星が目を瞬かせる。先ほどまではなかったワゴンが追加されてあったのだ。

「おお、ここでいいぞ」

ぼりぼりと腕をかきながら彩雲は明星の向かいに座った。

「…………？」

月狼族は腕回りこそオオカミのような毛皮があるが、他の部分は人間と同じ皮膚になっている。ちょうどその境目を彩雲はぼりぼりとかいていたのだけれど――かぶれたように赤くなっていたのだ。

彩雲は「美味そうだな！」と喜んで食べ始める。

こちらは明星と違い、朝から骨付き肉だ。

「うーん、とろけるように美味い。なんだこりゃ、料理長の新作か？」

「いえ、僭越《せんえつ》ながらわたしがお作りしました」

「なんだって!?　あの頑固な料理長がよく許したな」

ニナも苦笑する。

お屋敷の厨房《ちゅうぼう》を預かる料理長はどこでも大抵頑固な料理人が務めている。

「はい、こちらの料理についてお教えしたところ、快く……」

「ふーん。確かに美味ぇな」

「恐れ入ります」

実のところこの料理は「トロトロ鳥」という種類の鳥肉を利用している。火を通すと生木のように固くなる性質があるために「どこがトロトロなんだよ」とキレる料理人が続出したという曰《いわ》く付きの鳥肉だ。生肉ならば柔らかいので、番犬を飼っているお屋敷などが購入してエサにするのが主な使い道だった。

だけれどトロトロ鳥の肉を柔らかくする調理法がある。これはエルフの賢人トゥイリードや料理人ロイから聞いたことではなく、たまたまニナがお屋敷の掃除をしていたときに蔵書にあった内容だった。

大量の塩に卵白を投入し、セメントを塗るように肉をコーティングして焼く。

塩竈《しおがま》焼きである。

これで、トロトロ鳥の肉がやたら柔らかくなるのだ。

大海を越えた向こう、東国で利用されているレシピがたまたま蔵書の「見聞録」にあったというわけだ。

そのことを知ったロイは唖然として、

――お前、とんでもねぇ発見をしたな……。

と言った。

そしてこの傭兵団の料理長もまた、レシピの経緯を聞いて、

「お前、とんでもねぇ発見をしたな……」

と唖然としていたのを思い出す。

「なあ、ニナっつったっけ？　お前、帝国の出身じゃねえだろ？」

「はい。以前はクレセンテ王国におりました」

「ほおー。だからこんな美味い料理を知ってたのか」

「いえ……メイドなら当然でございます」

ふうん、という顔で彩雲はうなずいている。

「ね、あたしにもちょうだいよ、それ」

すると明星が言い、

「あ？　お前、朝は食わねぇだろ」

「いいじゃない。今日はお腹空いてるのよ」

「まだございますから――」

とニナが小分けにした鳥料理を出そうとしていると団長の部屋からベルが聞こえた。

「ああ、ここはいいから行ってこい」

「――よろしいのですか？　では失礼いたします」

ぺこりと頭を下げ、ニナは部屋を辞した。

団長の部屋へと急ぎながら思う――ティエンさんのこと、聞けなかったなと。

「ん。でもまだまだチャンスはあるはずです」

メイド長は先ほど出て行ったばかりなのだから。

――カタッ。

そのときどこかの部屋から小さな物音が聞こえた。

ニナは一瞬足を止めた。なんだろう、どこの部屋？

だけれど、ちりりりん、と再度ベルが鳴る。

「ただいま参ります！」

先を急いだ。


その日はめまぐるしく過ぎていった。

傭兵団長に呼ばれたニナは朝食を持ってこいと言われてその準備。

お次は、たまたま彩雲と明星が訓練場に顔を出す日であり、そのための準備と片づけ、訓練後はふたりきりで風呂を使うのが通例なのでその支度もしなければならない。ふたりの訓練を見たかったが見ることはできなかった。訓練場からは野太い歓声が聞こえてきたくらいだ。

傭兵団長は昨晩連れ込んだ女といっしょに昼の前後で出かけるというので服も整え、見送る。

そうこうしているうちに昼食時だ。

料理長は頑固ながらすでにニナの料理の腕を認めており、彼が作った料理をベースにニナがアレンジするのを横で腕組みして見つめている。まるで監視……いや、観察だ。

風呂上がりの彩雲と明星は、先ほどとは別人のように毛並みもつややかになっていた。昼食を取ると「眠い」と言うので昼寝。ティエンのことを話すヒマもない。

廊下の掃除をしていると傭兵団長が帰宅――違う女を連れてきた。団長は、60歳になるとは思えないほどのがっちりした体躯《たいく》で、いろんな意味で元気いっぱいである。

「商談だ！　酒を用意しろ！」

と言うのだが、「商談」と「酒」がなかなかつながらないニナである。

その用意が終わると執事長から呼ばれる。表に「彩雲と明星に会わせろ」と言う貴族の使いが来ているらしく、対応を任せるという。

貴族家への対応はメイドの仕事ではないような……と思いながらも、きっとこれまでもメイド長がやってきたのだろうと思い直し正門に向かうと、身なりのよい男がイライラした顔で待っている。

彩雲と明星には会わせられない、それは傭兵団の決まりであり、皇帝陛下からもお許しをいただいている――と説明する。これは事実で、先代の傭兵団長が皇帝と話をして勝ち取った「権利」らしい。

だが貴族の人間は傭兵団なんて下に見ているので話を聞かない。

「会わせなければヒットボルト男爵家に反抗していると見なす！」

しまいにはそう言って大騒ぎする。

「申し訳ありません。当家の決まりであり、これぱかりはなんとも……」

「貴様のような小娘が私を愚弄するのか！」

「申し訳ありません」

「ええい、この門を開けよ！」

「申し訳ありません。わたしにはその権限がなく……」

ニナが平謝りに謝って、なんとかお帰りいただこうとしていると、

「どうされましたか」

と、御用聞きの老人がお屋敷のほうからやってきた。

「なんだ、貴様は。私はヒットボルト男爵家の使いだぞ」

「はあ。ですがこちらのお屋敷には皇帝陛下の許可があり、貴族家からの召喚を拒否できるそうですが……」

「そのような与太話を信じるわけがなかろう！　さっさと月狼族を出せ。さもなくばヒットボルト男爵家を敵に回すことになるぞ」

「ほう、それでは敵になったらよろしいのではありませんかな」

「なっ……!?」

「お、お爺さん!?」

貴族の使いだけでなくニナも驚いて老人を見るが、老人は、

「『凍てつく闇夜の傭兵団』は帝国でも指折りの傭兵団でございましょう。一介の男爵家ごときが手を出せる相手ではない」

「な、な、な……」

口をぱくぱくさせていた使いの男は、

「貴様！　後悔するなよ!!」

叫ぶと、馬に乗って去っていった。

それ以上食い下がってこなかったのは、もしかしたら図星だったのかもしれない。

しかしニナは、

「お、お爺さん、マズいですよ!?　貴族家を相手にあんなことをおっしゃったら……!」

「そうかのう?」

老人はこてんと首をかしげた。

「ワシはここに出入りして長いが、たかだか男爵家にどうこうされる団ではないぞい」

「そうではなくてですね、お爺さんが勝手な対応をされたとして、御用聞きのお仕事がなくなってしまったら……!」

ニナが言うと、老人は目を瞬かせた。

「……もしかしてお嬢ちゃんはワシの心配をしてくれておるのかの?」

「もちろんですよぉ！」

「ほっほっほ。この年になっても人に心配されるというのはうれしいものじゃの」

「わたしは本気で思っているんですっ」

「いやはや、それにしても――この騒ぎだというのに誰も来てくれんのか」

老人はお屋敷を見やったが、息を潜めたようにひっそりとしている。

「それは……お客様の対応もメイドの仕事だと……」

「貴族家の対応はふつうならば執事や屋敷の主《あるじ》が行うものではないかの？」

「うっ。わ、わたしは帝国に来たばかりなのでどのような習慣なのかはまだわかりかねます……」

「……いや、お嬢ちゃんに怒ったわけではないのだよ」

怒った、と老人は言った。そう、確かにこの老人は怒っているとニナは思った。

だけれどどうして老人が怒っているのかまではわからなかった。

「まあ、よいか……ワシも年じゃ。仕事もそう長くも続けられんじゃろうて……。お嬢ちゃんみたいないい子に最後に知り合えたのはよかったのう」

「あのっ、でしたらお礼にお茶でも召し上がっていきませんか？」

「こんな老人に構うことはないよ。まだ仕事があるんじゃろ？　行きなさい」

お屋敷には入らず、建物に沿って老人は裏口へと向かった。

「お爺さん、また！」

ニナが声を掛けると老人は小さく手を振った。

「……っと、そうでした。まだお仕事の続きがありました」

老人を見送ると我に返り、ニナは正面の玄関のドアを開いてお屋敷へと入った。

——すると、

「あんなところにいました！　あれがメイドのニナです！」

少女の声が——青髪のメイドの声が聞こえた。

玄関ホールには何人ものメイドがいて、なんだなんだと傭兵たちも現れた。

というかなんなのだろう、この騒ぎは。

「？」

ニナにはわからない。

吹き抜けの上、３階の廊下から階段を下りてくるのは明星と彩雲だった。青髪のメイドは階段のいちばん下にいる。

明星が厳しい表情を——怒りに染まった顔をしている。

「……あなた、優秀そうなメイドだと思ってただけに残念だわ」

「は……はい？」

「私のネックレスを盗むなんていい度胸してるじゃない。そんなことをして、バレたらどうなるか当然わかってるんだろうなァッ!!」

明星から発散される怒気にニナは震えた。

他のメイドたちはニナに侮蔑の視線を向けている。

出てきた傭兵たちは明星がニナに対して怒り心頭に発しているのを察し、「てめえ、メイドの分際でなにしやがった！」「ぶっ殺すぞ！」と声を荒げる。

「私はこのネックレスが大の気に入りなんだよ。それこそ日に一度は確認しなきゃならないほどにねえ……。だからすぐに気づいたのさ」

青髪のメイドが銀の盆に載せたネックレスを差し出すと、明星はそれを手に取った。

大きなエメラルドが反射するきらめく光が周囲を照らし出す。

「ぬ、盗む……？　なんのことですか？」

「しらばっくれるんじゃねェッ！　このメイドが見つけてくれたんだよ。そう、ニナ。アンタのカバンに入っていたのをね！」

「!?」

「私がこのネックレスを気に入ってるってことはお屋敷のみんなが知ってる。知らないのは最近来たアンタだけ。だから、こいつがなくなったってわかったら、この子がすぐに調べてくれたんだよ！　そしたら案の定！」

いったいなんの話なのかさっぱりわからなかった。

だけれど、反論しなければ。

このままだと濡れ衣《ぎぬ》が真実のようになってしまう。

「————」

だのに、おかしい。

口を開こうとしたのだけれど、ニナの身体は金縛りにあったように動かなかったのだ。

そうだ——これは同じだ。あのときと、同じ。

マークウッド伯爵邸で「貴重な壺を割った」と濡れ衣を着せられたときと。

なにを言っても信じてもらえない。

自分の無実を証言してくれる人は誰もいない。

誇りだった、メイドの仕事を奪われてしまったあのときと——。

「逃げ出さねえように扉を閉じておけ！」

彩雲が命じると傭兵たちがニナの背後に回り、玄関の扉を閉じてしまった。

そこにいた全員がニナを敵視しており、ここにニナの味方は誰もいなかった。


「ん……ニナの様子が変なのです」

それは「凍てつく闇夜の傭兵団」邸宅を見下ろせる屋根の上。

急斜面であろうと吸いついたようにぴたりと動かないティエンは、臙脂《えんじ》色の屋根と同じ色の布を羽織っており、遠目には屋根に人がいるだろうとはまったく見えない。

すぐ横にある、屋根から突き出た窓——「ドーマー」と呼ばれる通気窓からエミリの声がする。

「ダメよ、ティエン。門越しのやりとりだったらいくら貴族だって変なことはできないんだから。

こらえなさい」

屋根裏の部屋でエミリは待機していた。その部屋はニナを確認するために借りた部屋だった。アストリッドは旅の資金を稼ぐために発明家（と言うより修理屋さん）として毎日首都を走り回っている。

百メートル以上は離れているし、お屋敷の窓の向こうにニナがちらちらと映る程度だったが、月狼族のティエンの目にはニナがはっきりと見えていた。

ニナが日々、忙《せわ》しなく働いて回っているのがティエンにはわかった。

ティエンが観察し、エミリがその話し相手となる。

ふたりは「ニナの見守り隊」だった。

そして先ほどの貴族の使いらしき男とニナが門で話していたのもティエンには見えていた。

かなり手こずっているようで、使いの男が怒っているのもわかってもどかしかったが、エミリは「手を出すな」と言う。もしここで騒ぎを起こし、それがニナと同じパーティーメンバーだとバレたら、せっかく潜り込んだニナの苦労が水の泡になる。

ニナの苦労はすべて、ティエンのためなのだ。それを一時の感情で壊したらいけない。

「あっ」

「ん」

通気窓《ドーマー》からにゅっとエミリが顔を出すと、

「ニナのところにお爺さんが近づいていくのです」

メイドなら当然です。
II
濡れ衣を着せられた万能メイドさんは旅に出ることにしました
"This is a common maid skill."
The supermaid has got time to go on a journey by being falsely accused.
三上康明
Illustration
キンタ
初回版限定
封入
購入者特典
特別書き下ろし。
月待つ宵に想うこと
※『メイドなら当然です。II　濡れ衣を着せられた万能メイドさんは旅に出ることにしました』をお読みになったあとにご覧ください。
EARTH STA
NOVEL

月待つ宵に想うこと

ニナが「凍てつく闇夜の傭兵団」に住み込みメイドとして潜入してしまうと、ティエンにできることは傭兵団のお屋敷が見えるアパートメントから監視をすることとくらいだった。

日中はアストリッドが発明家協会の依頼をこなしに出かけ、エミリとふたりで監視に当たる。夜は交代で寝るので――それこそ冒険者たちが野営中に火の番をするように――今ティエンはひとり、屋根の上にいた。

ユピテル帝国の首都サンダーガードは、大都会だ。屋上から見渡す限り、建物がならんでいる。緑があるのなんてごくわずかという、人の密集している町だ。

それでも夜は――深夜ともなると静かだ。

家々の明かりは落ちて、街灯ですら主要道路以外は消灯する。

風が吹く。ティエンの髪の毛を揺らす。夏が近いとは言っても夜は肌寒い。

屋根から見上げた空には星がよく見えた。その中心にあったのは月だ――。

――月狼族は月の満ち欠けとともに生きる。濡れたように明るい満月の夜もあれば、消えてしまいたいくらい悲しい新月の夜もある。

そう教えてくれたのは父だった。

――つらい日があっても、半月もすれば楽しい日がまたやってくるの。だからティエンは、つらいときにも、満月の夜を思い出して、前を向いて歩くの。

そう教えてくれたのは母だった。

今、ティエンが見上げた夜空にある月は、明日には満月になろうというほんの少し欠けただけの月だった。明日の望月を待つ夜……「宵待月」と呼ばれているものである。

エミリが見れば「地球と同じ月が見えるのに、星座は違うのが不思議よね～」なんて言っただろうけれど、彼女は今は夢の中だ。

「……不思議なのです」

ティエンはつぶやいた。

「あのお屋敷にいるのがチィのお父さんとお母さんかもしれなくて……ずっと会いたかった」

振り返ると、イズミ鉱山の町ではティエンはお腹を空かせて暮らしていた。教会の先生、修道女や孤児院の仲間もティエンに優しくしてくれたけれど、それでもティエンが両親を思わなかった日はない。

ずっと会いたかった。それは間違いない。

「でも……そわそわするのです。尻尾がむずむずする……」

会って、自分をどうして捨てたのかを聞くのが「怖い」からだろうと最初は思っていた。

会いたさと、会って拒絶されたくない気持ちと、ふたつの希望がごちゃ混ぜになっているのだろうと。

「……なんだか違う気がする」

両親は大事だし、捜し出すそのためにエミリもアストリッドも応援してくれるし、ニナだって危険を顧みずに単身で傭兵団に潜入している。

「んっ？」

今、お屋敷の窓の向こうに誰かいなかったか？

「…………」

ティエンは優れた視力を持っているので目を凝らす——けれど、誰もいない。

「……ニナ」

ニナが心配過ぎて見えた錯覚だったらしい。

「チィは、ニナが心配なのです……チィのためになんて、危険なことをして欲しくないよ……」

両親に対する感情よりも、今のティエンにとってはニナが心配だという思いのほうが強くなっているのだった。

それこそがティエンの感じた違和感であり、尻尾がむずむずする原因だった。

両親かもしれない人たちよりも、ニナのほうが大事だった。

自分の頭の中できれいに整理はできていないけれど、すでにティエンの中ではそういうふうになっていた。

「……もし、お父さんとお母さんに会ったらどうなるんだろう」

ふと、そんなことを思う。

「月狼族は旅をするから、チィはニナたちと離れて……」

ぶんぶんぶんと首を横に振る。

「そんなのイヤなのです。チィはニナといっしょにいたい……でも、エミリは『いつかニナはお屋敷で働くのよ』って言う……。エミリは意地悪ですから」

メイドにとって「旅」が居場所であるはずはなく「お屋敷」こそが居場所であることはティエンも理解している。でも、それでも今は、そんなことを考えたくなかった。旅はまだ始まったばかりではないか。

「お父さんとお母さんにニナを紹介するんだ。きっとびっくりするから。そうして、ニナと旅をするって言う。きっと言う。チィはニナといっしょにいるからって」

両親との別れは、ニナとの出会いを生んだ。

両親との再会が、ニナとの別れになりませんように。

ティエンはわずかに欠けた月を見上げながら、両親にどうやってニナを説明したらいいかを考えていた。エミリとアストリッドのこともついでに教えてあげよう。そう——考えている間は、尻尾のむずむずはなくなるのだった。

「あのお爺ちゃん、なんか貴族の使いを怒らせてない？　あっ、帰っちゃった」

するると老人の後ろについてニナもお屋敷へと戻っていく。

トラブルが終わったらしいことをとりあえず喜べばいいのかティエンにはわからなかった。ニナも戸惑っているふうだったし。

「ニナも大変ねぇ……早いところ、彩雲と明星だっけ？　そのふたりに話をして終わらせればいいのに。まあ、有名人だから難しいんだろうけど」

「…………」

黙りこくってしまったティエン。

「どしたの、ティエン？」

「……チィは、苦しいのです」

「苦しい？」

「チィのせいでニナが大変な思いをしているのが苦しいのです。チィのことなんか気にせずニナには笑ってて欲しいのです」

胸に手を当てて、吐き出すようにティエンは言った。

「……そだね。あたしも同じ気持ちよ。だけど今、あたしたちにできるのはじっと耐えること……それだけなんじゃないかな」

「それは……わかっているのです。でも——」

と言いかけたティエンだったけれど言葉が止まった。

「……なんだかニナがおかしいのです」

「ん？」

エミリが視線を向けるとお屋敷の扉が開いていた。

ふつうの人間の視力ではそれくらいしかわからないのだが、ティエンには開かれた扉の向こう、エントランスホールにいるニナがはっきりとわかった。

彼女が——立ちすくんだことも。

屈強な傭兵が横から現れて扉を閉じる瞬間、ニナがこちらを振り向いた。

その目が恐怖に揺れているように見えた——。

「——ニナのピンチ」

「え、なになに？　なにが見えたの？」

「行くのです!!」

「ちょっ、ティエン!?」

次の瞬間には——ティエンは数歩踏み出して屋根の端から跳んだ。

5階建てという高さの建物から。

「ティエェエェエェエエン!?」

ティエンがかぶっていた帽子は脱げ落ちてひらりと宙を舞った。

敵意の籠もった視線がニナに突き刺さる。

（ど、どうしましょう……どうしたら……）

お屋敷での仕事のことなら頭の回転も速く冴《さ》えているニナだったけれど、自分が追い詰められるとその能力はまったく発揮できないのだった。

「そんな簡単に盗みができると思った？　ずいぶんとナメられたもんよねぇ……傭兵団がナメられたらお終いよ」

「だな。手癖の悪りぃその腕を、バキボキに折ってやらなきゃならんなあ？」

「ッ!?」

明星と彩雲が1階フロアに降り立つと、ニナに迫ってくる。

「あ……あ、あ……」

なにか話さなければ。

誤解を解かなければ。

そう思うのに、マークウッド伯爵邸での出来事がニナの身体をがんじがらめにして動けなくする。

「誰かこのメイドを動けなくしろ！　痛みで暴れられたら厄介だからなァ！」

「へい！」

傭兵の男ふたりがニナの左右からやってきてその身体をつかむ。分厚く大きな手につかまれると、それだけでニナの肩は折れてしまいそうだった。

「さあ、お仕置きの時間だぜ——」

と、彩雲がニナの腕に手を伸ばした——ときだった。

ドカンッ。

お屋敷の扉が開いた——いや、「開いた」と言うのは間違っているかもしれない。正確に言えば「内側に吹っ飛んだ」だろう。

「うおわっ!?」

「な、なんだ!?」

扉の内側にいた傭兵が巻き込まれてつんのめる。

そのせいで扉はニナに当たらず、横に転がっていった。

メイドたちが悲鳴を上げる——と、そこにいたのは、

「ハア、ハァッ……ニナ！　大丈夫ですか！」

「ティエンさん!?」

ティエンはすぐにも気がつく。ニナが傭兵に拘束されているのを。

だが彩雲が声を上げる。

「おめぇらッ！　なにボーッとしてやがる!!　敵だぞ!!」

「だ、だけど彩雲様！　あいつは月狼族っすよ!?」

「なに……？」

彼らに一瞬、動揺が走った瞬間だった。

「ニナから……手を……」

月狼族の少女の姿を全員が見失った。それくらい彼女の動きは早かったのだ。

「アァッ!?」

「離せえええええ!!　その薄汚い手をッ!!」

ニナを拘束していた傭兵ふたりは苦痛にうめき声を上げた――その声で全員が気がつく。ティエンは音もなく移動して、ふたりの手首をつかんだことに。その結果、ニナの身体から手が離れる。

次の瞬間に起きたことには、さらに全員が目を疑った。

ティエンのような小さな少女が、屈強な傭兵を軽々と――片手でひとりずつぶん投げたのだった。

それはまるで無造作に枕でも投げるように。

放物線を描いて飛んでいった傭兵は受け身もろくに取れずに床に激突して悲鳴を上げた。

「ニナ!!　大丈夫ですか!!」

「ティエンさん!?　どうしてここに――」

「よかった……よかったのです……!」

ニナよりも小さなティエンにぎゅうと抱きすくめられ、ニナは自分の身体が思っていた以上に冷たく、強《こわ》ばっていたことがわかった。

ティエンはこんなに小さいのにこんなに頼もしい。

「おいおいおい!　てめぇ……ここがどこかわかってるんだろうな?　てめぇが同族だろうとこちとら構わずブチ殺すぞ」

彩雲が唸るように言うと、今目の前で信じがたい光景を見せられた傭兵たちも勢いを取り戻す。

「そ、そうだそうだ！　全員で囲め！」

「ぜってぇ逃がすんじゃねぇぞ、こんな小娘！」

「他のヤツらにも声かけてこい！」

たったふたりの少女に対して大勢の傭兵が集まってくる。

彼らが「傭兵」だと言うのは伊達ではないのだろう。ティエンの見た目と実力が違うことをすっかり見抜いているのだ。

「ごめんなさい、ティエンさん。あなたのために役に立ちたかったのですが……」

「……そんなこと気にしないで欲しいのです」

自分たちを囲む傭兵たちをティエンは油断なく見据えるが、いくらティエンが怪力で強くともさすがにこの人数を相手には勝てないとニナは思う。

ひりつくような緊張感がホールに満ちている。

どちらが仕掛けるのか、その探り合いだ。

ニナがティエンの服をぎゅっと握った——そのとき。

「おめぇら、なにしてやがる！」

そこへ上から声が降ってきた。

吹き抜けの3階にいたのは、彩雲と明星と同じフロアを使っている傭兵団長だった。

服は乱れて酒に酔っているようだが、騒ぎを聞きつけて出てきたのだろう——連れの女性はいなかったが。

「このメイドが私の宝石を盗んだのよ。だから逃げ出さないようにしてるってわけ」

「あぁ？　たかだかそんなことで、なにを男どもがこんなに出張ってる……っておい！　扉がぶっ壊れてんじゃねえか!?」

のしのしと階段を下りてきた団長は途中で止まって、目を丸くしている。

「……このガキがやったんだ」

彩雲が言うと、今度はその丸くした目をティエンに向けて、

「ガキ、ってお前……月狼族!?　本物か!?」

「そうなのです。そっちのニセモノとは違うのです」

「!?」

ティエンの言葉に団長がぎょっとする。

「——ニセモノ？　ニセモノってなんだ？」

「——ていうかあの小さい子はやっぱり月狼族なのか……！」

「——ウチの傭兵団に入ってもらったら3人目の月狼族ってことか？　最強じゃねえか！」

傭兵たちはざわざわするが、

「静まれ、バカどもが！」

彩雲が大声を張り上げた。

「おいガキ。てめぇ、同じ月狼族だからって自分は安全だと思ってんのか？　そんなわけがねぇぞ。

ここは『凍てつく闇夜の傭兵団』だ！　ナメられたら百倍にして返すって決まって――」

「ごたごた言わずにさっさと掛かってくるのです。月狼族のニセモノは」

ティエンが彩雲を煽《あお》っているのはわかるが、ニナには「ニセモノ」を連呼するティエンの意図がわからない。

ティエンは月狼族の両親を捜しているのでは？　であれば彩雲と明星から情報を得るべきでは？

それなのにこんなケンカ腰では話もできないのでは？　それに――ニセモノとは？

ニナの頭の中で疑問が膨れ上がるけれど、それを考えている余裕はなかった。

「こんのガキがぁぁあああぁぁぁぁぁ～～～～～」

「止しな、彩雲！　相手は子どもだよ！」

「黙れ！」

明星は止めようとしたが、彩雲は肩を怒らせてティエンに近づいてくる。ティエンはニナを後ろに下げて彩雲に向き合う。

「泣きわめけ！」

握りしめた大きなグーのパンチが上から降ってくる。

ニナは思わず目を閉じてしまったが、ズンッ、という鈍い音がしただけでティエンが殴られる気配も、吹っ飛ばされる気配もなかった。

「……え？」

恐る恐る目を開けたニナは、そこに、左手だけで彩雲のパンチを受け止めているティエンを見た。

「て、て、てめぇ〜〜〜〜〜！」

「………………！」

彩雲の手が震えているが、ティエンは身体のバネを利用して全身で受け止め、そこから動かないでいる。

「……さっさと気づけばよかったのです。チィが、自分で見に来ればすぐにわかったのです」

「アァ!?」

「お前らがニ、セ、モ、ノ、だってことくらい。だって、ニオイが全然違うのですから——」

「!?」

ティエンが身体を回転させたと思うと、右手で彩雲の肘をつかみ——ぶん投げた。

彩雲の巨体ですらも宙を舞って、廊下の奥で床に激突して転がる。

「——う、ウソだろ……彩雲様が」

「——一騎当千の、月狼族の猛者《もさ》が……」

「——負けた!?」

傭兵たちに動揺が広がると、

「しゃんとしろや、ボケェ!!」

団長が声を張り上げた。

「彩雲のバカめ、油断して無様を晒《さら》しやがって……野郎ども、今日あったことは誰にも言うんじゃねえぞ！」

傭兵たちはこくこくと首を縦に振る。

「チッ……月狼族は惜しいが、しょうがねえ。こうなったら、ふたりを始末しろ！　必ず殺せ！　絶対に逃がすなよ!!」

オオッ――と傭兵たちは叫んで一斉に武器を構えた。

「……ニナ」

一対一ならば彩雲を圧倒できても、この人数はさすがに厳しいと判断したのだろう。

「チィが道を切り開くから……」

ティエンがニナに「逃げて」と言おうとしたそのときだった。

「……大勢の大人が少女ふたりに刃物を向ける。これが傭兵団のすることかのう?」

お屋敷の奥から現れたのは――ひとりの老人だった。

ここにいそうな老人なんてひとりしかいない。御用聞きの老人だ。さっきニナと貴族の使いとのやりとりに介入したあと、敷地からまだ出て行ってはいなかったらしい。

「お、お爺さん！　ここは危ないです！」

ニナは叫んだが、傭兵たちはなぜかびくりとして沈黙する。

「ほっほっ。この状況でもワシを心配してくれるのか？　すばらしい心根の少女ではないか……のう、明星?」

「は、はい……い、いや、ですが……」

この傭兵団では特別扱いの明星ですら老人の登場に動揺している。

ニナにはわけがわからなかった。

老人自身についてもそうだ。いつもの優しげで柔らかい印象はなく——微笑みを浮かべているのは変わらないのだけれど——漂わせている空気は「歴戦の強者」のそれなのだ。

傭兵たちが左右に退いて、ティエンとニナのいる場所まで道ができたそこを老人は悠々と歩いてくる。

すると団長もまたしどろもどろに、

「だ、だけどな、これは面子《メンツ》の問題で……俺たちが『帝国最強』で居続けるためには必要なことなんだよ、団長」

団長？

今、団長と言ったように聞こえた。

だけれどそれを言った本人、３階に住んでいるのが団長だとニナは聞いていたのだが、

「お嬢ちゃんや。長くここにおる使用人や傭兵どもは知っておるが、団長はワシなんじゃよ。あそこにいるのはワシの息子で団長代理じゃ」

「え——」

えええええええっ!?

声が出なかったが、ニナは心底驚いた。

御用聞きをしている出入りの商人だと思っていたのに、お屋敷の主？

この老人が。

傭兵団長?

「そろそろ一人前で、本格的に団長を任せてもよいかと思ったが……まだまだじゃの」

「お、親父《おやじ》──じゃねえ、団長、そりゃあねえだろ。俺だってここまで団を大きくしたんだぜ」

「バカ者。まだわからんのか」

「な、なにがだよ」

すっ、と老人が指差したのは玄関の向こう──扉がないので外が見えている。

そこにいたのは杖を構えたひとりの魔導士。

「エミリさん!」

「──あんたたち、ニナに手を出したらこのお屋敷をがれきの山に変えるからね」

「!?」

それがハッタリでもなんでもないことは誰しもがわかった。

傭兵たちが歴戦の猛者であるのならなおさらだ。

すでにエミリは魔力を練り上げ、すぐにも魔法が撃てるようになっていたのだ──彼女の周囲には渦を巻くような魔力が展開しており、燃えるような赤い髪の毛が舞っている。

戦術級の魔法であることは火を見るより明らかだった。

戦争でも使われるその魔法の強さを、傭兵たちは誰よりもよく知っている。

「あれだけの魔法を準備してるというのに、ここにいるひとりも気づかなかったんじゃよ……『首都最強』の名折れじゃよ……この」

バカ者が。

その声はすさまじく大きく、せっかく練り上げたエミリの魔力も散ってしまうほどだった。

老人の言葉に、団長——団長代理はがっくりとうなだれた。


1階にある応接室で、ニナとティエン、エミリの3人は団長である老人と向き合って座った。

「いやはや……情けないものをいっぱい見せてしまったの」

「お爺さんが団長様だったとは驚きました」

「隠しているわけではないんじゃが、次の団長も育てなければならんしの。——おお、ありがとう」

ニナがお茶を淹れてカップを差し出すと、団長は喜んで受け取った。

「ってニナ、なにナチュラルにお茶淹れてるのよ」

「メイドなら当然ですよ、エミリさん」

「えぇ……？　まあ、ニナのお茶は美味しいからいいんだけど……」

「ほう！　確かにこれは美味い。ふだんの茶とは比べものにならん香りと口当たりじゃ」

複雑な表情のエミリと喜んでいる団長とは対照的だった。

「それで——お嬢ちゃんたちには迷惑をかけてしまったのう。まずはそのお詫《わ》びをしたい」

団長は一度頭を下げてから、語り出した。

それは「凍てつく闇夜の傭兵団」の今と、これからの話だ。

老人が次の団長に、自分の息子を指名したのは間違いないことだが、戦場でこそ息子は輝くものの、戦争のない平時には女遊びをして酒を飲んでいるだけのダメ男になっており、なかなか本格的に団長の座を譲ることができなかった。

だから、老人はお屋敷を離れることで息子の自立を促した。

結果としては——まったく効果はなかった。

「じゃが、これでもいいかと思っておるんじゃ」

「ええっ!?　あのろくでなしに傭兵団を任せるの!?」

「ちょっ、エミリさん、言い過ぎですよ!?」

「ほっほっ。そちらの魔導士のお嬢ちゃんは正直だの。もちろんワシが言っておるのは、『傭兵団を任せない』ということじゃよ」

驚くニナたちに団長は続ける。

「そ、それでは別の方に……？」

ニナがたずねると、団長は首を横に振った。

「我ら傭兵団の仕事は戦争での活躍。『貴族の犬』やら『使い捨ての兵士』などと言われることもあるが、それでも我らは自らの仕事を誇りに思っておった。こんな立派な屋敷を建てられるまでになった。じゃが……もうここ3年は大きな戦争もない」

それはニナも聞いていた。

ユピテル帝国は強くなり、強くなると戦う相手も減る。

クレセンテ王国もまた大きいが、そういう大きい国と争うとすさまじく消耗するのでどちらも争いたくない。

「3年もの間、戦いから遠ざかっておったんじゃ……おそらくこの先何年もそうじゃろう。ともなれば我らは『不必要』な存在ではないかと、ワシは考えておった。すばらしいことじゃよ。武力が必要なくなるのだ。アンタたちもそう思わんか」

「……わたしには、わかりかねます」

ニナにはそう答えることしかできなかった。

単純に必要か不必要かで言えば不必要なのかもしれない。

だけれど、それを自分に置き換えてみて、「メイドという職業はもう要らない」となったら自分はこの老人のように潔く受け入れられるのだろうか？　と思うと——途端にわからなくなったのだ。

「ワシの代でこの傭兵団を解散するのが幸せなのだろうと、最近は考えておったのだよ。それでも傭兵をしたいのなら他の傭兵団に行くもよし、他国に渡るもよし、冒険者にも、正規兵にだってなることもできよう。傭兵団は、この首都サンダーガードにそうたくさんは必要ないというだけじゃ」

「団長様……」

老人は一度カップのお茶をすすり、「やはり美味い」と満足そうに言う。

「じゃがの」

　変わって今度は、苦々しい顔になった。

「息子は、ワシとは違うふうに考えてな……。彩雲と明星なんていうふたりを『月狼族』に仕立てて傭兵団の対外アピールに使うようになったんじゃ」

「『仕立てて』ということは、やはりあのおふたりは」

「うむ、ただの人間じゃ。傭兵として入団する前はスラムで食うや食わずの生活をしておったふたりだったのだが、月狼族に化けるという目的を果たすには以前の経歴がないあのふたりはうってつけでもあった。うまく化けておったようじゃが……そっちの本物のお嬢ちゃんには見破られたの」

「ニオイが違うからすぐにわかるのです」

　得意げにふんすと鼻息を吐いたティエン。

　そう言えば、彩雲は腕をぼりぼりとかいていた。ちょうど人の肌と毛皮との境目だ。

「あの毛皮や頭の耳もニセモノということですか……？　彩雲様は腕がかぶれていらっしゃったようですが」

「そうじゃよ。髪も染めておる」

「ふぇぇ……すごいですね。全然わかりませんでした」

「たまげるほどに高価い染料を使っているようじゃからな……まったく、無駄な出費じゃて」

　ニナのメイド仕事はお屋敷の手入れなどが多く、主人や女主人の髪を扱うことはあまりなかったので見破れなかった。

これからもっと勉強しなければ、と決意を新たにするニナである。

「とはいえ息子の思惑は結構当たってての、３年前にあった直近最後の戦闘でも彩雲と明星は活躍し、『凍てつく闇夜の傭兵団』に月狼族あり、と話題になったんじゃ」

そのせいで彩雲と明星目当ての来客が増え、今も貴族から声が掛かる。

結果として老人が皇帝に直訴し、その月狼族は接触禁止《アンタッチャブル》にしてもらったのだとか。

皇帝に接点があるこの老人もすごいのだが、きっと長年傭兵を率いて帝国のために戦ってきたからそういうコネクションもあるのだろう。

「……ワシはの、そんなおためごかしでしか威厳を保てぬ傭兵団など不要じゃと思う。むしろ我が帝国が平和であることを喜ぶべきじゃろう。それもこれも皇帝陛下のおかげよ」

団長の言葉には「あきらめ」や「悲しみ」はなくて、しみじみとした「喜び」があるようにニナには感じられた。

（お爺さんは、この国が大好きなんですね……）

聞いているニナもうれしくなってしまうような。

「さて、この傭兵団についてはそういうわけじゃが……そもそもなんであんな騒ぎになったのかね？」

団長にたずねられ、ニナは、

「実は――」

エメラルドのネックレスについての顚末《てんまつ》を語った――。

ニナへの嫌疑はあっという間に晴れた。

それもこれもあの青髪のメイドが「すべてあたしがやったことです」と白状したからだった。

新参者のニナが彩雲と明星のお世話係に抜擢されたことが悔しくて、明星の大切にしているネックレスを盗み出し、ニナの荷物に紛れ込ませた。

明星が盗難に気づいた時点で自分がそれを発見できれば、ニナに罪を着せて追い出せるし、自分も明星の覚えがめでたくなるという一石二鳥を狙ったのだという。

「呆れた……」

話を聞き終えたエミリが同じ応接室でため息交じりに言った。

盗まれたネックレスをいちばんに発見したら、逆に疑われてしまうこともわからなかった青髪のメイドもそうだが、それをころっと信じてしまった明星もあまりに考えなしだ。

「しかしよいのかの？　お嬢ちゃんに罪を着せようとしたあのメイドを許してしまうとはのう」

「そうよ。盗みがバレたらふつうは投獄されるし、ニナだって危なかったんだよ？」

メイドをどうすべきか――衛兵に突き出すか、あるいは個人的に罰を与えるのか――ニナに判断が任されたが、ニナは「許します」と言ったのだ。

そのことが団長も、エミリも理解できないみたいだ。

「大体ああいう手合いは、一度優しくすると次も大丈夫だろうって同じ過ちを繰り返すのよ」

「あははは……」

ニナは苦笑した。

「……それよりもティエンさんのご両親についてですが、団長様はお心あたりはありますか？」

それこそが本来の目的だった。

彩雲と明星が月狼族ではないとわかった時点で、その目的は達せられなくなったのだけれど。

案の定、団長は首を横に振った。

「残念ながら、ないのう。月狼族はその見た目が特別で、めっぽう強いから、首都内に情報があればワシの耳にも入ってくるはずじゃ。……つまりメイドのお嬢ちゃんがここで働いていたのは、月狼族の情報が欲しかったから、ということかの？　もうこれ以上はここでは働いてはくれぬということか？」

「はい……申し訳ありません」

「そうか。……いや、仕方あるまいて。あれほど怖い思いをしたのじゃから、改めてここで働いてくれと言うほどワシのツラもそこまで皮は厚くない」

ニナはティエンに顔を向けた。

「ティエンさんも、残念でしたね。ここにはご両親を捜す手がかりがなくて……」

「ん。そんなのはもういいのです――エミリ、もう行こう。ニナはもうここでのメイドの仕事をしないんだから、これ以上いてもしょうがない」

「えっ？　どうしたのよ急に」

「そうじゃよ。せめて1日くらいはゆっくりしていってくれんか？　せめてお詫びをしたいと思うのじゃが……」

「必要ないのです」

ティエンは言うと、ニナを促してさっさと立ち上がり、応接室を出て行った。

「あーっと……じゃあ、そういうことで」

「ちょっと待ってくれんか。魔導士のお嬢ちゃんたちはどこに滞在しておるんじゃ？」

「教えてもいいけど、たぶん近々首都を離れるわよ？　あたしたち、観光してあちこち回ってるだけだから」

「そうか……ならばこれだけは覚えておいておくれ。なにかあればワシを頼っておいで。必ず力になってあげるから」

「はーい」

エミリは軽くそう言うと、ニナとティエンを追って応接室を出て行った。

廊下に出てももうティエンとニナの姿は見えず、エミリが追いついたのはお屋敷の敷地を出て、首都の大通りに入ったところだった。

「ちょっと早いってば。どうしたの、ティエン？　あんなにあわててお屋敷を出て。ご飯くらいごちそうになったたってバチは当たらないでしょ」

「……ニナの様子がおかしいのです」

「えっ――」

確かにニナの顔色はいつもより悪く、唇は紫色になっていた。

「どうしたのニナ⁉」

「だ、大丈夫です。ご心配をおかけして……」

「あんなところに長居していたらもっと具合が悪くなっていたのです」

「どういうことよ⁉」

「ほ、ほんとに大丈夫です。ちょっと……以前、お屋敷を追い出されてしまったときのことを思い出してしまって……」

「!!」

そこでエミリはようやく気がついた。

ニナにとってさっきの騒動は、単に自らの身が危険になっただけではなかったのだと。

過去に受けた傷を、もう一度開かれたような苦しみだったのだと。

ニナがあの青髪のメイドを許したのは、一刻も早くあそこから離れたかったからなのだと。

「ニナ……。ごめんなさい、あたし、全然わかってなかった」

「わたしは大丈夫ですから」

それでも気丈に振る舞って、お茶まで淹れてくれていたのだ。

とはいえ、罪を犯したメイドをどうするかという質問はエミリが考えていた以上にずっと、ニナにとってストレスだったに違いない。

そう思ってみると、その後のニナはお茶を淹れる心の余裕もなかったようだ。エミリは先ほど飲んだ、冷たいお茶を思い出した。

いつものニナなら「お茶を淹れ直しますね」と言ったはずだ。

「…………」

ニナになんと声を掛けるべきか。慰めだろうか？　それももちろん必要だ。

でもやらなければいけないのは――もっと違うこと。

もっと楽しくなれること。

他ならぬ自分たちが、いっしょになって。

エミリは少し考えて、

「――ねえ、アストリッドが帰ってきてから話し合いたいんだけどさ」

こう提案した。

「南にあるリゾート地でゆっくりしない？」

と。


「…………」

団長は少女たちがいなくなったテーブルを見つめていたが、チリンとベルを鳴らすと執事長を呼んだ。

「お呼びですか」

「……お前はなにをしておったのだ」

「は、はい……?」

執事長はこのとき気がつく。

団長が――怒っているのだと。

「入ったばかりのメイドに貴族の使いの相手をさせ、明星のネックレスが盗まれたという騒ぎになったとき、お前はなにをしておったのかと聞いておる」

「も、申し訳ありません。その、帳簿の作業が忙しく……」

「そうか。なら新しく人を雇わねばならんな」

団長がそう言ったので執事長はほっとした顔をした――のもつかの間、

「お前には暇を出す」

「え!?」

「仕事の重要度も理解できない執事長になどなんの価値もない。今すぐワシの前から消えろ」

「!? し、しかしですね団長。私は長年この傭兵団で――」

「消えろ、と言ったのだ……二度言わせるなァッ!!」

団長の怒気に当てられて、執事長は回れ右して部屋を飛び出していった。

「……次は愚息にも話をせんとな。この傭兵団を解散させることを……。いや、その前に、あのメイドのことだ」

団長はベルを鳴らそうとして思いとどまった。メイド長を呼びたかったのだが彼女は留守にしている。

「メイド長が戻ってきたらすぐに手配をしよう……お嬢ちゃんに免じて衛兵には突き出さんが、あのメイドにはこの屋敷の主としてしかるべき対応をせねばならん。解雇はもちろん、職業紹介所への通達くらいは最低でもな」

解雇歴がつき、紹介所に「盗難事件あり」とでも伝わってしまえば、いくらこの首都が広くともメイドの仕事は二度とできなくなる。

団長としてはそれくらいは当然として、それ以上になにかしたいと思うのだが、「許します」と言ったニナの手前どうしていいか迷うところではあった。

「ふーっ……それにしてものう、あんなに優秀な子を手放さねばならんとは」

団長が後悔するのは傭兵団の解散ではなく、ただただニナが出て行ってしまったことだった。

もっと早くニナに自分の立場を明かしていれば、とか、もうちょっとお屋敷の滞在時間を増やしておかしな動きがないか確認していれば、とかいろいろと考えてしまうのだが、いずれにせよニナの目的は月狼族について調べることだった。

「お、親父……」

とそこへ、団長の実の息子であり現在の傭兵団長代理、それに、彩雲と明星のふたりが部屋に入ってきた。

脂汗をかきながら息子は——60歳を過ぎたという息子は身を縮めるようにして父の向かいに座った。

「バカ野郎が」

「っ。で、でもよぉ……」

「お前への説教は後だ——彩雲、明星」

ぎろりと団長が視線を投げると、月狼族の——フリをしていたふたりは気まずそうに視線を逸らした。

「この傭兵団が、スラムで野垂れ死んでたかもしれねえお前らを助けてやった恩は忘れとらんじゃろうな？」

「お、おう……」

「わかってるよ。だから、あたしたちは髪も染めて毛皮もつけて、月狼族ごっこをしてきたじゃないか。ボロが出ちゃいけないからって外出も最小限にしてさ」

ムッとしたように明星が言い返す。

「こちとら命懸けで戦場でも戦闘で剣を振り回してきたんだ。それを恩知らず呼ばわりするのかい？　いいんだぜ、あたしらは外に出て月狼族なんてウソっぱちだったって言って回るよ？　そうしたら栄えあるこの『凍てつく闇夜の傭兵団』も終わりだけどねえ」

「おい明星、お前、言い過ぎ——」

と彩雲が止めに入ったところだった。

「そりゃ都合がいいな。やってくれんか」

老人は言った。

「……は？　な、なに言ってんのさ、団長。あ、わかったよ。あたしが脅しで言ってるんだって思ってるんだね？　さっきアンタが言ったとおり、あたしたちはスラム出身で、失うものなんてない――」

「ハァ……」

老人のため息が明星の言葉を遮った。

たった一度のため息に明星が気圧《けお》されたのは――戦場で何度も命のやりとりをしてきた彼女が気圧されたのは、そのため息が本気のものであったから。

老人が、本気で、明星に落胆しているのだとわかったからだ。

「『凍てつく闇夜の傭兵団』は解散じゃ。これは団長のワシの決定だ」

「!?」

「!!」

「っ……!?」

３人が驚愕《きょうがく》の表情を浮かべた。

団長代理は信じられない、ウソだ、これもまた自分を育てるための手段なんだろう、という目で団長を見る。

彩雲はどこか、それを覚悟していたかのように目を閉じる。

明星は、

「な、なにを怒ってんだよ……団長。冗談キツいじゃないか」

「冗談なぞ言わんわ。ワシは本気で怒っておる……ここに来てもお前たちは、あのメイドのお嬢ちゃんに怖い思いをさせたことを……謝る気もないな?」

「たかだかメイドひとりのことさ! なに言ってんだよ!? あたしたちが守ってきたんだ、むしろあたしたちが礼を言われるほうだろ!」

「だから、解散するんじゃよ」

「ワケがわからないわよ!?」

「わかってくれる必要はない。……もはや、ない」

「ッ! 彩雲!!」

「…………」

「彩雲!! アンタ、これでいいのかよ!?」

「……潮時だ、明星」

「あたしは許さないよ……あたしたちがいりゃぁ、この傭兵団は最強なんだ!!」

ぎろりと団長をにらみつけた明星は、我を忘れているようですらあった。

「止せ、明星――」

彩雲の制止は遅かった。

彼女はこう考えた――ここにいる老人は、もうろくしきってしまった。団長の座を明け渡しさえすれば、傭兵団は継続する。

そう、もうろくした老人だ。

いつ死んでもおかしくない。

明星はソファを飛び越え、すさまじい速度で老人の首元に手刀を繰り出した——一撃必殺。確実に命を取ろうという一撃。

「——え」

次の瞬間、明星の身体はくるくると錐《きり》もみ上に回転しながら飛んでいき、壁に叩きつけられていた。

「みょ、明星！」

「放っておけ」

「っ……」

動き出そうとした彩雲を、老人は一声でその場に縫い付ける。

「バカ息子が。教育すらできてねえ」

「も、申し訳ねえ、親父……。親父が首都にその人ありと言われた『鬼斧《きふ》の赤旋風《あかせんぷう》』だってことは明星も知ってるはずだが……」

「なりも小さくなったから、昔の勢いはもうないと思ったんじゃろうな」

「は、はい……」

この「凍てつく闇夜の傭兵団」をここまで大きくしたのは他ならぬこの老人だ。年を取っても強者は強者。明星はそれを忘れてしまうほどに、切羽詰まっていたということだろう。

「う……」

のろのろと明星が身体を起こす。

「……殊勝な態度ひとつもあれば、ワシもいろいろと考えたかもしれんが、今のお前たちにもはや言うことはない。傭兵団は終わりにする。これは決定事項じゃ」

３人はうなだれ――彩雲は明星に手を貸しながら、部屋を出て行った。

「ふぅ……」

今度の老人のため息は疲れ果てていた。

彩雲はともかく、明星は、昔はもっと素直だった。荒っぽい言葉を屋敷の者にかけたということもついぞ聞かない。むしろ彩雲のほうが荒々しい問題児だった。

老人は知っている。

金や宝石、環境は人を変える。そしてそれが失われるとき、人は抵抗する。

過去に戦ってきた者たちにもそういう連中は多かった。

なりふり構わず、それこそ、明らかな犯罪に手を染める者もいる。

「明星にはいい薬になるかもしれん」

逆境になると感情的になる明星も、平時には優しい女だ。平時には荒れている彩雲も、いざというときは優しさを発揮する。ふたりは兄妹のように育ってきたのだから、これからも支え合って生きていけばいい。

「それにしても、やることの多さよ」

老人は渋い顔をする。

傭兵団を閉じるというのはそう簡単にできることではない。各所への連絡と根回し、大量の書類も提出しなければならない。そういうことをやらせるのにちょうどいい執事長は先ほどクビにした。

つまり、全部自分でやらなければならないのだ。

「クソッ、てめぇのケツはてめぇで拭かなきゃならねぇのが世の常か」

これからやらねばならぬ膨大な仕事を思うと、現役時代の口調が思わず口を突いて出た。

喉が渇いたな、とテーブルに残っていたお茶に手を伸ばすと、もうとっくに冷め切っていたけれど、それでも香りはまだまだ残っていた。

「ああ……ほんとうにすばらしい仕事じゃの。返す返すも、イヤな別れ方をしてしまったことが残念じゃ」

年相応の老人に戻った。心のトゲが丸くなったように感じられる。

「いや……」

老人はソファに背をもたせるとうとうとと舟をこぎ始めた。

「むしろ、出逢えたことを喜ぶべき、かの……あれほどのメイドは過去に一度しか見たことがない……。傭兵団の解散……。陛下になんと話せばよいやら……」

それは若かりしころの思い出を眺めているかのように穏やかな寝顔だった。

第3章　リゾート地と温泉が出会ったらどうなると思う？　と魔導士は言った

旅はすばらしい、とニナは思う。

お屋敷で働くことももちろんすばらしいけれど、それで旅のすばらしさがなくなることはなかった。

ユピテル帝国の首都サンダーガードでの出来事は、まだ治っていないニナの心の傷に塩を塗り込んだ。

裏切られ、疑いを掛けられ、信じてもらえないことはニナにとってほんとうにつらいことだった。

だけれど一方で「メイドさん」パーティーのみんなは――このパーティー名をいつか変えたいと思うニナだけれど、それはさておき――自分を信じてくれている。

どんなにピンチでも助けてくれると知った。

裏切られたことで傷ついても、裏切らない人がいるとわかったことでニナは救われたのだった。

エミリとアストリッド、ティエンの３人がいたからニナはすぐに立ち直ることができ、こうして帝国南部のリゾート地「サウスコースト」への旅に出られるのだ。

「見て、森を抜けるわよ！」

馬車の御者台に座っているエミリが声を上げる。

「！」

ニナが御者台に行くと、エミリの肩越しに森が切れるのが見えた。

その先には青々とした空、白い雲、そして——太陽光を反射してきらめく水。

「ふわぁ……」

それはニナが初めて見る「海」だった。

どきん、と胸が高鳴った。

吹き抜ける風のニオイが全然違う。

夏の訪れを感じさせるむっとした空気の中、土と緑に混じって、どこか生臭さと甘さの混じり合ったニオイがする。

「これが、海……」

やっぱり旅はすばらしい、とニナは思う。

お屋敷で働いていたら一生見ることのない景色だから。

首都で起きたイヤな出来事の記憶は、すんなりと消えてくれそうだった——この旅に連れ出してくれた、エミリとアストリッド、ティエンのおかげで。

「――ニナちゃん！　お代わりをくれよ！」

冒険者の野太い声が聞こえると、「はい、ただいま！」とニナはいそいそと向かう。

「そんなのほっときなさい。自分でやればいいのよ！」

「ええっ、いいじゃねえか、魔導士さんよ。ニナちゃんによそってもらったメシがいちばんうめぇんだから」

「知らないわよ。ニナはあたしたちのパーティーメンバーなの。勝手に使わないで。ていうか食事だって別々にするって話だったでしょうが」

「そんなら俺たちのパーティーに合流しようぜ？　なあ、みんな」

オオッ、と声が上がると、

「お断りよ！　何度も言ってるでしょ！」

ぷりぷりしてエミリが答えた。

もうずっとこうだ。

彼らはエミリたちと同じ「依頼」を請け負った冒険者パーティーだ。

南部のリゾート地であるサウスコーストに向かうにあたって、エミリは抜け目なくとある商団の「護衛」依頼を受けた。

これなら馬車を用意する必要もなく、お金も掛からない。報酬までもらえる。

最初こそ「おいおいガキが護衛依頼なんてできるのかよ？」と荒くれ者の冒険者たちはからかってきたのだが、モンスターの出現はティエンが誰よりも早く察知して倒すし、ティエンの取りこぼしや上空のモンスターはエミリの魔法で倒せる。商団の持ち主である商会長が乗る馬車は魔道具がふんだんに使われていたが、それが壊れるとアストリッドが修理した。

それだけでも他の冒険者たちの出る幕はなかったのに、野営をしたときの食事でニナが腕を振るうと、その美味しそうなニオイは冒険者たちを魅了し、それどころか料理人を連れている商会長まで魅了し、彼らにまで食事を作ることになった。

こうなればもう同じことしか言われない。

「うちの商会で働かないか!?」

「うちのパーティーに入らねぇか!?」

である。

お断り、である。

「あーあ、私はちょっと心配だったんだよね……」

今日の野営地は海の見える丘の上だった。「メイドさん」パーティーの焚《た》き火を囲んでいるのはエミリとティエン、それにアストリッド。

夜空の下、食事を振る舞うべく働いているニナを見ながらアストリッドは言う。

「大体さ、エミリくん。以前もニナくんが商会から勧誘されたことを君も知っていたんだろう？」

勧誘してきたのはヴィク商会のファースだ。

彼とはその後もウォルテル公国で出会ったりしているので少なからぬ縁がある。

「うう……これくらい大きな商団だったら目立たないかなって思ったのよ」

「見通しが甘いな。どうしたってニナくんは目立つ――」

「でも！　あなたもでしょ、アストリッド。あんなふうにササッと魔道具を修理してみせたら『こいつは使える』ってなるわよ」

「故障して熱を持っていたからね、放っておいたら火が出たと思う。ただの故障だったら無視していたさ」

「むう……」

「どっちも迂闊《うかつ》なのです」

ティエンが言うと、

「あんたがいちばん目立ってんのよ」

「ティエンくんには言われたくないなあ」

とふたりからツッコまれた。

今日の昼、ティエンは一頭の獣を狩った。それはモンスターではない野生のイノシシだったが、まるまる太ったイノシシは食べられる部位も多く、50人からなるこの一団が食べるのにも十分だったのだ。

ニナが腕を振るい、今日の夕食はイノシシ鍋だ。夏のイノシシは肉に臭みがあるはずだけれど、ニナはその臭みが気にならないよう巧みにハーブを使った鍋物に仕上げていた。

初夏とはいえ日が沈むとだいぶ涼しいので、鍋は美味しくいただけた。

商会長や冒険者たちからは食事の代金ももらうことにしたので今回の依頼料金と合わせると懐は

温かくなった。

「まぁ……護衛依頼は今後、止めましょ」

「それがいいね」

「なのです」

３人の意見は一致した。

本日の「ニナがやらかして面倒ごとに巻き込まれるのを防止しよう同盟」は、改め「ニナがやらかすのもそうだけど自分たちも気をつけなきゃね同盟」となり、臨時会合を終了した。


東西に15キロメートルほども延びている白浜は、なんといってもサウスコーストの名物だった。背には急峻《きゅうしゅん》な山が迫るので海と挟まれ、人間が住めるスペースはそう広くない。

そんな狭い土地でも巨大なホテルが林立しているのが、ユピテル帝国でも屈指のリゾート地であるゆえんだ。

中でも巨大ホテルは5つあり、赤、青、緑、黒、それに金というキーカラーで外壁を装飾している。

金のホテルは見た目がいちばん豪華で、いちばん新しい。

金箔《きんぱく》を貼っている装飾は張り替えるだけですさまじい金額が飛びそうだけれど、金を使っているだけあって遠目にもギラギラと目立つ。派手こそ美徳、目立ってこそナンボ、という貴族や富豪にとってこれ以上ないすばらしいリゾートホテルとしてその地位を確立している。

そんなゴージャスホテルの周囲にはニナの見慣れぬ木々が植えられていた。

「なんでしょう……この植物は」

「ああ、椰子《やし》よね。ココナッツジュースにココナッツオイルが採れるあの椰子よ」

「そうなんですか!?　すごいですっ、エミリさんは博学ですね！」

「ま、まあね」

直球で褒められ、エミリにしては珍しく照れているが、まさか異世界にも同じ植物があったとは言えない。

「皆様、護衛の依頼はここで終了となります！」

そこへ今回の依頼主《クライアント》である商会長が声を上げた。

すると冒険者たちにホッとした空気が流れる。

どれほど楽勝の依頼であっても、この瞬間は誰しもが安堵《あんど》する。

「お金にもし余裕があれば、私どももここにホテルを経営しておりますので、どうぞいつでもお越しくださいませ」

ちゃっかりと商会長が宣伝すると、冒険者のひとりが、

「おいおい、ちょっとはサービスしてくれるんだろうな？」

「はい。特別に……1割値引きしましょう！」

「たいしたことねーな！」

ツッコミを入れてドッと笑いが沸く。

これもまたみんな安心しているからだろう。

サウスコーストの町に入り、もう目立った危険はないのだから。

各パーティーのリーダーが商会長から「依頼完了」のサインをもらう。エミリが商会長のところに行くと、商会長はにこやかに言う。

「『メイドさん』の皆様なら1割引ではなく、半額でも結構ですよ。ぜひお越しください」

丸顔で、ちょびヒゲの商会長は、どの冒険者にも分け隔てなく丁寧に接しているのをエミリは見てきたので、信頼できる人物なのだろうとは思っていた。

「半額？　そこまで割り引かれると逆にうさんくさいわ」

「ははは。温泉も完備したウチのホテルを気に入ってもらえれば、ウチの専属になるという話も検討してくれるかなと……」

「それはお断り。あたしたち、帝国にずっといるわけじゃないし」

「残念ですなぁ」

「でも、なにかあったら行くわ」

「そのときはお待ちしております」

最後までにこやかな商会長は、エミリの差し出した依頼票に「マールス＝モヒート」と自分の名前を書いた。名前まで丸っこいなとそんなことを思うエミリである。

商会長と別れると、アストリッドが観光案内所で宿をいくつかピックアップした。ひとつ目は「高いが清潔なホテル」、ふたつ目は「そこそこ値は張るが安全な宿」、３つ目は「安いがちょっと危険もある宿」である。

ちなみに言うとモヒート商会のホテルはひとつ目の候補よりもずっと高い。半額にしてもらっても少し高いくらいだったので、あの商会は富裕層向けの商売をしていることがわかる。キンキラキンのホテルはさらに上だろう。

それはともかく、まだ時間もお昼過ぎなのでひとつずつ宿を回ってみることにした。

ひとつ目のホテルはよくも悪くも無難。値段の割に部屋が小さい。

ふたつ目は意外とよかった。食事がつかないというが、ニナが準備してもいいし買い出しに行くのも楽しいだろう。ここはリゾート地だ。

「次は３軒目ね」

宿を回るだけでも楽しかった。

砂浜に沿って大型のホテルが続いているが、たまにそれが切れるとまばゆい太陽光と白い砂浜が目に入る。

あっ、と誰かが止める間もなくエミリは走り出して砂浜にぴょんと飛び降りた。

「海だー！」

風が吹くのでエミリは帽子を手で押さえる。

ビーチはいくつもの区画に区切られており、使用人を連れて遊ぶ富裕層や、ばしゃばしゃ泳いでいる子どもたちも——肌が白いから地元の子どもではなさそうだ——見えた。

お互い広く距離を空けているのでごみごみした感じはまったくなかった。

「うわぁ……気持ちいいなあ」

陽射しは強かったが、吹き抜ける風は気持ちよかった。

「どうしたんだい、エミリくん。急に走り出したりして」

「海……広いですねぇ」

「チィも初めて見たのです」

ニナとティエンは海を間近で見るのが初めてだった。

「ねえねえ、せっかくだから新しい服買って着替えましょうよ！　こんなカッコじゃあ雰囲気出ないもん！」

エミリは提案し、４人は近くの店を回っていくことにした。

高級リゾートホテルへやってきた客だけでなく、一般客をターゲットにした店舗も多かった。

「おう、らっしゃい。お嬢ちゃんたちはどっから来たんだい？　ここにゃ、首都にもないっていう珍しい染め物の服があってねぇ——」

「お土産に貝殻はいかが？　この貝はサウスコーストにしかない色でねぇ——」

「ジュースを飲んでいきな！　こいつを片手に町を歩きゃ、立派なリゾート民ってもんだぜ——」

見るものすべてが新鮮で、ニナが目をキラキラさせながら店の商品を見ていく。

「——はい、ニナ」

「あっ」

エミリが差し出したのは椰子の実をカットした器に入った、フルーツジュースだった。

「ニナはさ、こういう場所で自分のためにものを買うとか、もっとぶっちゃけると買い食いみたいなこととってしたことないんでしょ？」

「え、えっと……」

「ほら。遠慮せずにさ。ここはリゾート地よ？　自分の欲望に正直にならなくてどーすんのよ！」

「……いや、エミリくん。君は欲望に正直になりすぎじゃないか？　なんだいその格好は……」

横からアストリッドが口を挟むのも無理はない。

エミリは頭に色とりどりの花冠をかぶって、赤色のアロハシャツを羽織り、胸元には明るいブルーのビーズをふんだんに使ったネックレスを巻いて、麻のハーフパンツの下にはサンダルを履いていたのだから。

いったいこの短時間でどこで手に入れたのかという出で立ちである。

「楽しみすぎでしょ」

「リゾート地に来て楽しんでなにが悪いの？」

「いや、まぁ、説得力はあるけどね？　だけど、宿にチェックインして荷物も預けていないのにそれは……」

「わかってる、わかってるって、アストリッド。あんたはこう思ってるのね？『私のぶんはどこなの？』って」

「思ってないよ!?　全部お見通し、みたいな顔で言わないでくれるかな!?」

「じゃーん！　こちらはアストリッドのために買ってきたシャツでーす！」

「うわ、真っ黄色。君の趣味ってどうなってるんだ……？」

「エミリはあんまり趣味がよくないのです」

やりとりを遠目に見ていたティエンがちくりと言うと、

「あんたのぶんもあるわよ、ティエン！」

「!?」

「じゃーん！」

「い、要らないのです！」

「空を映したような青色でーす！」

「あきらめるんだ、ティエンくん。言い出したらエミリくんは聞かないよ？　とりあえず一度着て見せたら満足するだろうから……」

「アストリッド!?　いつの間にチィの背後に回り込んだのですか!?」

アストリッドとティエンがアロハシャツに着替えると、アストリッドの言ったとおりエミリはうんうんと満足げにうなずいた。

赤青黄色の３色がそろった。

「うわぁ、皆さん可愛いです！」

これはこれでニナが目をキラキラさせる。

「エミリ。ニナに渡すものがあるはずです」

「わたしはジュースをいただいたので！　とても美味しかったです！」

「ニナもエミリの趣味を警戒しているみたいですが、ジュースだけじゃかわいそうです」

「い、いえいえ、そんなことは！　とっても美味しかったですよ」

「ニナにはこれよ」

エミリが差し出したのは――薄手のシャツとココナッツオイルの入った瓶だった。

「ていうか、あんたどう考えてもメイド服以外着る気がないでしょ？」

「えへへ……わたしはメイドですので。あの、エミリさん、わたしはこんなにいただけないです」

「いーのいーの。メイド服しか着ないいんなら、インナーくらい通気性のいいもののほうがいいでしょ？　サウスコーストでも服を着込まなきゃいけない人たちは、みんなこれを下に着てるそうよ。ココナッツオイルはあんたが欲しそうに見てたからさ」

「エミリさん……」

気遣いがうれしかったのだろう、シャツとココナッツオイルの瓶を受け取ったニナはそっとそれを抱きしめる――が、

「一応言っておくけど、エミリくんが買ったのはジュースだけだからね？　シャツは私が、ココナッツオイルはティエンくんが買ったんだ」

横からジト目でアストリッドが言ってきた。

「皆さん……ありがとうございます。ずっとずっと大事に使いますね！」

「待って、ジュースはもうないじゃん!?」

「シャツなんて消耗品だから使い倒しちゃってよ」

「ココナッツオイルもすぐに料理に使って欲しいのです」

「確かに！」

ニナが納得すると3人も笑った。

「さて、そろそろ本気で宿を探しましょ」

海岸線に並行している大通りは多くの人が行き交うが、露店の類はなく、高級なショップがホテルに向き合うようにずらりと並んでいた。

露店や飲食店があるのはさらに山の側へ1本か2本入った通りに集中している。

紹介された宿の中でも、目星をつけた最後の3つ目。

そこに向かっていると、これまでとは違う町の一面が現れた。

「……この町にもこんな通りがあるんですね」

だんだん寂れていく通りは、観光客の往来も少なく、建物も低く汚れている。

路地裏からこちらをじっと見ている少年少女もいたが彼らは一様に薄汚れた服を着ていた。

「お嬢ちゃんたち、どこから来たの？　最高のお土産があるんだけど――」

派手な柄のシャツを着た男がやってきて、手に謎の首飾りを持っている。

先ほどの通りにいた客引きとはまったく違い、明らかに不衛生でガラが悪かった。

「1個、なんと銀貨1枚だ。どうだい？　イヤだってんならこっちだって考えがあるんだけどなぁ

「──あいてててて！」

ちらりと刃物を見せてすごんできた男の腕をティエンがねじり上げると、男は痛みにわめいた。

ティエンがポイッと──まるで人形でも投げるように男を放り投げたが、それを見ても仲間が出てくるような気配はない。

「だ、大丈夫ですかね、ティエンさん!?」

「大丈夫よ、ニナ。ああいう手合いに強く出て見せないと、他のゴロツキまで寄ってくるからね」

あわてるニナにエミリは言った。

エミリの言葉は正しく、ニナたちが「いいカモ」などではけっしてなく「危険人物」だとわかると誰も近寄ってこなかった。

「…………」

だけれどニナはなにかが気になるようで、じっと無言であちこちを見ていた。

3つ目の宿は「真砂《まさご》の宿」という名前だった。木造の二階建てで、扉の建て付けもガタガタ。隙間風もびゅうびゅう入ってきそうだ。

「うーん……これはないわね！」

「エミリくん、一応、なかに入って決めないのかい？　海にはいちばん近いし、温泉も近所にあるという話だけど」

「温泉……ぐぬぬ」

エミリが悩んでいる。

実は、この温泉というヤツがエミリにとってかなり重要な目的のひとつになっていた。

ユピテル帝国は広いので、サウスコースト以外にも海に面したリゾート地はいくつもある。それこそ、まだまだ涼しくて泳ぐことはできないが首都からそう離れていない場所にもあった。

だけれどはるばる何日も旅程をかけてサウスコーストまでやってきたのは、温泉があるからに他ならない。

――ここにリゾート地があるじゃろ？

旅の目的地を決めるときに、エミリは言った。

――こっちには温泉があるじゃろ？

謎の口調には誰もツッコまなかった。

――このふたつが出会ったらどうなると思う？　……つまりこうじゃ！「最高」になるんじゃよ！

誰もなにも言わなかった。正直、意味がわからなかったのだ。

とはいえエミリが温泉に対して並々ならぬ思い入れがあることはみんなわかったので、じゃあサウスコーストにしよっか、となった。

エミリからすると、温泉もそうだし、お風呂に対しても思い入れがあるのだ。

日本ならばどの家にもあった浴槽が、こちらの世界にはない。身体を拭いたり、夏に水浴びはできるものの、お湯を張った浴槽に浸《つ》かったのなんてエミリにはとんと経験がなかった。アストリッドはなんだかサウナにはまっていたりしたが、サウナとお風呂は全然違うものだ。

お風呂は、大金持ちの家にはあるという。格差である。お風呂格差だ。

ちなみに言うと、モヒート商会のホテルにはホテル内に温泉があるが、今回ニナたちの候補に挙がっている3つの宿のすべてに温泉どころか浴室すらなかった。

「温泉が近いのは……すばらしいことだわ……！」

「そんなに歯ぎしりして言うほどのことかい、エミリくん……。まあ、そこは共同浴場らしいけどね。お金を払えば誰でも入れるようだよ」

「どの宿にも温泉があって、もっと気軽に入れるものだとばかり思ってたわ……誤算も誤算、大誤算よ」

「エミリくん、温泉にどんな幻想を抱いていたんだい？」

なんてことを話していると、

「――アンタたち、なにウチの前でくっちゃべってんだい。入るなら入る。冷やかしならどっかに行きな！」

なかから二の腕の立派な女将《おかみ》さんが出てきた。

「入ります！」

すると――ニナが即答した。

「え？　入るのかい？」

女将さんのほうが驚いている。

「はい。何日かわかりませんが、連泊の予定です。お部屋は空いていますか？」

「ちょっ、ニナ？」

「エミリさん、お願いします」

ニナに頭を下げられた。

なにか考えがあるみたいだ——エミリはピンときた。

「まあ……いいけど。温泉に近いっていうし」

中に入ると目の前に受付のカウンターがあり、隣に2階へとつながる階段が延びていた。階段の向こうには1階の客室が並んでいる。

女将さんは裏手にある家に住んでおり、ふだんはそちらにいるようだ。カウンターでベルを鳴らすとそっちに聞こえる仕組みになっている。

2階のふたり部屋をふたつ借り、ニナとティエン、アストリッドとエミリといういつもの分け方にした。

「それで——どうしてこの宿にしようと思ったの？」

ニナとティエンの部屋にやってきたエミリがたずねた。

「……表通りはきらびやかで清潔なのに、裏通りに入るとそこはもう首都のスラムと変わりませんでした。そこに違和感を覚えたんです。その……僭越ながらわたしにもなにかできることがあるのではないかなと」

「………………」

正直なところを言えば、ニナが、そう言い出すのではないかとエミリは思っていた。

ニナが望むことなら叶えてあげたいと思いつつも、なにをすればいいのか皆目見当もつかない自分がいることもわかっている。

特権階級である王侯貴族と、スラムにいる人々との間には信じられないほどの格差がある。その格差を覆すことは不可能な社会になっていることも、日本から転生してきたエミリにはわかっていた。

サウスコーストはたった数本、通りを隔てただけで格差が丸見えとなっている。ここもまた帝国社会の縮図だ。

「やっぱり……反対ですか？」

「……まあね。でも、ニナがやりたいことなら応援したいとも思ってる」

エミリの言葉にニナの表情がパァッと明るくなって抱きついた。

「エミリさん！」

「ちょ、ちょっとニナ……くっつかれると暑いわよ」

「その割にエミリくんもうれしそうじゃないか」

「アストリッドは余計なこと言わないで」

「はははは。しかし——エミリくんのためらいもわかる。私たちでできることなんてたかが知れているよ。なにかニナくんにはアテがあるのかい？」

「はい。公共の浴場があるというお話でしたよね？」

「ここから歩いて10分も掛からないところに、あるね」

「そこをきちんと整備すればいいと思うんです」

どうやらニナは、まずは衛生状況を改善させたいと思っているらしい。

「ふむ？　でもそこをどうにかするにしても、運営にお金が掛かるだろうから無料にはできないんじゃないかな」

「温泉には魔道具が使われていますよね……」

「ああ、なるほど。私が魔道具のチューンナップをすれば触媒の消費を抑えて運営費を下げることはできそうだ。それを盾に、利用料を下げないかと提案するんだね？　ニナくんも考えたね。共同浴場ならば公共に資するために存在するのだし、利用料を下げることは目的にも合う」

「そ、そのとおりです！　すごいです、アストリッドさん。わたしの考えることなどお見通しですね。でも、あの……アストリッドさんに頼り切りになってしまうのが心苦しいのですが……」

「構わないさ。もし温泉施設の魔道具をいじれるのなら、私としても新しい魔術のヒントを思いつくかもしれない」

「わたしもお掃除とかがんばりますね！」

「それならチィが掃除をしやすいように棚とか運んであげるのです」

「ありがとう、ティエンさん」

話が進んでいくと、ニナが楽しそうな顔をする。

「…………」

ひとり、難しい顔をしていたのはエミリだった。

「……あたしの出る幕がないじゃん」

魔法の使いどころはあまりなさそうだった。


宿を出て共同浴場へと向かう。

ニナがあちこちを見ながら歩いているのは、このスラムをよくするためになにができるかを考えているからだろう。

（ここには羽を伸ばすために来たのになぁ……）

とエミリが思っていると、

「のんびりするためにリゾート地に来たのにな、って顔をしているね、エミリくん」

「そりゃそうでしょ。ていうか人の顔色を読まないで」

「でも、いいじゃない。ニナくんがあんなに生き生きしているんだから」

そうなのだ。

首都にいたときには少し影があったニナの表情は、ここに来て晴れ晴れとしている。

やりたいことがあるときにはやらせてあげたほうがいいのだろう。

「仕事中毒《ワーカホリック》よね、ニナって」

「そうとも言う。気になるのは……スラムの問題というのは様々な事情が複雑に絡まり合っているものだから、ニナくんのがんばりひとつでどうにもならないかもしれないということだね。とはいえ私もできる限りは手伝うけれど」

「あらあら、やる気ね、発明家さんは」

「首都ではなにもできなかったからなあ」

傭兵団のお屋敷でトラブルがあったとき、アストリッドだけは発明家協会からの依頼を受けていてその場にいなかった。アストリッドはアストリッドで旅費や宿泊費を稼いでくれているのだけれど、それでも、トラブルの現場にいられなかったことを気にしているようだ。

「そこまで気にしなくていいと思うけどねー」

「ほう？　そうまで言うならエミリくんには今回、『なにもできない』ことの歯がゆさを経験してもらおうか」

「ぐぬぬぬ……」

確かに、共同浴場の件ではなにもできなそうなエミリである。

「ニナ、あそこの建物から変なニオイがするのです」

するとティエンが前方を指差した。

木造の平屋で、ニナたちが泊まることにした「真砂の宿」に輪を掛けて古く、ボロボロの建物があった。

海からも離れているせいか潮のニオイよりも、腐臭のようなものが鼻をつく。

嗅覚が優れているティエンにはきついだろう。

「おや、地図上ではあそこが共同浴場のようだけれど……」

アストリッドが言うとエミリは、

「ええ？　誰もいないわね。ほんとにここで合ってるの？」

「ああ」

建物の前にやってくると両開きの扉はぴったりと閉じられており、「休業」の看板が掛かっていた。周囲を通りかかる人もおらず、まるでここだけ廃村のようだった。

「中に誰かいる気配があるのです」

鼻をつまんだせいでティエンが変な声で言った。頭の耳がぴくぴく動いているので音は聞こえているのだろう。

「入ってみましょう。……ごめんください」

ニナが扉を開くと光が一筋、入っていく。

こぢんまりとした玄関ホールがあって、無人のカウンターが正面に。

左に「女性用」、右に「男性用」と書かれた看板が掛けてあった。

浴場に入るので脱いだ靴を入れるための棚があり、それもボロボロではあったがよく掃除されていた。

「……休業中ってどういうことなんでしょう」

ニナがぽつりとつぶやくと、

「おや、まあ、見かけない顔ですねえ」

腰の曲がった老女が出てきた。

「観光の方ですか？　残念ながら休業中なんですよぉ……」

「いつまで休業なんですか!?」

食いついたのはエミリだ。

なにせ温泉にいちばん思い入れがあるのはエミリだからだ――というよりアストリッドやティエンはもちろん、ニナだって温泉になんて入ったことはない。

「わかりませんねぇ……かれこれもう、2年と2か月、お湯が出てませんから」

「えええええええ!?」

がくり、と膝を突くエミリ。「え、そんなに落胆しちゃうの？」とアストリッドが驚く横で、ニナが、

「お婆《ばあ》さんはこちらを管理していらっしゃるんですか？」

「はい、そうですよ。いつお湯が出てもいいようにお掃除だけはしているんです。でも……2年もお湯が出ないとなるといよいよダメかもしれませんねぇ……」

「お湯が出なくなった原因とかっておわかりになりますか？　たとえばお湯を運んでくる魔道具が壊れたとか……」

その故障が原因ならばアストリッドが直せるはずだ。

だが老女は首を横に振った。

「発明家さんに調べてもらったこともあるんですけど、どうもそうじゃないみたいなの」

「……無理を承知でお願いしたいのですが、私が一度その魔道具を見てみても？　私はこれでも発明家なので」

アストリッドがフレヤ王国の発明家登録証を見せると、

「それは……ありがたいのですが、なにせ先立つものがございませんで」

「いや、構いませんよ。私たちも——特に彼女が、どうしても温泉に入りたいというだけですから。直った際に無料で入れてさえくれれば」

「それはもう。もともと、入浴料は小銅貨1枚ですからね」

小銅貨1枚、と聞いてニナは目を瞬かせた。今どき小銅貨1枚で買えるものなどほとんどなく、露店で売っている串焼きだってどれほど安くとも小銅貨が5枚は必要だ。

思わずエントランスを見回してしまう。

ボロボロの建物。ボロボロのエントランス。

これを維持するのに小銅貨1枚では全然足りないだろう。それでも老朽化こそ進んでいるものの、屋内は整然としていた。

（お婆さんが、手入れをなさっているんですね……）

ニナはメイドとして、掃除の上手い下手はもちろん、その人がなにを考え、どんな思いで掃除をしてきたのかもわかるときがある。

この共同浴場は管理人である老女の手によって、日々手入れされてきた。

丁寧に、優しく。

2年と2か月もの間、お湯が出なくなっているというのに老女は手を休めなかった――。

(温かいです……とっても)

ニナたちはエントランスで靴を脱ぐと、板張りの廊下を進んだ。浴場であるからこそエントランスで靴を脱がせるのだろうけれど、この世界では靴を脱いで入る建物はほとんどない。それだけに、ためらいなく靴を脱いだエミリは若干異質ではあった。

浴場に向かいながら老女は語る。

ここは公共施設ではあるが領主からの補助金はない。サウスコースト自体が帝国屈指のリゾート地ということもあり、皇家の直轄領となっている。代官はここでの税金収入を上げること以外に興味がない……。

小銅貨1枚の入浴料では税金なんて払う余地はなかった。

昔から共同浴場として使われているので、源泉を使うことは許されているが、それだけで、基本的には放置されているのだという。

「温泉が出ていたころには毎日お湯を使いに来てくれる人も多くてねぇ……それはもうにぎやかだったんですよ。ですけど、お湯がなくなっちゃうと、人もいなくなって……」

老女は懐かしそうに目を細めた。

老女の視線の先は広い空間になっているが、木窓が閉め切られているので真っ暗闇だ。おそらく、集会場のような場所なのだろう。

ニナたちの目には無人の広間しか映らなかったが、老女の目にはにぎやかだったころの様子が見えているのかもしれなかった。

「お役目はもう終わりってことなんですかねぇ……それも寂しくって。服を脱いだら、秘密はナシってことで、ここでウワサ話するのが女たちの文化でした。男たちはここなら誰とでも仲良くなれるって言って、ケンカしたあとはここに来て仲直りしたもんですよ。傷にお湯が染みるなんて言ってねぇ……ああ、こちらが浴場です」

浴場に続く扉は開かれていた。

そこは——屋外だった。

石畳が敷き詰められていて、裸足《はだし》で歩いても問題ない。

手前には洗い場らしき場所があり、排水の溝もあった。

この場は高い仕切りによって目隠しがされており、木々も植えられていることから遠くのリゾートホテルからも見えないようになっていた。

奥まった場所にあったのが浴槽だ。

ニナが思っていたよりもずっとずっと巨大な浴槽だった。

岩石をうまく組み合わせており、磨り減った浴槽の縁を見れば長い年月使われてきたことがわかる。

浴槽はもちろんカラッポだ。

温泉水を引いてくる魔道具を調べたアストリッドが難しい顔をして戻ってきた。

機能に問題はなかったのだ。

共同浴場を出ると、早速エミリが言った。

「……温泉が涸《か》れたってことね」

それはいちばんありそうな可能性だった。

ごめんねぇ、ごめんねぇ、と自分が悪いかのように老女は謝っていた。

その老女が誰よりもずっと、温泉の復活を望んでいるはずだ。彼女の前で温泉が涸れたなんてことは言えるはずがなかった。

するとアストリッドが、

「確実なのはあの魔道具に特におかしなところはなかったってことかな。もちろん改良する余地はあったけれどそれくらいで。私は魔道具の専門家であって温泉の専門家ではないから……」

「むしろエミリさんのほうがお詳しいのでは？」

ニナに聞かれ、エミリはハッとする。

「確かに温泉の知識ならあたしのほうがあるのか」

温泉の専門家というわけではもちろんないけれど、日本で生まれ育ったエミリにとっては温泉はなじみのあるもので、聞きかじった程度の知識はある。

「……この妙なニオイは温泉から漂ってきてるのよ」

ティエンは相変わらず鼻をつまんでいるが、卵が腐ったようなニオイが漂っている。

「ふむ？　ニオイだけならば取水口から上がってきているんじゃないか。でもそれがなんなんだい、エミリくん」

「ちょ、ちょっと待って、考える」

エミリはアストリッドを手で制してからひとりでぶつぶつしばらく言っていると、３人を見回した。

「もしかしたら……だけど、いえ、たぶん、これは当たってると思うんだけど」

エミリにしては自信なさそうに切り出した。

「温泉は……完全に涸れたわけではないんじゃないかしら」

「……どういうことだい？」

「あのね、そもそも温泉っていうのは地下水が地熱によって温められたものが噴出しているものなの。もちろん地殻変動で地中がおかしなことになったら温泉は出てこなくなるけど……温泉が出なくなって2年とちょっとだっけ？　そのころに地震なんてなかったでしょ？」

「地震？」

「大地がぐらぐら揺れること」

「いや、聞かないね」

地震がそう多くない地域なのか、あるいはこの星が地震が少ないのかはエミリにはわからなかったが、とにかく地震なんてものがあったら隣国にまでウワサが伝わるほどのものらしい。

「となると……取水しすぎたのかしら？　地下に染みこんでいく水の量よりも、取る量が多くなったら当然いつかは涸れちゃうから」

「でもそうであれば他の高級ホテルでも温泉が出なくなりますよね？」

ニナの言葉を聞いたとき、エミリは、

「そうよ！　それよ！」

思わず声を上げていた。

「あたしたちが護衛としてついていた、モヒート商会の会長は、『温泉が完備』って言ってたわ！もし温泉が出てなければそんなこと言わないわよね？」

「となると、エミリくん。高級ホテルの温泉はそのままで、共同浴場の温泉は涸れているということになるのかな？」

「それはあり得ないわ。だって、これだけ近い距離なら同じ源泉から取水しているはずだもの」

「じゃあ……共同浴場の取水口が詰まっているとか？　私が確認した範囲ではそんな感じはなかったけれど」

「…………」

エミリはじっと考え込んだ。

「……ちょっと考える時間が欲しいわ。なにか、もうちょっとでわかりそうな気がするの。ごめん、先に宿に戻るわね」

「もちろんいいさ」

エミリはぶつぶつ言いながら去っていく。

「いやはや……エミリくんをあそこまで本気にさせる温泉ってのはそんなにすごいのかな」

「なんだか、エミリの執念を感じるのです」

「きっとなにか思い出があるのではないでしょうか？」

「そうかもしれないね……。ところで、私たちはこれからどうする？　エミリくんがあんなになっちゃって３人で遊び歩くのもなんだかね」

「そうですね――」

ニナは周囲を見回し、言った。

「――他にできることをやってみませんか？」

と。


路地裏からこちらを見つめていたのは垢じみた少年と少女だった。

年齢は10歳前後だろうか、痩せていて、服も丈が合っていない。

足元は裸足だった。

ニナたちがヨソ者だということはわかっていて、なにをしているのか興味半分、警戒半分で見ている――監視している、と言うにはただぼんやりと眺めていた。

ニナが目を付けたのは彼らだった。

「こんにちは」

「！」

ニナが話しかけに行くと、明らかに警戒した。

「わたしたちはこの町に来たばかりなんですが、いろいろと教えてくれませんか？　教えてくれたら、内容に応じてお小遣いを差し上げます」

ニナがポケットからじゃらりと小銅貨を出して見せると、彼らの目が輝いた。

「パンでもいいですよ」

ニナが持っていたバスケットの蓋を開けるとそこには焼きたてのパンが現れた。

先ほど「真砂の宿」の女将のキッチンを借りて焼いてきたのだ。

「教える……って、なにを？　っていうかアンタたち、さっき大人をぶん投げてた人たちでしょ」

ティエンがうさんくさい男を投げ飛ばしたことを見ていたのか、あるいはウワサがもう広まっているのか。

少年は、疑いながらも目が小銭とパンから離れない。

ヨソ者を信じられないながらも背に腹は代えられない、そんな感じだ。

「ふだんどんなものを食べていますか？」

「……は？　それ聞いてどうすんの？」

「わたしにとってはとても重要なことなんです。教えてくれたら1枚ずつ小銅貨を差し上げます」

ニナは知りたかった。このスラムが今どれくらいの規模で、どういうふうにみんなが生活しているのかを。話を聞かなければ、なにかを改善するきっかけやヒントだってつかめないだろう。

少年と少女は顔を見合わせ、

「……パンがいい」

と言った。

ニナはにこりと笑って「もちろんです」と言った。

それからニナは彼らに話を聞いた。ふだんどういう暮らしをしているのか。どうやってお金を稼いでいるのか。家族はどうなっているのか。

パンをあげると大喜びで頬張って、むせているので水も飲ませた。ニナの拳ふたつぶんほどもあるパンを、ふたりで5個は食べた。

「——ありがとうございます、いろいろとわかりました。明日はお願いしたいことがあるので朝ここに来てくださいませんか？　そうしたらまたパンか、小銅貨を差し上げます」

「あ、あの、友だちも連れてきていい？　みんな腹を空かせてると思う」

少年と少女は自分たちで5個も食べてしまったが、３つは食べずに取っておいている。きっと仲間にあげるのだろう。

「もちろんです。いっぱい連れてきてくださいね」

「うん！」

ニナが言うと目を輝かせて少年と少女は路地裏を走って去った。

「…………」

彼らがいなくなると、ニナは眉根をひっそりと寄せ、彼らの話を思い返した。

思っていた以上に、過酷な環境だ。

この町に仕事はほとんどないという。首都ならばスラムの子どもたちにもなんらかの仕事があるのだが――たとえば使いっ走りとか、荷物運びとか。サウスコーストは町が小さく、観光産業しかないので子どもにできる仕事はほんとうに少ない。

親のいない子ばかりだった。捨てられたのだ。北方では寒さで凍え死んでしまうが、サウスコーストは暖かいので、やむにやまれず子を捨てざるを得ない親が、最後の親心でこういう土地に捨てていく。

生きていく、という点においては雪国よりもずっと生きやすいことは間違いないようだ。彼らが腹を空かせながらも生きていけるのは、食料があるからだ。

森に入ると野生のイモがあるので、それを加熱すれば食べることができる。でも硬くて泥臭く、美味しくはない。

森の恵みは他にもあり、赤紫の実を子どもたちは食べていた。やたら酸っぱくて果汁が手に付くとなかなか汚れが落ちないのだけれど、それでもほんのり感じられる甘みのために子どもたちはそれを見つけてはかじっている。

それ以外にも、砂浜が切れた先は、満潮時に沈むような磯場《いそば》がある。

潮が引いた後に取り残された小魚や小さいタコならば簡単に捕まえられるので、それを焼いて食べる。

食料はある。腹はいっぱいにならないが。

食べてはいける。でもそれだけ――身なりを整えることもできなければ、教育の機会なんてあり得ない。

「ニナ、だいぶ暗くなってきたのです」

気づけば周囲は夕闇に沈んでいる。

砂浜を見に行くと散歩する人々が見えるが、彼らは着飾っていて、清潔だった。

先ほどの子どもたちとは大違いだ。

「エミリくんと合流して食事にしようか」

「……はい」

西の空にわずかに朱色を残すだけで、空は群青になっている。

海も暗く沈み白い砂浜も青ざめていた。

吹き抜ける風は気持ちよかったのに、心は晴れなかった。

「真砂の宿」に戻る途中で、ちょうど通りの向こうから歩いてくるエミリがいた。

「エミリくん、ひとりで出歩いていたのかい？」

「情報収集のためにね。知りたいことがあったの――それより、あたし、すごいことに気づいちゃったわ」

「すごいこと？」

「温泉が涸れた原因よ。たぶん……あれだと思う」

彼女が指差したのはひときわ背の高い巨大な建築物――残照を受けたゴージャスなホテルのひと

つ。

金箔の輝くホテルだった。


翌日、エミリとアストリッドはふたりで共同浴場にやってきた。

ニナとティエンは孤児たちに会いに行っている。

「――エミリくんの推測が確かなら誰も困らずに温泉を復活させることができるけど……」

「頼みにしてるわよ、アストリッド！」

「やれやれ、私の専門は魔道具で、土木工事じゃないんだけどなぁ……」

共同浴場の老女はエミリとアストリッドの再訪に驚いていたけれど、もう一度魔道具を見たいと言うと喜んで見せてくれた。

お客もいなくなったので、人が来るだけでうれしいのかもしれない。「お茶を淹れますから」と言っていそいそと働き始める。

老女がいなくなったのをいいことに、アストリッドは魔道具の確認――ではなくその先にある取水口を見に行く。

取水口はパイプをたどっていった先にあった。

露出した岩石は温泉成分が付着して白く汚れ、亀裂から腐臭が漂い出てくる。

「……温泉が復活したらここの掃除を絶対しなきゃ」

　エミリがしかめ面で言うそばで、アストリッドは布きれを顔に巻いてマスクにする。じりじりと陽射しの照りつける暑さのなか、マスクをつけるのも大変だけれど、ニオイはやはりつらい。

　岩石の亀裂には表面の錆《さ》びた鉄パイプが差し込まれている。シンプルな機構だ。この鉄パイプが温泉を吸い上げているようだ。

「ふむ……見たところ深さ10メートルくらいまで届いているね」

「改良できる？　パイプを伸ばして深くしたら吸い上げる力がもっと必要になるわよね」

「もちろんそれは可能よ。でも、結構なお金が掛かると思うね。あと、そもそもの問題だけど加工ができる鍛冶屋さんはいるかな？　ここはリゾート地だし」

「ふふーん。それはもう当たりをつけてるのよ！　昨日のうちにあちこち回って大正解だったわ！　地元の鍛冶屋さんに聞いたらね、この温泉が直るんなら、材料費だけで工賃は要らないって！」

　エミリが胸を張るとアストリッドは目を瞬かせた。

「いつになく手回しがいいねぇ。ただ……私は疑問なのだけど、ほんとうにパイプを伸ばすだけで温泉は出るのかな？」

「出る……というより、届くわ」

　と言ってから、

「うーん、正直に言えば『たぶん』くらいね」

「ふむ。あの金箔を貼った趣味の悪いホテルが温泉を涸らしたという推測に、エミリくんは自信があるんだね？」

「……ええ」

昨晩、４人は小さな酒場に入って夕食をいただいた。

海で獲れた魚をココナッツオイルで揚げ、そこにフルーツソースを掛けた大皿料理はインパクト大で、それだけでお腹いっぱいになってしまった。ジュースだけでなくアイスティーにもフルーツの香りがついていて、ここが首都から遠く離れたリゾート地なのだということを改めて思わせてくれた。

そこでエミリは情報収集をして得た情報を語った。

あのキンキラのゴージャスなホテルができてから2年と2か月。

売りのひとつが温泉であり、共同浴場と泉質は同じ。

そして今でも温泉を使えている。

「温泉が涸れた時期がホテルができたのと同じ時期だと考えると……あのホテルが、共同浴場に流れてくる温泉を奪っていると推測できるわ。ていうかそれ以外、考えられない」

他に、共同浴場だけが温泉を使えなくなった合理的な理由がない。

ホテルが多くのお湯を取ってしまったために、共同浴場のパイプが届く位置よりも下に源泉の水位が下がってしまったのだろう。

エミリが聞いた範囲では、エミリと同じ推測に至った人たちもいたらしい。それは共同浴場を使っていた地元住民たちだ。彼らはあのホテルに問い合わせをしたこともあったようだが「言いがかりをつけるな！」と暴力を振るわれた。

聞けば、あのホテルは首都のとある伯爵閣下の息が掛かったもの。

住民たちは共同浴場をあきらめざるを得なかった——。

「あたしの推測が正しいかどうかは、もっと下から温泉を汲《く》み上げてみればわかることよ。さっ、行きましょう」

エミリはアストリッドを連れて共同浴場を離れた。


そのころニナとティエンは昨日、少年少女と出会った場所へとやってきた。

するとそこには、

「うわぁ……パン、足りるでしょうか……？」

「小銭はいっぱいあるのです」

20人ほどの子どもたちがいた。

「メイドのお姉ちゃん、友だち連れてきたよ」

警戒心たっぷりだった昨日よりもずっと近い距離で少年が言った。

集まった子どもたちは彼と同年代か少し下が多く、どうもこの少年がリーダー的な存在のようだった。

彼は、名前を豹《パンサー》だと名乗った。

「親なんていないし。自分で付けた名前だ」

彼だけでなくここにいるみんなが自分で名前を付けたり、友だちが付けたりしていた。

葉っぱ《リーフ》とかココとナツの双子とか、単純な名前ばかりだ。

寝起きしているのは森に少し入ったところで、廃材を集めてそこに小屋を建てたという。

以前は地元住民たちもパンサーたちに協力的で古着をくれたりもしたが、

「最近はそんな人、もういない。ていうか見かけもしなくなった」

「いなくなった……ということ？」

「知らない」

彼らは日々を生きるのに一所懸命で、町の人がどうなっているかまで知る余裕もないのだ。

これは根本的になにかを変えなければいけないのかもしれない、とニナが考えていると、

「…………」

「今の話でパンをもらえるの？」

「それなら俺も話すよ！」

「ボクも！」

「あたしも！」

子どもたちがわーっとやってきた。

「ちょ、ちょっと待ってね、わあっ!?」

ニナのバスケットを引っ張られて転びそうになると、スッとティエンが間に入ってバスケットを受け取り、ニナを支えた。

「悪い子にはあげないのです」

「こ、この姉ちゃん、昨日大人をぶん投げてた姉ちゃんだ！」

子どものひとりが言うと、ワァッと逃げ出した。

「あぁ……」

「……ごめんなさい、ニナ」

「い、いいえ！　ティエンさんが謝ることはないですよ。わたしが子どもの力を甘く見ていただけで」

逃げたのは全員ではなく、パンサーともうひとり、昨日の少女が残っていた。

「大丈夫だよ。アイツら腹が減ってるから、どうせすぐ戻ってくる。それで俺たちはなにをしたらいい？」

パンサーに聞かれ、ニナは考え込む。

今ここでパンを与えるのは簡単だ。だけれどニナたちがいなくなったらどうなる？

これは、想像以上に根が深い。

自分になにかできることはあるのだろうか——。

「…………！」

そのときニナは自分を見つめているティエンと目が合った。

（そう……でした。自分ですべてを抱え込むことはないんですよね）

ティエンがいる。

エミリとアストリッドもいる。

4人で力を合わせればいいのだ。

だから、まずは、

「まずはおうちに案内してください。そこを掃除してから、みんなの身体と服を洗います！」

いい、いい、メイドとして自分ができることを思いついたニナの目に、もはや迷いはなかった。


「おお？　長い鉄パイプだって？　どれくらいの長さが欲しいんだい」

「10メートル。最低でも。何年水にさらしても穴が空かないくらい頑丈なヤツ」

「そりゃまた……難しいな」

腕組みをして難しい顔をしたのは鍛冶職人だった。

サウスコーストはリゾート地ではあるけれど、そこで生活をする地元住民も少ないながらいる。

鍛冶店は町に1軒しかない。

大型のホテルで使うものはすべて首都から運んでいるようだ。

ここの鍛冶職人はビア樽《だる》のような体形にもじゃもじゃのヒゲ。

頭には手ぬぐいを巻いているが、縮れた髪の毛がそこからあふれていた。

エミリも何度か目にしたことはあったけれど、こうして話すのは初めてだった——ドワーフ種族とは。

「うーん……まあ、なんとかしてやる。3メートルほどのパイプなら何本もあるからよ、それをつなげばいいだろう」

「ああ、それは好都合ですね。それならこういう機構はできるでしょうか——」

と、そこへアストリッドが口を挟み、ドワーフの鍛冶職人とともにあーだこーだと話を始めた。

アストリッドが考えたのは必要なぶんだけ鉄パイプをつなげて伸ばすもので、水漏れしない接続機構だった。

溶接すれば簡単だが、何メートルの深さがあるかわからないので、少しずつ確認しながらやりたかった。

それから夕方まで、鍛冶工房に籠もって試作品が作られた。


「この石けんを使って近くの小川で服を洗ってください。それができればみんなに3枚ずつ小銅貨を差し上げます。キレイにできたらさらに2枚差し上げます。次に、身体も全身を洗ってください。特に髪の毛の根元は念入りに。ノミやシラミがいますからね。これもできたらさらに5枚。つまり全部できたら大銅貨1枚を差し上げます」

とニナに言われた子どもたちは、大喜びで川に向かった。

いちばん深くとも膝下までしかない浅い川に着くと、幼い子どもたちは遊びだしてしまう。

それをパンサーが「大銅貨だぞ」と言ってなだめすかしてようやく服を洗わせ干しておく。服を洗うとまた遊び出すので「大銅貨だぞ」と言うと子どもたちは思い出したように身体を洗う。身体を洗い終わるころには服もまぁまぁ乾いており、それに袖を通すとボロながらも見違えるようだった。

「大銅貨〜！　大銅貨〜！」

子どもたちが変なフシをつけて歌いながら歩いて戻ったのは、自分たちの寝床である小屋だった。

「大銅貨〜！　大銅……」

歌が止まった。きょとん、とした子どもたち。

そこにあるのは、廃材を組み合わせ、床と壁と、草で葺《ふ》いた屋根があるだけの小屋だ。そんな小屋であるはずだった。

それが、どうしたことだろう。

「なんで……家ができてるんだ？」

森の大木を柱として利用としていた。床は地面から30センチほど上げられていて、入口にはドアもついている。

壁は隙間風が入らないよう木材がぴっちりとハマっていて、屋根もできていた。

それが、2棟。

廃材を使っているので新築同様とは言わないまでも、かなりきれいに掃除までされている。

ふー、と額の汗を拭っているのはティエンだ。

「木材があるのなら簡単なことなのです」

「簡単じゃないよね!?」

思わずツッコミを入れてしまうパンサーである。

「簡単です。ニナの指示で組み立てるだけですから」

そのときパンサーは、確かにティエンが大人を軽々と投げ飛ばしていたことを思い出した。でも、家を建てることとは話が別だ。

「全部ニナに教えてもらったのです」

「あ、パンサーさん、お帰りなさい」

奥からニナが出てくると、

「す……すげー！　家だ家だ！」

「ふたつあるよ!?　あたしこっち！」

「俺はこっちだ！」

「大銅貨～！」

子どもたちは大喜びで家へと飛び込んで行く。

「足の泥を落としてから入ってくださいね」

なんてニナは言っているが、パンサーはいまだによくわからない。

「いや、えっと、あの、お姉ちゃんはメイドさんだよね？　確か、お屋敷とかで働いてる……」

「はい、そうです」

「どうしてメイドさんが家を建てられるの？」

「メイドなら当然です」

「…………」

パンサーは首をかしげた。

ほんとうか？　メイドなら当然なのか？

かしげた首の角度がだんだん横倒しになっていくが、疑問は解けなかった。

「それよりもちゃんと身体を洗ってくださったんですね。すばらしいです」

「別に……身体洗うくらいたいしたことじゃないよ」

「ふふふ。さあ、食事を作ったのでみんなで食べませんか？」

「！」

すると、奥からニオイが漂ってくる。

火を焚いた煙だけではないようだ。

ぐぅ、とパンサーの腹が鳴った。

「メシのニオイがする！」

小屋からひとりの男の子が飛びだしてくると、次々に他の子たちも飛びだしてきた。

そうなれば止まらない。

新しい小屋、新しい食器――さすがにこれはニナが用意した――で食べるスープとパンは美味しかった。

野菜と少々の肉が入っているだけのスープは優しい味だったが、子どもたちにとってはごちそうだ。

何杯もおかわりをした子どもたちは、お腹がいっぱいになると、新しい小屋の一か所に集まってぐうぐう眠ってしまった。

男子用と女子用と、２棟用意したのに彼らは片方の小屋に集まって眠りこけていた。みんなで寄り添って生きてきたんだなぁとわかって、ニナは思わず目を細める。

「……なあ」

食器を集めて洗っているニナのところへパンサーがやってきた。

「お姉ちゃんたちの目的はなんなんだ？　俺、聞いたことがある。子どもを集めて売り飛ばす悪い大人がいるって……お姉ちゃんたちもそうなのか？」

「違いますよ」

振り向いて答えたニナが、一瞬つらそうな顔をしたことにパンサーは気づかない。

他の人からの優しさを、常に疑わなければならないような生き方を、パンサーはこれまでしてきたのだろう。

南国だから、餓《う》えたり凍えたりすることはないかもしれない。

でも、それだけだ。

彼らは大人から大事にされたこともなく、愛されたこともなければ、無償の親切を受けたこともない。

自分たちの力だけで生きてきたのだ。

「……みんな眠りましたか？」

「うん。あんなに幸せそうに昼寝してるのを見るのなんて、久しぶりだよ」

「パンサーさん、あなたが皆さんのリーダーのようでいらっしゃるのでお話ししておきたいことがあります」

「な、なに……？」

ニナの雰囲気が変わったのでパンサーが警戒する。

「まず話しておきますが、わたしはサウスコーストに来たただの観光客なんです」

「え……？　そうなの？　町のどこかの偉い人のメイドさんなんじゃないの？」

「違います。しばらくしたら次の町に行くつもりです」

「！」

パンサーの表情が強ばる。

「気まぐれで俺たちにメシとか、小屋とか……施しをしたってことかよ！」

「違います」

「違わない！　お姉ちゃんは他の大人とは違う人だって思ったのに……！」

「違いますよ」

ぷい、と横を向いてしまったパンサーに近づいたニナは、彼の手を取った。

「確かに、この小屋は今ササッと作りました」

ササッと作れるような規模のものではないとパンサーは薄々気がついていたが、それはともかく彼はニナの顔を正面から見た。

「それだけにいつかは壊れます。木造ですし、縄を多く使っていますし、ここは湿気が多いですから腐り落ちやすいです」

「……そしたら前の生活に戻るってこと？」

「そうです」

せっかく手に入れた小屋もなくなる。美味しいご飯と銅貨をくれるニナもいなくなる。

そう聞いたパンサーの瞳が悲しみに染まる。

「ですから」

ニナは、パンサーの手を握る自らの手に力を込めた。

「その前に、パンサーさんたちが、次の生活をできるようにしたいと思います」

「次……？」

「はい。皆さんの力で、ちゃんとお金を稼いで、ちゃんと生きていける方法を教えたいんです。聞いてくれますか？」

自分たちの足によって立つ彼らは立派だけれど、大きなケガや病気を患ったときにどうしようもなくなってしまう。

もっと安全で、安心できる生き方を手に入れて欲しい……それは単にニナのワガママなのかもしれなかったが、それでも彼らのことを思ってのことだということ。

この思いが届いて欲しい。自分を信じて欲しいとニナは願った。


ニナとティエンが「真砂の宿」に戻ってきたころには日もすっかり暮れていた。

ベッドに突っ伏しているエミリとアストリッドもくたびれた格好をしている。

「エ、エミリさん？　アストリッドさん……？」

「…………」

「…………」

するとむくりとふたりが起き上がった。

「……行くわよ」

「え？　ど、どこにですか？」

「飲みによ！　労働の後の一杯は格別だから！　そうよね、アストリッド！」

「1ミリのズレもなくエミリくんに同意だ」

さっさと行動を開始するふたりに戸惑いつつも、ニナはふたりが夕飯を食べに行かず、自分たちを待っていてくれたことに気がついてうれしくなる。

　昨日と同じ酒場に行って食事をとりながらお互いの1日を話し合う。

　ドワーフの鍛冶職人が協力的で——よく聞いてみると彼は温泉のファンだったらしい——明日には伸長したパイプでの取水に挑戦できるという。

　逆にニナも子どもたちと過ごしたことを話した。ふたりで小屋を2棟作り上げたと聞いたエミリとアストリッドは顔を見合わせたが、

「……ニナがまたやってるわよ、アストリッド」

「……子どもたちから大人にウワサが広まることもないだろうから、まだよかったと思っておこうじゃないか、エミリくん」

　ふたりはうんうんと納得していた。実際の小屋のできばえを見て、目を疑うことになるのはまた後日の話だ。

「それで、子どもたちをどうするつもりなの？」

　エミリがたずねると、ニナは、

「はい。生きていく術《すべ》を教えたいと思います」

「これはまた大きく出たわね……教えるのは簡単だけど、身につけるのは難しいんじゃないの？　本人たちのやる気次第のところもあるわよ」

　するとにっこりとニナは微笑んだ。

「はい！　パンサーさんは、『やる』って言ってくださいました」

ニナの思いが届いたのかどうかはわからないけれど、パンサーはニナをじっと見つめ返して「やる」と言ったのだ。

それからニナとティエン、パンサーの3人でこれからのことを話した。

しばらくすると子どもたちが起きてくるので、夕飯と明日の朝に食べるぶんについて料理の仕方、竈《かまど》の使い方を教えていたら、もう日は暮れようとしていた。

子どもたちは、帰っていくニナとティエンをいつまでも見送っていた――。

「そっか、やる気があるのはいいわね。それで、なにを教えるつもり？　やっぱりメイド仕事とか？」

「希望する子にはそれもいいかなと思ったのですが、ただ、ホテルが雇ってくれるかどうか……」

「ああ、それはそうね……あそこは資本が違うから」

メイドが働けそうな場所は、サウスコーストにおいては高級ホテルくらいだ。

ただ、高級ホテルを利用するのは首都の富裕層や特権階級の人たちなので、ホテルを経営しているのも首都の人間ならば、現場で働いている人たちも首都で雇われ、この町にやってくる。

彼らはサウスコーストの住人とはまったく交流を持たないそうだ。

サウスコーストの住人がメイドや執事のような仕事ができるとはハナから思っていないのだろう。

「モヒート商会のマールス様に話してみるのはどうでしょうか？」

「そうね……話はできると思うし、ニナが技術を教えた子どもたちなら喜んで受け入れてくれそうよね」

ただ――とエミリは思う。

変に借りを作りたくはない。そうしたら商会所属にならないかともっと勧誘されるだろうし。

人としては善人だろうけれど、マールスはひとかどの大商人。

取引となったらニナはもちろんエミリやアストリッドだって太刀打ちできないだろう。

あとマールスとのつながりもニナがいてこそのことなので、ニナがいなくなった後にその縁をつないでいくのは子どもたちだけでは難しいだろう。

「一時的でも雇ってもらえればいいと思うのですが」

「それはそうかもだけど、それにはリスクもあるのよね……ていうかさ、ニナ。ふと思ったんだけど、どうしてそこまであの子どもたちに肩入れするの？」

「どうして――ですか？」

「うん。どの町にもスラムはあるし、これから行く町のあちこちで首を突っ込んでいたらキリがないと思うわ」

「ご、ごめんなさい……皆さんにはご迷惑をおかけしないようにしますので」

「違うって！　責めてるワケじゃなくて、えっと、ほら――ああ、もう、なんて言ったらいいのかな」

「エミリくんはニナくんが心配なんだよ」

アストリッドが助け船を出す。

「心配……そう、なんです。わたしも心配なんです」

するとニナがそんなことを言った。

「ん？　どういうこと？」

「ティエンさんと出会ったイズミ鉱山の街には孤児院があって、修道院の先生や修道女の皆さんがとても温かく子どもたちのお世話をされていました。でもこの町は違います。子どもたちを心配してくれる大人がいないんです」

「あ……」

エミリは納得した。

「それは、確かに。そうかもしれないわね……首都にだって孤児院があるはずだし」

「わたしは家事の手伝いが好きで、３歳から始めていました。それをいいねと言ってくれた師匠がいて、それでメイドになりたいと思うようになりました。わたしが師匠に出会ったように、彼らを心配してくれる大人や、彼らに生きていく術を教えてくれる人が必要なんじゃないかって思ったんです」

そうだったのね――エミリは納得した。

どうしてニナがここまで子どもたちに肩入れするのか。

もちろんエミリにだって多少の同情心はある。お小遣いを上げたり食事を振る舞ったりくらいはするかもしれない。

そう、「施し」だ。

それはほんの少しの間気分がいいだけで――上げたほうももらったほうも――その後にはなにも

残らない。子どもたちは「施し」なんて意味がないことをわかっているし、ニナもまたわかっていた。

だから、ニナは「生きる術」を教えてあげたいと言うのだ。

そこまでわかったところで、エミリは唸った。

（……すっごいなぁ、ニナは）

スーパーメイドとしてだけではなく、人としての根っこの部分に驚かされる。見た目は、小さな女の子なのに。

「あんたの考えはよくわかったわ……『生きる術』を教えるの、あたしも賛成よ。ただモヒート商会はあまりお勧めしたくはないけど」

「え？　そうなんですか？」

やっぱりニナは、自分の技術の価値を全然わかっていない。商会長のマールスはここぞとばかりにニナをスカウトするだろう。これがエミリの言う「リスク」だ。

エミリもため息が出てしまう。

ニナにそう説明したところで「メイドなら当然なのでは？」と返ってくるのがオチなのだ。

おそらくニナの師匠とやらがそういうふうにニナを教育したのだろう。自己評価が低すぎるような教育なんて考えたくはないが、それはともかく、その師匠がニナにすばらしい技術を教えてくれたおかげでエミリは自分の人生が救われたとはわかっていても、この無頓着さ、鈍感さについてはその師匠を恨みたくもある。

「なかなか前途多難ね。男の子についても聞いとこうかな。なにを教える気？」

「そうなんですよね……そこが悩みどころなんです。皆さんにもご意見をうかがいたくて」

パンサーを始めとする少年がどうやってお金を稼げばいいのか、ニナにはアイディアがなかった。

もちろんお屋敷で働く少年——従僕《フットマン》や雑用係《ベイジボーイ》などがいることは知っているが、彼らがどのように教育されているのかはニナは知らない。さらにはホテルで彼らの仕事があるのかも謎だった。

するとエミリは、

「ふーむ、やっぱり手堅いのは自分たちで稼ぐことなんじゃないの？」

「自分で……稼ぐ？」

ニナはキョトンとした。

お給金ではなく、物を売って売上を得るという発想が全然なかったのだ。

「そうよ。あの子たちだって今もそうしてお金を得てるんじゃないの？」

「た、確かにそうです！　椰子の実や虫食いのない大きい葉、それに森の果実や海の貝を買い取ってくれる人がいるって言ってました！」

「椰子の実はココナッツジュースにココナッツオイル、葉は食事の彩りやプレートに使うのかもね。果実や貝はそのまま食材に使えるし」

「なるほど……！　あ、でも椰子の実も1つ小銅貨1枚とかなので、それで食べていくのは難しいかもしれないですね。重くて運びにくいですし」

「しょ、小銅貨1枚!?　安すぎない!?　買い叩かれてるわよ！」

「買い叩かれる……？」

「だってココナッツジュースって1杯で銀貨2枚くらいよ!?」

「ニナくん、買取人が不当に安く買っている可能性があるとエミリくんは言ってるんだよ」

アストリッドが補足するとニナの眉根がきゅっと寄った。

「そんな……あの子たちが一所懸命働いているものを……」

「うむ。さすがにあたしも腹が立ってきたわね。心配してくれる大人もいないどころか、食い物にする大人がいるなんて」

エミリはパンッ、と手を叩いた。

「──アストリッド、あたしひとつ思いついたんだけど」

するとアストリッドは、難しい顔で「ふー」と息を吐いた。

「なにか思いつくのはニナくんだけで手一杯なんだけどねえ」

「あんただってムカつかないの？」

「そりゃまぁね。じゃあ、その思いつきとやらを聞いてみようかな」

「作って欲しい魔道具があるの。それでさ、子どもたちに『生きる術』を教えてやろうじゃないの」

「え、ええ……子どもが使う魔道具かい？　途端に不安になってきたなぁ……」

「なによそれ！　こういうのはあたしのほうが強いのよ！　温泉のあるリゾート地で、お金を稼ぐ方法ならアイディアが山ほどあるんだから！」

あっはっはっは、と笑ってジョッキのビールをがぶっと飲んだエミリに、ニナは目を瞬かせていた。さっきから黙っていたティエンは夜も更けてきたのでとっくに舟をこいでいる。


翌日、ニナとティエンは子どもたちの住んでいる小屋へと行くと、子どもたちは朝から椰子の実や森の果実を探しに出ているという。いちばん年少の子どもたちはさすがに連れて行けず、残っていた。監督役の少女――初めて会った日にパンサーといっしょにいた少女に、ニナは告げた。

「集めたものは今日は売りにいかないでください。そして集め終わったらみんなで共同浴場に来てくれませんか？」

と。

「共同浴場……？　あそこって、確か温泉出ないんだよね」

「はい。ですがわたしの、とっても頼りになる仲間が、みんなを連れてきて欲しいとおっしゃったので。わたしは先に行っていますから、あとから来てくださいね」

「う、うん」

「必ずですよ」

子どもたちと別れて共同浴場に向かうと、そこには朝から多くの人が集まっていた。

どうしてこんなに……と思っていると、ワァッと大きな声が上がった。

何本もの鉄パイプを担いだ男たちがやってきたのだ。

彼らを率いているのはドワーフの鍛冶職人とエミリだった。

「エミリさーん！」

ニナが手を挙げると、エミリが気づいた。

「あー、ニナ、こっちこっち」

「なんでこんなに人が!?」

「うーん、なんかあたしたちが共同浴場を復活させようとしてるって話が広まっちゃって……」

「広まった、って……昨日の今日じゃないですか」

「ほんとにね。まー、それだけ、温泉を待ち望んでる人が多いってことじゃないかな？　プレッシャー感じちゃうわ」

あはは、と笑っているがエミリはうれしそうだった。

「あれ？　アストリッドさんはどちらに？」

「今は魔道具の開発をしてもらってる。もう温泉のほうはアストリッドが出る幕がないからね」

「――おい、エミリちゃんよ！　どっち運べばいいんだ！」

ドワーフが向こうで怒鳴っている。

「今行く！　ニナも行こ」

「あ、はいっ。ティエンさんも行ってみましょう！　――ティエンさん？」

振り返るとティエンはあらぬほうを向いていた。

「……こっちの様子をうかがっている男がいたのです。でもいなくなりました」

「ん？　温泉が気になってる町の人ですかね？」

「そうは見えなかったですけど……」

「——ニナ！」

エミリが向こうで呼ぶので、ティエンの話はそこまでとなった。

共同浴場の裏側に行くと管理人の老女が目を丸くしていたけれど、エミリが事情を説明すると、老女は目を輝かせて喜んでくれた。作業者にお茶を淹れるというのでニナもそれを手伝う。

一方のティエンは設置作業に加わった。最初こそドワーフの親方はティエンに「危ねえから下がってろ！」と言ったのだが、彼女がひとりで数本の鉄パイプを軽々と持ち上げると歓声が上がり、親方も態度を一変させた。

「お嬢ちゃん、名前は？」

「チィはティエンなのです」

「ティエン、ね……へっ、いい名前じゃねえか」

「当然なのです。お父さんとお母さんが付けてくれた名前ですから」

ティエンが胸を張ると、

「——野郎ども、聞け！　ティエンちゃんを中心に作業をやるぞぉ！」

手伝いに来ていた男たちが「オオッ」と声を上げた。

そこへエミリがやってきて、

「まずは既存の取水設備を解体して、この新しい鉄パイプをセットしましょ。少しずつ伸ばしていって温泉を吸い上げられるところまでやるわ」

「わかったのです」

こうして、住民たちに見守られながら温泉設備の改修工事が始まった。


それから1時間後。

がっくりと地面に手を突いたエミリの姿があった。

「……ダメだな、ここが底だ」

親方はため息交じりに言った。

取水口のパイプを伸ばしていき、温泉を吸い上げられる深さまで到達させるという試みだったが、既存のパイプの長さから5メートルほど進むとあっけなくパイプの先は岩盤に当たってしまった。

どう動かしてもそこから先には入らない。

つまりは「底」なのだ。

「そ、それじゃパイプを細くするのはどう!?」

「この細さでも風呂に使うにゃぎりぎりだ。これ以上細くしたら十分に吸い上げられん。あきらめな、エミリちゃん」

「くっ……」

どうやらダメらしい——そういう空気が伝わると見物人たちはみんな肩を落とした。そしてぽつりぽつりと帰っていく。

起き上がったエミリはあきらめきれない顔で、取水パイプを見やった。

そのパイプはぴかぴかで、太陽の光を反射していた。これから温泉を吸ってやろうという意欲に満ちていた。だけれど源泉には届かなかった。

「ううう、やっぱりあたしみたいな素人考えじゃダメってことかしら……」

「なんもかんも無駄ってわけじゃねえぞ、エミリちゃんよ。俺からすりゃ、共同浴場にこんなに興味を示すヤツがいるとは思わんかった。確かに、風呂があったころはよかったなぁと思うんだ。あのころはみんな心に余裕があった……」

それを横で聞いていたニナがハッとする。

「あの……お話し中のところ申し訳ありません。以前、つまり共同浴場があったころは、森に住んでいる孤児の子たちとも交流があったということですよね？」

「お？　言われてみりゃ、この風呂がなくなる前はそうだったなぁ。腹を空かせてる子どもを見かねて、誰かしらメシを食わせてやったり、古着をくれてやったり、文字を教えるヤツがいたりしたもんだ。俺も何人か職人として作業を教えてやったんだがな、そいつらは首都に働きに行ってるはずだ」

「――――」

ニナはそのとき、一筋の光を見た気がした。

サウスコーストの町では孤児を、町ぐるみで育てていたのだ。

だけどそれが失われてしまった——たった2年で。

「でも今は誰も見向きもしない……それはつまり、共同浴場がなくなったから、ということでしょうか？」

つながった、と思ったのだ。

ニナがやりたいことと、この温泉とが。

「おお、そうかもしれねえな」

「なるほど……なるほど」

であれば是非とも、この温泉の問題も解決したいと思った。子どもたちに生きていく術を教えることはやらなければいけないけれど、それだけでなく、この町の人々の心に余裕ができることもきっと、自立しようとする子どもたちの背中を後押ししてくれるはずだ。

「あー、メイドのお嬢ちゃん」

親方はがしがしと頭をかきながら言った。

「温泉だけじゃねえかもしれねえな。……なんだろうな、あのころから急に治安も悪くなってな」

「治安、ですか？」

「見かけないヤツらがうろうろして観光客を相手に筋の悪い商売を始めたりしたんだ。ナイフをちらつかせてガラクタを高値で売りつけたり……」

ニナも経験したことだった。

「税金も上がったじゃないか」

そこへ老女がやってきた。

「そうだ。あれも2年前だったな……。ワシらみたいな小さい商いをやってる者からすれば、これがキツくてよ……悪いとは思ったんだが、森のガキどもを気にかける余裕なんてなくなってしまった」

「そんな……あ、いえ、その、親方を責めているわけではないのです」

「責められても当然かもしれねえ」

「そうだねぇ……子は宝だと言うしねぇ」

ドワーフと老女は難しい顔でため息を吐いた。

「──まだよ！」

とそこへ、がばりとエミリが立ち上がった。

「まだよ！　まだあたしはあきらめないわ！」

「え？」

「絶対に温泉に入るんだから！　そのためにここに来たんだから──!!」

空に向かって吠《ほ》えた。

「ティエン！　あの鉄パイプを引っこ抜いて！」

「はいなのです」

ティエンは軽々と、自分の身長の何倍もある鉄パイプを引き抜いた。

「お、おいおい、エミリちゃんよ。いったいなにをする気だ？」

「なにをする気？　親方、あたしが誰かわかる？」

「そりゃ……エミリちゃんはエミリちゃんだろ」

「あたしは魔導士よ」

「え、そうなのか!?」

自分のことは全然話していなかったらしい。

「魔導士にできることは、魔導士にしかできないことよ！」

エミリは取水口である亀裂の前に立った。

「……風の精よ、我が呼び声に応じてこの場に集まれ」

それは、詠唱。

魔導士が魔法を行使する際に使う詠唱だった。

全員が驚いたのはエミリの周囲に漂う魔力の濃密さだった。魔法を使う魔導士はどこにでもそういるわけではないが、一生で一度も目にしないようなレアさではない。親方も、もちろん老女も、魔導士の魔法をこれまで何度も見たことがある。

だが、この魔力はなんだろうか。

エミリの身体から立ち上る燐光《りんこう》のような光は、日中の陽射しでもくっきりはっきりわかるほどに明るい。

エミリの周囲に渦のような風が現れた。

風系統の魔法だ。

ニナは知っていることだが、エミリは詠唱をせずとも魔法を使える。だというのにわざわざ詠唱をしているということは、それだけ慎重かつコントロールが必要な魔法を使おうとしている証でもあった。

「土の精よ、我が呼び声に応じてこの場に集まれ……」

「なっ!?　二重詠唱《ダブルキャスト》じゃと!?」

親方が驚いている。

「な、なにかすごいことなんですか？」

「すごいなんてものじゃないぞ！　ふたつの精霊を一度に操るのは極めて高い難易度でな、吟遊詩人が歌うような英雄物語くらいでしかワシも聞いたことがない！」

「えええええ!?」

エミリが第５位階という高いレベルの魔法を使えることはニナも知っていた。

これだって国に数人いるかというくらいの希少才能だ。

さらに難易度の高い二重詠唱ができる、いや、それをするためにエミリはわざわざ詠唱をしたのだ。

『我が指先に宿りて、精の力をもって我が示す先を穿《うが》て』

エミリの声が魔力に反響したのか、あるいは違う意味があるのか、二重になって聞こえた――と思うと、

「!?」

ゴウッ、と突風が吹き荒れてニナの身体が煽られる。横から伸びてきたティエンの手がニナをつかんで引き寄せる。ティエンは老女のこともつかんでいた。親方はひっくり返るとわめきながらごろごろと転がっていった。

地響きとともに低く耳障りな音が鼓膜に突き刺さる。

吹き荒れた風が砂埃《すなぼこり》や石ころをまき散らし、空へと飛ばしていく。

「――――！」

「――――！」

「――――」

誰かがなにかを叫んだ気がしたが、轟音《ごうおん》で聞こえなかった。

目を開けていられない。

だけれどニナはうっすら細目でそれを見る。

エミリを。

神々しいほどの魔力を立ち上らせて、魔法を行使する魔導士の姿を。

(すごい……)

そう感じると同時に、

(きれいです……)

ニナはそう思った。

自分が知っているエミリではない気がした。つまりエミリは、まだまだ底知れぬ実力を持っていてそれをニナたちにも見せていなかった——見せる必要がなかったから。

そんなものがなくてもニナはエミリを信頼して、信用していたし、エミリもまたニナを、信頼して、信用しているから。

エミリの魔法は、風は、音は、さらに10秒ほど続いて収まっていく。

風が収束すると、地面の砂や小石はすっかりはね飛ばされて、まるでキレイに掃いたかのように地面を露出させていた。

「終わりました……?」

老女とともにティエンにしがみついていたニナが顔を上げると、

「ふぅ——————」

騒動の原因であるエミリはその場に座り込んだ。

「エミリさん!?　いったいなにをしたんですか!」

「……あー、疲れた」

ガラガラの声だった。

「今の魔法って、親方が二重詠唱っておっしゃってましたけど……」

「うん。初めてやったけどうまくいったわね」

「初めて!?」

「とりあえず穴は空けたから、ティエン、鉄パイプを継ぎ足して差し込んでみて」

「え……」

とりあえず穴は空けた。

その言葉の意味を理解するのにニナは数秒掛かった。つまりエミリは温泉のために、穴をさらに深く掘るためだけにとんでもない魔法を使ったというのだ。

「わかったのです」

ティエンだけは平気な顔で、ニナと老女を離すと、鉄パイプをつかんで亀裂へと差し込んでいく。

「お、おいおい、エミリちゃんよ！　ああいう危ねぇ呪文を使うときはあらかじめ――」

親方はそこで口を閉ざした。

鉄パイプがどんどん亀裂に吸い込まれていくのだ。さっき先端がぶつかった底を越えてさらに奥へといき、

「……これ以上入れたら抜けないのです。もっと長くしないと」

鉄パイプの先端を持ってティエンが振り返った。

「おいおいおい!?　ま、ま、魔法で穴を掘ったってのか!?　そんなバカな……」

「な、なにかおかしいのですか？」

穴を空けたとはエミリ自身が言ったことだ。そこにおかしさをニナは感じなかったのだけれど、親方は驚愕している。

「ワシが知ってる魔法ってのはよ、精霊に働きかけるもんだから基本的には火をつけたり水を出したりする、でもってあとは精霊の気分次第ってなもんだ。ほんのちょびっと出すくらいならたいしたことはねえが、大魔法なんざ使ってみろ、コントロールができねえもんだから大雑把《おおざっぱ》でバカデカ

い魔法になるんだ。こんなふうに……亀裂の中に入り込んで、そこだけ掘削するなんてできっこねえ」

「先ほど二重詠唱って……」

「そう、それだ！　2種類の精霊を扱うのはとんでもなく難しくてな、精霊同士がケンカしちまうんだよ。ワシは長年生きてきたが、ふたつの精霊を同時に使役するのなんぞを見るのは初めてだ……」

「親方ぁ！　そんなことより鉄パイプを継ぎ足しましょ！」

ぺたんと座ったままのエミリが声を上げる。

「そ、そんなこと!?　ま、まあしかし、そうじゃな……ここからはワシの仕事か」

ドワーフの鍛冶職人は首をかしげながら、しかしティエンがもう一度抜いた鉄パイプの伸長作業に取りかかった。

「エミリさん……すごいです！」

「ふふん、ま、あたしは天才だからね。でもこれで温泉が出なかったら意味がないけど……」

エミリの魔法は成功した。

「でも、まあ……意味はありそうね」

にやりとしたエミリが見ていたのは、自分が掘り下げた亀裂だ。

今その亀裂からは、もうもうと湯気が立ち上り始めていたのだった。

子どもたちはニナに言われたとおり、収穫物を今日は売らずに小屋に置いて、全員で共同浴場へとやってきた。

「なんでこんなところに呼んだんだろうね、パンサー」

彼らからするといつも通り、相変わらず、静まり返っている共同浴場がそこにはあった。

「さあ。メイドのお姉ちゃんが言ってるんだから悪いことじゃねえと思うけど……」

「風呂の掃除をしろとか？」

「カラッポの風呂を掃除してどうすんだよ」

「風呂に入れたときはよかったよなあ。ここに座ってると大人が風呂をおごってくれてさあ」

そんなことを話していると、

「——あ、皆さん！　こちらですよ！　そろそろ来るころだと思っていました！」

入口ではなく横の小道から現れたニナが言った。

パンサーたちがぞろぞろと裏手に行くと、亀裂の周辺には大人が集まっていた——一度、解散した大人たちは魔法の爆音を聞いてなんだなんだと再度集まってきたのだ。

「な、なにがあるの？」

パンサーが警戒して聞くと、

「見ててください」

ドワーフの親方が、彼を手伝う大人たちが、そしてティエンが汗を流しながら長い——とても長い鉄パイプを、湯気が立ち上る亀裂に差し込んでいく。

この2年は見ることもなかった湯気だ。

湯気が出ているということは、熱いお湯がある。

つまりこの亀裂は源泉につながったのだとみんなわかっている——大人たちは静かに見守っていたが、その視線には熱が籠もっていた。

子どもたちも、作業を見つめていると自然に手を握りしめていた。

「ゆっくりでいいぞ！　長いからな、途中で折れたりしたら最悪だ！」

親方が言うと、先頭で鉄パイプを差し込んでいるティエンがうなずいた。

ゆっくり、確かにゆっくりと鉄パイプは亀裂に呑《の》み込まれていく。あんなにも長かった鉄パイプがほぼ全部呑み込まれたのを見て、パンサーは目を丸くした。

汗なのか、湯気が当たったせいか、濡れた真っ赤な顔をしたティエンが言う。

「……先っぽが、なにかに当たった気がするのです」

「まだ行けるか？」

「うん」

そこからさらに3メートルほど下ろしていくと、挿入作業は止まった。

地上には2メートルほどの鉄パイプが出た状態であり、親方はそのパイプを固定する台を用意した。

他の大人たちは鉄パイプの先端にホースを取り付ける。魔物の革を加工して作ったホースは水漏れを一切しない性質があり、しかも丈夫だ。

「魔道具のスイッチを入れるわよ！」

エミリが言うと、集まった人々は静まり返った。

ウイイイイイン……と魔道具が起動する音まで聞こえると——シュウウウと空気を吸い込み真空を作り出す音が続く。

沈黙が続く。

10秒待った。

20秒待った。

「……なんだ、なにも起きないじゃ——」

と誰かが言ったときだ。

——ごぼっ。

鉄パイプが震えた。

ごぼぼぼぼぼぼぼぼぼっ。

鉄パイプの震えは続き、鉄パイプに取り付けたホースがパンッと広がるや、その膨張は魔道具へと迫っていき、じょばあっと泥水が噴き出した。それは温まっており、もうもうと湯気が立っている。

「で、出た……」「出たぞ」「出た」「温泉だ」「温泉だ!!」

誰かが叫ぶと、次には大きな歓声につながった。

湯気で見えにくかったが、泥水はしばらくするとうすい茶色に変わっていった。

「す、すげえ、すげー！」

「温泉じゃん！」

「おわー、俺、風呂に入りてえ！」

「お前、身体洗うの嫌がってたじゃねえか」

子どもたちもまたそんなことを言っては大声を上げていた。

「おお、おおお……」

魔道具のそばに座り込んでいるのは老女だった。噴き出したお湯が彼女の膝を濡らしていたけれどそんなものはお構いなしに、地面にこぼれているお湯を手ですくい、見つめていた。

「ありがたいねえ……ありがたいねえ……まさか生きてるうちにもう一度温泉が見られるとはねえ……」

そうして泣き出すと、集まった大人たちが老女に集まって声を掛ける。

「――また共同浴場を始めてくれよ」

「――俺たちも入りたかったんだ」

「――ばあさんの力になってやれなくてすまなかったな……」

親方や老女と話していたとおり、上がった税金のせいで彼らの生活は苦しくなり、自分や家族のことだけで手一杯だったのだろう。

それでも今こうして老女を気遣えるのだから、心根は優しいはずだ。

「ティエンさん、お疲れ様です」

「これくらいたいしたことないのです」

ニナに手渡された手ぬぐいを受け取ったティエンだったが、直後に、くるるる……とお腹が鳴った。

「すぐにご飯にしましょう！」

「た、たいしたことはないのです。ニナに会う前に比べれば、これくらいの空腹は可愛いものですから」

「うふふ」

ティエンはそう言ったが、それでも昼食にとニナが用意していたサンドイッチを山盛りで持ってくると、3人前はぺろりと平らげたのだった。子どもたちも大喜びで食べ、食べ終わるころには浴槽にはお湯がたっぷり入っていたので次々に子どもたちがお風呂に飛び込んで行った。

共同浴場には2年振りに、多くの人たちの明るい声が響いたのだった。


金箔の貼られたキンキラキンのホテルはその名を「ゴールデンサンライズリゾート」といった。

支配人の部屋は運営する商会長の部屋でもあり、そこにはでっぷりと太った男が報告を聞いていた。

「なにぃ……あの小汚い共同浴場が復活しただと？」

「はい。間違いなくお湯が出たのをこの目で見ました」

報告をしているのは二度ほどティエンがその視線を感じた男だった。

彼はこのホテルの従業員だ。

「なぜだ？　専門家の話では地中深くからがっぽり取水すればあの浴場のお湯は涸れるということだったろう？」

「それは……私にもわかりかねます。もっと取水量を増やせばいかがですか？」

「簡単にはいかん。魔道具の出力を上げねばならんし、そうなると金が掛かる……」

「ではあの共同浴場の魔道具を、壊しますか」

「……それも悪くはない、が、時期が悪いな。あと5日で首都会計院の税務調査官がお越しになる。騒ぎを聞きつけられると面倒だ。とりあえずは放置しておけ……共同浴場が復活してもあのエリアには客も寄りつかんし、税収が上がらんことには変わりない」

「わかりました」

「あと少しだ。今回の調査報告であのエリア一帯の税収が低いままだとわかれば、今年の区画整理の対象になるのはほぼ決定。我が商会があそこにもう1棟ホテルを出せるぞ」

わはははは、と商会長は笑った。

「温泉はうまくいったみたいだね」

その日の夕方、やってきたアストリッドは来客で賑《にぎ》わう共同浴場を見て言った。

だが、その立役者であるはずのエミリとティエンは――ニナはこぎれいにしているが――汚れた格好のままだった。

「おや？　エミリくんのことだからいちばんに温泉に入ったのかと思ったけれど、入っていないのかい？」

「……ま、ね。この町の人たちが存分に入った後でいいかなって。きっとここでしか話せないこととか、ここでの思い出とかいっぱいあるんだろうし……あたしみたいなヨソ者がいたら気を遣わせちゃうかもしれないでしょ？　温泉は逃げないし、数日くらい待つわよ」

「ふぅん……見直したわ、エミリくん。偉い。なかなかできることじゃないよ。ほんとうにすばらしい」

「なっ、なによそれ？　ところでアストリッドこそどうだったのよ？　魔道具作りは」

褒められたエミリは照れくさそうに話題を変える。

「私を誰だと思っているの？　フレヤ王国の発明家よ？」

「それじゃあ、ニナ。次はあんたの出番よ」

「はい。やりましょう！」

ニナとティエンが大きなカゴを持っている。

そこに入っているのは、朝、子どもたちがとってきた果物に葉っぱ、それに小魚や貝などだ。

「ええ、今からやるのかい？　君たちはタフだねぇ……」

「なーに言ってんのよ、アストリッド。これはあたしたちの夕飯でもあるんだからがんばるわよ」

「これだけあれば、美味しいお料理がいくつもできますよ」

「そーそー。こういうので作った料理は、お酒に合うのよね～」

「……ほう、それはいいことを聞いたね。それなら私はお酒を買い出しに行ってこようかな。何本要るかな」

俄然《がぜん》やる気になったアストリッドを見てエミリとティエンが呆れ、ニナが笑った。

にぎやかな共同浴場の声を背に、４人はその場を離れていった——。


翌日のお昼ごろ、共同浴場前に集まってきたパンサーたちはさらにこぎれいになっていた。

温泉が気持ちよかった、楽しかったという子どももいれば、ニナとティエンが作った調理スペースで料理ができるのがうれしいという子どももいる。

「今日、集めたものも持ってきてくれましたか？」

「うん。あるけど……椰子が６個に、小魚がいっぱい。もらった鎌でサトウキビも切ってきたよ。

お姉ちゃんたちはこれをどうするの？」

「まずは先に、こちらの料理を食べてもらえますか？」

「ん？」

ニナが差し出したのは、昨日子どもたちが取ってきた大きな葉だった。その葉の上に、黄金色になった小魚が載っている。

下味をつけ、衣をまぶして揚げたもの……つまり「唐揚げ」だ。

「美味そう！　――あぢぢっ!?」

「揚げたてですから気をつけてくださいね!?」

ニナが注意したが子どもたちは手を伸ばしてきて、彼らの小さな手のひらに載る程度の小魚をほおばる。

「あちいけどうめえ！」

「骨まで食べられるじゃん！　サクサク！」

大好評だ。

「ではこちらはどうですか？」

ティエンが持ってきたのは――ベージュ色をベースに、斑《まだら》にピンクっぽい色合いがついているせんべいだった。

米粉や小麦粉で焼くせんべいは一般に普及していないので、せんべいに近い言葉はない。

「な、なにこれ……？」

「いいから食べてみなさい。それで、なんの味か当ててみて！」

この料理のアイディアはエミリが出した。パンサーが恐る恐るパリッ、と食べてみると、

「おお、なにこれ、おもしれ〜！」

「え、なになに。なんなのパンサー？」

「魔導士のお姉ちゃん、これってタコだろ！」

パンサーが言うと、エミリはにやりとした。

「正解！　あんたたちが持ってきた中にタコがあったからね、それを使ったのよ」

麦の粉を溶いた生地に小さいタコを投入し、プレスして焼く。

タコせんべいだ。

そのプレス機はアストリッドと、ドワーフの鍛冶職人が共同で作った。

「さあ、こういうものを作れるようになりたくない？」

エミリが言うと、子どもたちはうんうんとうなずいた。

「それじゃ、ついて来なさい！　道具の使い方教えてあげるわ！」

わぁっ、と子どもたちはエミリについていく——それを見てニナが苦笑した。

「すっかりエミリさんに懐いちゃいましたね」

「エミリは子どもだから、子どもと通じ合うのです」

「ティエンくんはよく見ているねぇ」

ニナとティエン、アストリッドの３人は笑いながらエミリを追いかけたのだった。

そのころ——共同浴場内には多くのサウスコースト住人が集まって、身体の汚れを落とし、汗を流していた。

「いやあ、風呂ってのはいいなぁ……2年とちょっと前にここが涸れて以来、何度ここに入ることを夢見たことか」

「まったくだぜ。やっぱり都会の発明家と魔導士ってのは違うんだな」

「こんなことなら早いところ頼んでおくべきだったなぁ」

あっはっはっは——と男たちが笑う。

とそこへ、

「……情けねえったらねえなあ」

ざばん、と湯船に入ってきた巨体はドワーフのそれだった。

「な、なんだい親方。情けねえってのは俺たちに言ってんのかい」

「お前たち以外誰がいるんじゃ。ここが涸れてから2年、温泉が戻るよう汗のひとつもかいたのか？　いちばん真剣に考え、取り組んでくれたのは、ヨソ者で観光客のお嬢ちゃんたちだった。そのお嬢ちゃんたちは、ワシら地元住民が先に風呂を使いてぇだろうからって遠慮までしてるんだ……これが情けねえって言わないでなんなんだよ」

ドワーフに言われ、男たちはばつの悪そうな顔をした。

そのうちのひとりが、

「だけどよ……俺たちだって生活が厳しかった。正直、借金だってある。ここの風呂のことだって気にはなってたが自分のことだけで手一杯だった。そりゃアンタはいいよ。そのお嬢ちゃんたちに声を掛けてもらって工事に参加したんだから」

するると、数人が賛成するように「だよなぁ」「そうだよ」と声を上げる。

「はぁ……」

ドワーフは深いため息を吐いた。

「なにより情けねえのは……ワシ自身だよ。お前たちと同じことを言ったんだ。『税金が上がって生活が苦しい』、『なにかしたいが自分のことで手一杯』ってな……。だけどあの子たちはそれを聞いて、迷惑にならないようにこの仕事にはちゃんとお金を払うと申し出て、ワシらの負担にならないようにしたいと言ったんだ」

ばしゃんっ、とドワーフがお湯を叩いた。

地中から汲み上げたお湯にすでに泥はなくなっていて、透明ながら鼻を刺す特有の臭気があるお湯は、まさに温泉だ。

「……ワシは恥ずかしい……己の身可愛さに、他人を気遣う余裕もなかった自分が恥ずかしいんだよ……」

ドワーフが声を震わせると浴場内は、しん、と静まり返った。

ややあって、

「……なにか、できねえかな？」

ひとりが声を出した。

「俺ひとりじゃたいしたことはできねえけど、みんな少しずつ手を貸せばなにか恩返しができるんじゃねえか？」

すると他のひとりも言った。

「た、確かにそうだな」

「ウチはデカい洗い場を貸せるぞ」

「ウチは……そうだなあ、廃品の中で使えそうなモンを見繕うか？」

「おい、廃品持ってきてどうすんだよ」

「それを言ったら洗い場だってどうすんだよ」

「そもそもあのお嬢ちゃんたちが必要なものってなんだ？」

うーん、とみんなが唸っているのを見て、ドワーフは目を瞬かせ、

「……くくくっ、わははははは！」

「どうしたんだ、親方。さっき泣いてたと思ったらいきなり笑い出して……」

「泣いてないわい、バカタレ。そう言えば、あのお嬢ちゃんたちは森の孤児たちにいろいろ仕事を仕込んでるみてえだ」

ここにいる全員が森に住んでいる孤児のことを知っていた。

そしてこの共同浴場と同じく、なにも気にかけてやれなかったことも思い出す。

「お嬢ちゃんたちは、孤児に金稼ぎを教えるつもりらしい」

「金稼ぎ？　いったいどうやるんだ」

「おいおい、この町で金稼ぎって言ったらひとつしかねえだろう……観光客向けの商売だ」

「ええ？　だけど難しかねえか？　最近は治安も悪りぃし、観光客は金持ちが中心だ。こっちまで足を運ばねえよ」

「だけどお嬢ちゃんたちにはなにか策があるらしいぞ？」

「策……？」

男たちは顔を見合わせた。

人生経験もない少女たちのアイディアなど、ふつうなら相手にもされないだろう。

だけれどニナたちは自らの実力を証明した――他ならぬこの温泉の復活で。

ざばん、と親方は立ち上がった。

「その策次第ではあるが……洗い場も廃品も、役に立つかもしれねえな。ワシはこれからお嬢ちゃんたちと打ち合わせだ。来たいヤツは来ればいい」

「…………」

「…………」

「…………」

「…………」

男たちは目を見合わせて――、

「――行くぞ」

「俺もだ」

「俺も行く！」

次々に立ち上がった。

この日、町の店はほとんどが開かず苦情が出たのだが――彼らがなにをしていたのか知った町の住民たちはその行動を喜んだという。


それから5日が経った。

もう陽射しは強い時分だというのに、首都からやってきた税務調査官は上から下まで深緑の制服を着ていた。

きまじめそうな青白い顔の男で、身長がやたらと高く、吊《つ》り上がった細い目は小銅貨1枚とて税金を見逃さなそうな鋭さがあった。

「こ、これはこれは、首都よりよくぞお越しくださいました」

ははっ、と頭を下げる5人の商会長は、それぞれが巨大ホテルを所有する商会長たちだ。

助手たちとともに馬車から降りた調査官は彼らを完璧に無視して、誰がどのホテルを調査するかをテキパキと指示していく。

「以上だ。――あらかじめ通達してある書類はすべてそろっているな?」

そこでようやく商会長たちに目が向けられると、

「はい」

と5人は一斉にうなずいた。

「会計上問題がなければ今日と明日の2日間ですべての税務調査が完了する。もしも問題があれば、我らの予定がくるい、貴様らには問題に応じた罰則が科される」

「……はい。で、では調査官様、まずは長旅の疲れを癒していただきたく……」

「不要だ。我らはこの馬車で寝起きする。食事の準備もするな」

「か、かしこまりました」

商会長たちが税務調査官を恐れるのは、彼らにはあらゆる袖の下《ワイロ》が通用しないからだった。

接待どころか個人的な付き合いも拒絶する。

首都の宮中においては「純白」よりも「深緑」こそが潔白の象徴であるというのもうなずけるほどである。

会計院の税務調査官は文官の中でもエリート出世コースであり、ここで徹底的に不正の排除を叩き込まれ、その後は皇帝の配下として政権中枢で活躍する。

まったくもって商人からすると理解できない人種。

理解できないものほど恐ろしいものはない。

「小官は市内の視察に出る」

「で、では！　僭越ながら私がお供させていただきたく！」

手を挙げたのはゴールデンサンライズリゾートの商会長だった。

「必要ない」

「地元がわかる案内人がいたほうがなにかと便利でしょう?」

「…………」

調査官は、じっ、と商会長を見据えるが、この程度で引いていては商売人として成功などできはしない。

「……一理ある。ついてきなさい」

「はい！」

こいつ、抜け駆けしやがって——と他の商会長たちがにらむが、涼しい顔で税務調査官の馬車に乗り込んだ。

馬車は狭く、薄いクッションしか張られておらず、すぐに商会長は尻が痛くなった。こんな馬車で首都から来たのか？　と驚いた。しかも彼らはこの馬車で寝起きすると言っているのだ。まったくもって理解できない。

「サウスコーストの観光客は前年比で2割から3割は増えております。我がホテルも稼働率は9割と高い水準でして——」

「貴様のホテルは、権利者一覧にウーロンテイル伯爵の名前が記載されていたな？」

「はい。伯爵閣下には大変よくしていただいておりまして……」

にこやかに揉《も》み手をする商会長。

ウーロンテイル伯爵は帝国内でも五指に入る大貴族だ。

この調査官はあと数年で会計院を出て、もっと上の文官に昇進するだろう。そのタイミングで一代限りの貴族位が与えられる。そのときに相手にするのがウーロンテイル伯爵だ。

伯爵の名前をここでアピールしておくに越したことはない。

「とてもすばらしい方でいらっしゃいますよ、伯爵様は」

「ウーロンテイル伯爵はサウスコーストの再開発事業を進めるべきだと主張しておられる」

「左様ですな！　再開発が進めばますますサウスコーストは盛り上がります！」

そして自分の商会には巨額の利益が転がり込んでくる——それを考えると商会長の口元はほころんだ。

「主張の根拠となる事実は……下町《ダウンタウン》エリアの税収が思うように伸びていないことが挙げられている」

「まったくもってそのとおりで。我らリゾート事業者が多大な税金を納めているというのに連中は……あっ、いえいえ、もちろん税金を納めるのは帝国民の責務でございますからそこに不満があるのではありません」

「当然だ」

商会長の顔も見ずに、調査官は言い切った。

当然だ、じゃない――思わずそのツンとした頬を張ってやりたくなる商会長である。リゾート事業は絶好調で売上も伸びているが、売上が伸びればそのぶん税金も高くなる。

昨年の納付予定税額を見たときに、商会長は思わず吐きそうになった。

お金が入ってくるのはいいが、出て行くのは許せない。

それこそが商売人なのである。

「確かに下町エリアの税収は伸びていないな……2年前に税率が引き上げられているが、総額は変わらないままだ」

「まったく、これほどすばらしい土地があるというのに、連中と来たら自堕落でございましてな。商売のチャンスを活《い》かせず、地元向けの商売しかしないのです。我らリゾート事業者が多額の税金を納めているにもかかわらず、努力をしない帝国民が同じ土地でのさばっているのはどうにも許せず、帝国民として告発せずにはいられませんでした。結果として2年前の税率引き上げとなりました」

「……貴様の言葉を聞いていると、貴様らが税率を上げろと陳情したということになるが正しいか?」

「はい、左様でございます。それもこれも、皇帝陛下の天領をわずかばかりながら使わせていただいている帝国民としての正義感からでございます」

聞いている調査官は、この商会長たちが下町エリア再開発に一枚噛《か》んでいることもまた当然知っている。

建前上はなんの問題もない。

今回、自分たちがこの町の調査内容を報告すれば、商会長の言うとおり「このすばらしいリゾート地で税金をまともに払えない住民は、帝国民としての努力が足りていない」とウーロンテイル伯爵が主張し、再開発が進むだろう。

「…………」

だが調査官は難しい顔をしたままだ。

理屈は正しいが、道義的におかしいのである。

たとえば2年前に税率が上がったのに、どうして税収は上がらないのか？　税率が上がれば税収が上がるのはどう考えても当然なのに、この下町エリアは上がっていない。

下町エリアの報告書には「治安悪化も見られる」などの文言もあったが、それは税収と関係はないのか？　治安悪化があったとして、衛兵たちはなにをしているのか？

考えられるのは税率が上がったことによる下町エリアの不景気だ。景気をよくして税収を上げるほうが道としては正しいはずである。

とはいえそれは首都会計院の仕事の範疇《はんちゅう》ではない。

「……調査官様、なにか気になる点が？」

「いや、気になる点はなにもない。――仮に再開発事業が進んだとして新たなホテルが建てば、莫大な利益を得る商会は多かろうな」

「左様でございますな。その幸運な商会がどこになるかはわかりませんが……いずれにせよ帝国にとっては巨額の税収が上がるのですからすばらしい未来となりましょう」

税収が上がると言われれば調査官としては受け入れざるを得ない。「道義的におかしいのではないか」と言ったところで上司や同僚から鼻で笑われて終わりだ。

お金の流れを正確に把握して、管理する――首都会計院の役割はまさにそれだ。

道義なんていう不確かなものは犬に食わせておけ、という考えを叩き込まれてきた。

下町エリアの不景気など気にしても首都会計院にとっては無駄……のはずだ。

「！」

馬車から外を見つめていた調査官はある光景に目を留めた。

「……治安の悪さに税収の低さ。なるほど、このふたつが下町エリアを再開発する主要な理由だったな？」

「え？　はあ、左様ですな。そこに衛生面の悪化もあるかもしれませんが、まあ、それを入れなくとも十分な理由でございましょう」

「下町エリアを更地にして、巨大なホテルを建てるための理由か？」

「……その結果、税収を上げるための理由でございます。いやはやしかし、不思議ですな、調査官様はなぜか下町エリアに思い入れがあるように感じられます。もしや同情などをされてはいませんな？　いや、ははは、これは失礼しました。首都のエリートである調査官様が、下町の住民に同情などをして判断を曲げるなどあってはならぬこと……」

「そうだ。小官は常に合理的に判断する。そしてそのために実地での調査も行っている」

調査官は親指でくいっと馬車の外を指した。

「あそこが、下町エリアだな？」

「ええ、あの辺りからですな」

「小官の目には、治安の悪さや税収の低さ――景気の悪さのようなものは感じられないが、貴様の目にはそう見えるのか？」

「は？　――ええっ!?」

想定外の調査官の反応に、改めて外を見やった商会長は思わず声を上げた。

思いがけず調査官は口の端がわずかに緩んだ。

この商会長はまったく知らなかったらしい――もちろん、調査官も初めて見るものではあるのだが。

下町エリアの入口には「ダウンタウンストリート」と書かれた大きな横断幕が掲げられていた。

掃き清められ、外壁もピカピカになった家々。

通りから漂ってくる美味しそうな匂いと――ざわめき。

多くの観光客がそこに吸い込まれていくのだ。そして彼らは商会長も見たことのない食べ物を手にし、食べ歩きしている。

「どういうことだ、商会長。貴様が案内人を買って出たのだから、この状況の説明程度はしてほしいものだが……つまるところ小官が言いたいのは、事前に報告を読み、想像していた下町エリアとはまったく違うということだ」

「そ、それは、そのぅ……あのぅ」

しどろもどろになり、冷や汗をハンカチでぬぐう商会長に調査官は言った。

「再開発などせず、このままでも税収は期待できそうだな？」

それはつまり、首都会計院として「再開発は必要なし。あるいは1年の経過観察を行うべし」という意見を報告するということ。

この意見が再開発事業に水を差す、どころか強力なストッパーになることは間違いない。

なにが起こったのか？

奇《く》しくも調査官と商会長のふたりは同じことを思っていた。

しかし調査官はその様子を好ましく、爽快に思い、商会長は嫌悪感剥《む》き出しで、イラつきながら思ったのだけれど。


豪華な部屋だった。同じサウスコーストにある部屋でも、森の孤児たちの部屋と比べると別の世界ではないかと思えるほどに。

中でも目を惹くのは壁に掛けられた巨大な女神の絵であり、描かれた女神が室内にいる人々を見下ろしている。

「――どういうことだ!?　あの下町エリアはどうなっておる！」

自身の経営する「ゴールデンサンライズリゾート」ホテルに戻った商会長は怒り狂った。執務室に、商会の主立った面子が集まったが、誰も彼もが異口同音に言った。税務調査官の対応をするためにここ数日はほとんど寝ずに仕事をしていて、よくわからないと。

税務調査官の対応を最優先にしろと命令したのは他ならぬ商会長自身だ。歯ぎしりして悔しがるがすべては後の祭りだ。

「それで！　今わかっていることだけでいい！　話せ！」

「――で、では私から……」

ひとりが話し出すと次々に幹部たちが報告する。

それらは断片的な話だったがつなぎ合わせると全体像が見えてくる。

まず、涸れていた温泉が復活し、共同浴場が再稼働している。これは商会長も知っていた。

翌日には下町エリアが見違えるようにキレイになった。

「……いやちょっと待て。なんだその話の飛躍は？　温泉が出ると町がキレイになるのか？」

「その、私も又聞きなので定かではないのですが……『あんなすごいメイドは初めて見た』と……」

「メイド？　お屋敷で皿洗いや洗濯をするあのメイドか？」

「はあ」

「下町になぜメイドがいる？」

「…………」

誰もわからなかった。

下町エリアがキレイになったあとは、下町の住民が総出で、様々な露店を出し始めた。多くが手持ちできる食べ物で、他にはちょっとした土産物を扱っていた。

食べ物の屋台では、子どもたちが調理をして販売しているという。

元々、下町エリアは海岸線のすぐ近くにある。

入口を清潔にし、横断幕などを掲げれば、観光客からすれば「お、こっちにもなにかあるんだな」と入っていくようだ。

「露店で売っている食べ物が意外に美味くてですね、小魚の揚げ物なんてのは丸かじりできるし、塩気が利いてビールに合わせるとこれはもう最高で……」

「『タコせんべい』とやらが私は好きですね。手も汚れないし、小腹が空いたときにちょうどいい」

「女性陣にはサトウキビジュースが人気ですよ。果実水より安くて、しっかり甘くて後味はサッパリしてて。なんでも森の果実が隠し味だとか」

露店の食事の話になると生き生きと幹部たちが話し始め——バンッ、と商会長がデスクを叩いた。

「——お前たちはバカか!?　目の前に商売のチャンスがあるのに、なにをボサッとしておるんだ！　盗め！　徹底的に盗め！」

「…………」

「…………」

「…………」

「……なんだ、なにか言いたいことでもあるのか？」

無言で止まってしまった幹部たちだったが、

「それが……盗めとおっしゃいますが、それらの料理は我がホテルが出すようなものではないのです」

「なんだと？」

「我がホテルでは首都の流行の最先端を取り入れるためにコックを雇い入れていますよね？　そういったコース料理と、屋台の料理は全然違います。アレを出したらお客様がお怒りになるかと……」

「ぐぬぬぬ」

幹部の言うことは正しかった。屋台料理がフルコースの一品として出てきたら、お客は「？」という顔をするだろう。

「ウチのホテルのお客様とは別次元の、それこそ従業員である我々が楽しんでいるくらいなんですよ」

つまりこのリゾートホテルの宿泊客と、ダウンタウンストリートのお客とは完全に層が違うと言いたいのだろう。５大ホテルではない中堅ホテルや小さい宿を利用している観光客が、「旅先でちょっと変わったものを食べて土産話にする」という欲求を見事に満たしている。

それにはホテル内のレストランではなく、下町の屋台で食べるというシチュエーションもまたいいのだ。

そこまで考えが至ると、商会長は愕然《がくぜん》としてうなだれた。

「ど、どうなさいました？　たかが屋台の料理ですよ。そう目くじらを立てることもないでしょう。競合もしていませんし……」

「……お前たちは、それだけだと思っているのか……？」

「えっ」

商会長はこう考えたのだ。

このムーブメントは、おそらく、富裕層にも伝播《でんぱ》する――。

味は一流のものに劣るに決まっているが、「体験」は代えがたいものだ。

「ゴールデンサンライズリゾート」自体が、サウスコーストという一流のリゾート地で「金箔を貼ったホテルに泊まる」というわかりやすい「体験」を提供している。

そういう「体験」に餓えている富裕層は、基本的に鼻が利く。どこぞの誰かが「実は下町に面白い食べ物がありましてね……あれ、ご存じない？」なんて言った日には、是が非でも屋台の食べ物を口にしたいと思うだろう。

一度食べてみれば「美味かった」でもいいし「口に合わない」でもいい。重要なのはそれを「話す権利」を得ることなのだ。「話す権利」を得た富裕層はまたどこかで話すだろう。話が広まれば広まるほど、多くの富裕層が下町エリアを訪れたくなる。

それは最悪の未来だ。

なぜかと言えば、再開発事業で「ダウンタウンストリート」がなくなるかもしれないとなれば、すでに「体験済み」の富裕層は大喜びだ。もう二度と体験できなくなるのである。彼らは鼻高々に「体験」を語るだろう。そうなると「未体験」の富裕層はなんとしてでも行きたくなり――このホテルにとってはお客が増えてうれしい限りだが――下町エリアの再開発に当面は反対するだろう。自分たちが体験済みになるまでは。

つまり今まで、賛成も反対もしなかった利害関係の「外」にいた人たちが、急に反対を叫び始めるのである。

話が広まったら手遅れとなる。

手を打つなら――今だ。

「……つぶせ」

商会長が唸るように言った。

「は？」

「さっさとつぶせ！　金を払ってるチンピラどもはなにをしている!?」

「そ、それは、税務調査官が来ている間に余計なトラブルがあると面倒だから、動かすなと商会長が……」

またしても自分で蒔《ま》いた種だった。

「すぐに動かせぇっ！」

「は、はい！」

幹部たちは蜘蛛《くも》の子を散らすように執務室を出て行った。

「ここまで……ここまで完璧に進めてきたんだぞ……!!」

ウーロンテイル伯爵と手を組んだこと。

共同浴場の温泉を涸らしたこと。

チンピラを雇って治安を悪くしたこと。

税率のアップ。

これらすべてに、お金が掛かっている——投資してきた金額は莫大だった。

それもこれも再開発事業を推進し、下町エリアを手に入れて、もうひとつのリゾートホテルを建築するためだ。

「屋台だと!? 税務調査官だと!? そんなことで私の野望をフイにしてたまるかぁああああ!!」

商会長の絶叫が響き渡った。


日が暮れると屋台は店じまいで、孤児たちは共同浴場に向かう。

浴場には町に住む人々がいた。

「おっ、坊主ども。今日の売れ行きはどうだった?」

「服が破れてんじゃねえか。ウチのカアちゃんに言って繕わせてやろう」

「風呂で騒ぐなよ。おっかねえドワーフがいるからな」

と声を掛けてくれるようになった。

ここにいるのは地元住民だけだ。ホテルで働いている従業員たち——首都からやってきた人たちは近寄らない。

だから安心して子どもたちも汗を流せるし、ゆっくりできる。

浴場から出ると「真砂の宿」に子どもたちは集まってきた。

「おばちゃん、ただいま！」

「……おばちゃんじゃないよ。『女将さん』と言いなと何度言ったらわかるんだい」

「腹減った〜」

「ウチは素泊まりなんだよ！　ほんとうは食事なんか出ないんだからね！」

「またまたぁ、女将さんったら楽しそうに作ってたじゃん？」

「エミリ！　お黙り！」

この宿の女将さんは顔を赤くしてエミリに怒鳴った。

とっつきにくいツンツンした人ではあったが、何日も宿泊するうちにこの人が本来「人が好き」であることをニナが見抜き、素泊まりでいいから子どもたちの宿泊場所にして欲しいと頼んだのだった。

そうしたら「食事はどうしてるんだい」「子どもを働かせるなんて……」なんてブツブツ言いながらも食事を用意してくれることになった。

子どもたちは朝から働いて疲れているのだろう、食事をとるとひとつのベッドに２、３人が潜り込んでぐっすり眠ってしまうのだ。

子どもたちの食事が終わったニナたちは、またも小さな酒場にやってきていた。

「――乾杯！」

ここのマスターはニナたちがなにをしているのかちゃんとわかってくれている地元住民で、「最初の一杯はおごりにしてやる」と言った。エミリは調子に乗って「この店でいちばん大きいジョッキにビールをなみなみ注いで！」と頼んだが、マスターは「そう来ると思って棚の奥から引っ張り出してきたぜ」とエミリの顔ほども大きなジョッキを用意していたのだった。

エミリはご満悦だった。

「ぷは〜っ！　おごりの一杯は最高よね！」

「うーん、美味しい」

エミリとアストリッドはビールを呷《あお》った。

屋台事業を始めて3日ほど経ち、出だしは順調。いや、順調どころか大成功だ。

「わざわざ遠くまでやってきて、首都のレストランと同じ食事なんてしたいわけないじゃん。地元の味を求めるお客はきっといるわ！」というエミリの見立ては確かで、気軽に食べられる屋台に来るお客さんは多かった。子どもたちが営業しているというのも目を惹くようだ。

全体の指揮をエミリが執り、料理についてはニナが仕込んで、加熱の魔道具はアストリッドが、屋台を建てるのはティエンの仕事なので、４人で成し遂げたという気持ちが強い。

もちろん地元住民の協力も大きかった。

というか、いきなり協力してくれるようになった——共同浴場でドワーフの親方とどんな話があったのか、ニナたちは知らない。

屋台の建材提供はもちろん、通りの清掃、横断幕の準備、それに彼ら自身の手による露店の出店だ。屋台がふたつ三つあるだけよりも、いくつもの露店があるほうがにぎやかでいいだろうと言ってくれた。

エミリが「それならキレイな貝殻を拾ってきて。ちょっと加工すれば売り物になるから」と提案すると、地元住民の子どもたちが貝殻を拾い、手先の器用な大人が穴を空けて紐《ひも》を通し、ブレスレットやアンクレット、ネックレスに加工する。これもまた面白いように売れた。

地元住民にとっては見飽きている貝殻も、観光客からすれば珍しく美しいものなのだった。

「エミリくんに商才があるとは知らなかった」

「エミリさん、すごいです！」

「なかなかやるのです」

「ふふーん、まあね」

と言いながらもエミリは、自分が前世の日本で行ったことがあるリゾート地を思い出しただけなのだが、それは言わないでおいた。褒められてうれしくない人なんていない。

「それにしても……『真砂の宿』が子どもたちを受け入れてくれてよかったね」

アストリッドが言うとエミリが、

「そうねえ、お金を持つようになるとよからぬ大人が近づいてくるからね」

森に小屋を建てたが、住居はちゃんとしたところ——つまり人の目があってカギを掛けられる場所が必要だとは最初からわかっていた。思っていた以上にお金を稼げそうなので、安全を買う意味でも早めに宿を借りる必要があった。

おかげでニナたちは別の宿に泊まることになったが、それはうれしい誤算だ。

森の小屋は、森で採取をする子どもたちの拠点として今後も使う予定だ。

朝から子どもたちは3班に分かれ、1班は屋台の開店準備、2班は小さい子どもたちで屋台周辺の掃除、3班は——いちばん人数が多いのだが——森や海でその日売るものを集めてくる。

果実はソースを作ったり子どもたちの食事になり、サトウキビはジュースになり、小魚やタコは焼いたり揚げたりして売る。ココナッツはジュースを出した残りの果肉でココナツオイルを作る——果肉を剝がして混ぜて自然発酵させるとオイルが分離するのでこれもそう難しくはない。このオイルは揚げ物に使う。

足りない素材は近隣の住民が売ってくれる。

子どもたちはあっという間にこの仕事を覚えてしまった。

食べるものもなく薄汚れた格好で路地裏にいた彼らの姿はもうない。

あと数日もフォローしてあげれば、彼らも立派に独り立ちできるだろう。

「ほんとに……よかったです」

ホッとしたのだろうか、ニナがうとうとしている。

「……よかった。まあ、よかったわよね。このままなにもなければだけど。アストリッド、ニナが眠たいみたいよ」

「わかった。先に帰るわ」

アストリッドはニナを宿に連れて帰ることにした。

「――後は頼むよ、エミリくん。なにもないのがいちばんだけれど」

「まーね。……ティエン、行くわよ」

「はいなのです」

アストリッドたちがいなくなるとティエンはすぐに立ち上がり、エミリとふたりで店を出る。

夜の町は静かだ。

遠くに波の寄せる音が聞こえる程度で、歩いている人間はいない。

街灯はなかったけれど月が出ていて足元は明るい。

そんなふたりが向かったのは――「ダウンタウンストリート」と書かれた横断幕のある場所。

子どもたちの屋台が置かれてある通りだった。

「――んだぁ？　これか？」

「――ちゃちな屋台じゃねえか。これを壊せばいいのか」

「――急げ。人目がないうちに仕事を終わらせるぞ」

その屋台に群がっている数人の男。

「あ～あ。なにもなければよかったのにねえ……」

エミリはそうつぶやいてから、

「ドンピシャね。もうちょっと遅い時間かと思ってのんびりしてたら、手遅れになるところだったわ」

「！」

近づいていくエミリとティエンに、男たちはぎょっとして振り返るが――それがふたりの少女だとわかるとにやりとした。

「おいおいお嬢ちゃんたち、こんな夜に出歩いたら危ないってパパとママに教わらなかったのかい？」

「もしかしてこの屋台の関係者か？　ガキがやってるって聞いたけどよ」

「そんなんかまやしねえよ、見られたら面倒だ、さらっちまおう――ふごっ」

男が言い終わるよりも前に、黒い影が突っ込んできたと思うと腹に蹴りを入れるや、通りを５メートルほど吹っ飛んで転がった。

「な、な、な……？」

今、なにが起きたのか彼らはすぐに理解できない。

「悪いことをすると、月が見ているのです」

「ティエンの言うとおりよ。それにさ、物事、うまく行き始めたときに邪魔って入るのよね。特にこういうところじゃ暴力が振るわれるのがよくある展開でしょ？　見え透いてんのよ」

エミリが言うと、

「こ、この女ァッ!」

「地の精よ」

エミリの差し出した右手の先、こちらに走ってきた男の足元が隆起すると前のめりに男は転げた。

「お酒飲んじゃったから、無詠唱《ノーキャスト》だと力加減間違って殺しちゃいそうなのよね。だから短縮詠唱《ショートキャスト》で済ませようかなって」

「こ、こいつ魔導士だ!?」

「聞いてねえぞ、逃げろ!」

「——逃がすわけないじゃん?」

エミリが言うよりも先にティエンが動いていた。

背を向けて走り出そうとするチンピラたちに足を引っかけて転ばせ、やぶれかぶれにナイフを振り回してくる男の手を蹴り上げる——ごきっ、と骨の折れる音がした。

痛みにのたうち回る男の声で、付近の住民がなんだなんだと窓を開ける。それがエミリとティエンで、彼女たちがチンピラを倒したのだとわかると住民たちは協力してチンピラを縛り上げた。

「許せねえ、子どもたちががんばってる屋台を壊そうとするなんて……」

「こいつら、確かあそこの悪趣味なホテルで働いてる連中とつるんでるチンピラだぞ」

住民のひとりが言った。

金箔を貼ったホテル「ゴールデンサンライズリゾート」の手の者であるのは間違いないようだ。

「衛兵に突き出すかい、エミリちゃん」

「そうしておいてくれるとありがたいわ」

「だけど、きっとホテルの連中は知らぬ存ぜぬで通すぞ」

「それになぁ……衛兵の連中も『長いものには巻かれろ』って感じだし」

エミリが想定していたより、ここの行政は腐っているらしい。

「まあ、それはそれよ。ここに転がしておいても汚いだけだし、やっぱり衛兵に突き出しておいて。あたしたちが衛兵と話すより、みんなのほうが地元に住んでて説得力あるだろうから、お願いしたいわね」

「おお、それは構わねえよ。二度とこの町に入れねえようにしてやるさ」

住民たちはうなずいていた。

この数日で彼らもお互いの絆《きずな》を深めたようで、結局10人ほどの住民がチンピラを連れて衛兵の詰め所へ向かった。

それを見送ったエミリは、うーんと伸びをして、

「……不完全燃焼ね！」

「なにがなのです？　屋台が無事でよかったのです」

「それはそうだけど、魔法をぶっ放すつもりだったのにティエンがいいところ全部持ってっちゃったから」

「？」

よくわからない、というようにティエンが首をかしげると、

「まあいいわ。それじゃチンピラは撃退したことだし――あたしたちは飲み直すわよ！」

「イヤなのです」

「即答された!?」

「酔っ払いはイヤなニオイがするのです」

「ひどい！」

ウソ泣きを織り交ぜたりしてみたがティエンは揺るがない。

「エミリだってわかっているのです。アイツら、こんなことされても痛くもかゆくもないって」

「……そりゃーね」

「次はどうするのですか？」

ふとティエンを見ると、目をキラキラさせている。「こんなものじゃ済まさないんでしょ？」「次はどんなことをして向こうを驚かせるの？」とイタズラ心いっぱいの顔だ。

（いやー……あたしは別にそこまで極悪非道の悪女でもなんでもないんだけどね？）

と思いながらも、エミリはにやりとした。

「もちろん、次の手も考えてあるわ」

そうして悪だくみの夜は更けていく。

「ゴールデンサンライズリゾート」で働く従業員は首都からやってきた住み込みで、年に数回だけ首都に戻って家族に会うことができる――そんな雇用契約で働いていた。

雇い主は商会長であり、商会長の意見は絶対だ。

そんな従業員たちは自分たちの身を守るために集まってウワサ話をよくしたし、というか毎日しょっちゅうしていたし、今日休憩室に集まっておしゃべりしているのもまたふだんどおりの光景だった。

「ねえ、聞いた？　まーたボスから幹部の皆さんに雷が落ちたそうよ」

「えーっ、今度はなに？　他のホテルにスパイに行ってこいとか言われてんの？　ってかそんな仕事って、バレたらマズいわよねぇ」

「違う違う、今日の雷はそっちじゃなくってさあ、『ダウンタウンストリート』が気にくわないんだって」

「……は？　あそこはウチとお客さんが違うから関係ないじゃない。ていうかあそこ、むしろお昼休みにちょっと行けて助かってるんだけど」

「アタシもよォ」

「なくなったら困るよねェ」

「税務調査官って人が来ててピリピリしてるじゃない？　それがお次はなんと、首都から伯爵様が来るんだって」

「え！　貴賓室にお泊まりに？」

「泊まるのは間違いないと思うわ、最高級のもてなしをしろーって言ってるし」

「御貴族様って気にくわないことがあったら平民のあたしたちなんてクビにしちゃうんでしょ？」

「仕事をクビどころか、死んじゃうかもよ」

「怖いわねえ」

休憩室の女性ふたりは、向こうから歩いてきた人物に気づいて立ち上がる。

「あーっ、発明家さん。今日のお仕事はいかがでしたか？」

「ええ、もう終わりましたよ。先ほど内勤総括のマネージャーさんにサインをいただきました」

その人が見せたのは発明家協会の発行した依頼票だった。

リゾート地サウスコーストにも魔道具が存在している以上、発明家の需要は当然ある。だけれど腕のいい発明家がこの地に滞在していること、さらには仕事を請けてくれることは稀《まれ》なので、協会の依頼票は未解決のものが多く積まれている。

「ゴールデンサンライズリゾート」も問題があるたびに首都から発明家を派遣してもらっているのだが——今回は急ぎだったので首都に手配もしつつ地元の発明家協会にも声を掛けていた。

そこへやってきたのがこの人物だった。

短い金髪を帽子の中に隠し、知的に見える眼鏡を掛けている。

すらりとした体格に細い指は、なかなか見かけないタイプの色男だと——女性従業員たちは色めき立っていた。

こういう、今日限りしか来ないような人物ですら話題になるほどには、彼女たちには娯楽もないのである。

　その発明家は言った。

「温泉の取水施設の修理でしたが、簡単な破損だったのですぐに終わりました。他に修理が必要なものがあればもののついでで見ますが？」

「い、いいえ～、そんな、お手を煩わせるほどでは」

「そ、それより今日はどちらにお泊まりなんですか？　もしよかったら食事でもどうかなってぇ。是非お礼をしたいな～」

「ははは。私は今日の夕方には発《た》たなければならないんです。他にいくつか部屋を回って魔道具を確認して、問題なさそうなら行きますね」

「あーん」

「つれないぃ」

　女性たちのアピールを巧みにかわすと発明家はその日のうちにホテルを去っていった。

　それは従業員たちにとってはどうということのない一期一会のエピソードでしかなかったのだけれど。

（ふー……ちょっと男装しただけで女性から声を掛けられるというのは、なんだか妙な気分だなぁ。むしろ女だと見破られなかったことを嘆くべきなのか、私は？）

　複雑な思いで色男――アストリッドはホテルを後にした。

きらびやかな馬車がサウスコーストの町にやってくるのはよくあることだが、その馬車の車列は富裕層のお客に慣れている町の人々ですら二度見するほどの規模だった。

白く塗られた馬車に金箔での装飾。

貴族の家紋を示す旗。

荷物や付き従う人だけで10を超える馬車が続いている。

その護衛をしているのは金属鎧《よろい》を装備した騎士たちだ。陽射しが強く、暖かなリゾート地だというのにご苦労なことである。

これらの馬車にどれほどの大金が載っているとわかっていても、山賊はけっして襲ったりはしないだろう――それほどの武装。

「…………」

馬車がやってくるのを、ホテルの前で震えながら待っていたのは「ゴールデンサンライズリゾート」の商会長だった。

ホテルのエントランスは掃き清められ、従業員が左右に並び、チリひとつ落ちていない。

「――栄えあるユピテル帝国伯爵位にあらせられるウーロンテイル様がお越しだ」

騎士が言うと、これ以上は下げられなかろうというほどに下がっていた商会長の頭が、さらに一段下がった。

がちゃり、と馬車の扉が開く音がする。

「顔を上げよ」

しゃがれた老人の声が降ってくると、商会長の身体はびくりとした。

恐る恐る見上げる。

枯れ木のように細い身体ながら、背筋には鉄の芯でもあるかのようにピンと伸びた立ち姿。

白髪となった頭髪をオールバックにし、鷲鼻《わしばな》にはちょこんと眼鏡が載っている。

両手に持ったつややかな杖は、得も言われぬ光を帯びている——樹齢数百年という魔樹から作られたものだ。

「話がある。中に入るぞ」

「は、ははぁっ」

葬式会場のように静まり返ったホテルのエントランスを抜けて商会長の執務室に着くと、豪奢《ごうしゃ》な内装とは裏腹に、この部屋の明かりも一段暗くなったかのように感じられた。だがそんな空気などはお構いなしで、伯爵はさっさと応接ソファに座った。

室内には伯爵と、護衛の騎士がふたりいる。商会長はたったひとりであり、お茶を出しに来た従業員がここに残っていてくれないかと願ったものだが、お茶を淹れるだけ淹れると従業員は逃げるように出て行った。

その4人をじっと見つめているのは壁に飾られた女神の絵だった。信念の女神イスと、真実の女神ルーシスを描いたもので、実は他ならぬこの伯爵が商会長に与えたものだった。

信念と真実がお前を見ている――つまるところ一挙手一投足を「監視」しているという脅し文句のようなものである。

趣味のいい贈り物ではない。

太った身体を縮こまらせるようにしている商会長の向かいに、伯爵はどっかりと座って両手で杖を突いた。

「……なぜここに来たのかはわかっているな？」

「はっ……はい、伯爵閣下におかれましてはご機嫌麗しく……」

「おい」

伯爵が横を向くと、騎士のひとりが剣を抜いて商会長の鼻先に突きつけた。

「ひっ、ひぃぃっ！」

「……次につまらぬ口を利いたら、どうなるかわかるな？　お前の代わりなどいくらでもいる」

「しょ、承知しましたぁっ！」

「それで、なにが起きた？」

「あのぅ……」

そこから商会長は立て板に水のごとくすべて話した。

共同浴場の復活、下町エリアの復活、それにチンピラが撃退されたこと。

「い、以上でございます……」

話し終えると震える手でカップを取り、お茶を口に含む。

「…………」

一方の伯爵はじっと考え込んでいた。

「突然知恵を付けた下町の愚民ども、か……。誰ぞの入れ知恵か。ふぅむ、このワシにたてつこうとする貴族で思い当たるのが数人いるな……」

ぽつりとつぶやく。

「あ、あのぅ……閣下?」

「……税務調査は問題なく乗り切った。とはいえこれは、真っ当な商売をしておる以上当然のことだ。他のホテルは多少トラブルがあったようだがな」

「はっ、そ、それは聞いております……」

多少の帳簿の操作はしてナンボ、というのが帝国商人たちの常識だった。そうでもしないと巨額の税金を納めなければならない。入ってくるお金は大歓迎だが、出て行くお金は小銅貨1枚すら許せない――それが商人というものである。ほんのちょっとの帳簿操作で金貨が出ていかずに済むのならば、「やらないの? 当然やるでしょ!」となってしまうのである。バレたとて「えーっ、どこかおかしかったですか? 計算が間違っていたのかなぁ? でもよくあることですよね?」と白を切ればいい。

だが今回の税務調査がかなり厳しいらしいことはウーロンテイル伯爵より知らされており、正直に――他の商人たちから見れば「バカ正直」に――帳簿をつけ、提出した「ゴールデンサンライズリゾート」はあらゆる点で「問題なし」という評価だった。

これはもちろん、その後の再開発事業で「優良商会」として推薦されるための布石なのだが。

「問題は、税務調査官の報告だ。『下町エリアは1年の経過観察を要する』などという但し書きがつけられた。そのせいで再開発事業についての議論が再度起きておる」

「は、はっ……」

「事業の遅れは1年では利かんかもしれぬ。そうなった場合、他の貴族が手を出してくるだろう」

「！」

下町エリアの再開発事業と銘打って、住民に少々のお金を渡して立ち退かせる。その後、自分の息が掛かった商会に巨大ホテルを建築させれば成功は間違いなし——。

そのためには、再開発事業の一切について、ウーロンテイル伯爵が任されなければならない。

実のところ「ゴールデンサンライズリゾート」の商会長にとってはホテル1棟を新たに建てるというのは一世一代の投資になるのだが、ウーロンテイル伯爵にとってはたいしたことはない。彼の資産はホテル1棟が増えたところで誤差みたいなものだ。

そのため、ホテル1棟を建てるくらいならば、まぁ——という感じで他の貴族は目くじらを立てることもないのである。

だけれど、伯爵の狙いはその先だった。

再開発事業が成功し、税収が跳ね上がれば、サウスコーストをさらに開発するべきという流れが生まれる。いや、その流れを作り出す自信があった。

となればどんな事業が生まれるか。

まず、首都からの街道を整備する。

途中の森を切り開き町を新たに作る。

港を造って他国からの来客を狙うかもしれない。

いずれにせよ、とんでもなく巨大なプロジェクトになる。

そしてその中心にいるのはウーロンテイル伯爵だ。

これほど巨大な絵を描いているというのを、まだ他の貴族は気づいていない。せいぜいが「伯爵も健気《けなげ》なことだ。子飼いの商会に儲けさせるために動いておる」くらいの認識である。

「……もしもここで私が、会計院の報告書にケチをつけようものなら、他の貴族はそこになにかあると勘づく。つまりは、下町エリアの再開発事業がなにか『美味しいタネ』だと勘づかれるということだ。このプロジェクトは目立たぬよう進めなければならん」

「しょ、承知しております」

「承知しておるのなら、なにゆえゴロツキを雇ったりしたァッ!?」

振り上げた杖を叩きつけると、商会長のティーカップが割れて茶が飛び散った。

「も、申し訳ありません!!」

ソファから降りて商会長はひれ伏した。

伯爵はフーッ、フーッ、と荒い息を吐く。

「……閣下、あまり興奮されませぬよう。お身体に障ります」

「わかっておる。あまりの無能を見るとどうしてもな」

騎士になだめられ、伯爵はソファに座り直した。

「手段は熟考を重ねよ。金で解決できるならそうしろ。目の前の金貨1枚のために将来の金塊を見逃すな。私はそう、お前に言ったはずだ」

「は、はい！」

「肝に銘じよ。そうすれば、下町にいる愚民どもを駆逐するような方法はいくらでもある。何人か死んだところでも誰も気にするまい——他ならぬ貴様自身も同じ立場だと知れ」

「ははぁっ！」

同じ立場——つまりは、役に立たないのであれば殺すというわかりやすい脅しだ。

商会長は、額を床にこすりつける以外にできることはない。

「…………」

それを冷たい目で見下ろした伯爵は、立ち上がる。

「帰るぞ——」

と言いかけたところで、止まった。

「こ、これは……」

伯爵の顔が真っ青になり、額にはふつふつと脂汗が浮かび上がる。

なんだろう、と騎士ふたりが伯爵の視線を追うと、

「!!」

「!!」

ふたりもまた驚いたように固まった。

なんだか様子がおかしいぞと商会長も顔を上げる。

「ひぃいいいっ!?」

声を上げ、思わず背後に跳びのいてしまった。

この部屋には二柱の女神を描いた絵画がある。

信念の女神イスと、真実の女神ルーシスだ。

そのふたりの目から……赤い液体が滴っていたのだ。それはまるで血の涙のように見えた。

さらには同じ赤い液体でこう記されていた。


『信念の神イスと真実の神ルーシスは、お前たちを見ている』


と。

その日のうちに、伯爵は大急ぎでサウスコーストの町を出ていった。


「あっはははは！　誰も気づかなかったの、アンタが男装した女だって！」

エミリの笑い声が響いた。

「なにかあったときのために一応変装したとはいえ、それほどまでに違和感がないとは思わなかったよ……」

「今度見せて」

「絶対にイヤよ。その後からかわれるに決まってるのに」

エミリとアストリッドのふたりは並んで座っていた——共同浴場の温泉の中で。

すらりとしたアストリッドの腕と足が伸びているのを見て、エミリは少しうらやましく思ったりする。中身は男っぽいアストリッドだが、スタイルは抜群だ。

「ふわあああ……温かいですねえ、それにぴりぴりします」

そこへ入ってきたのはニナだ。

眼鏡を外し、髪もほどいてアップにしている。

ふだんから長袖にロングスカートのニナは、肌が白い。

「それは温泉の成分が刺激しているからね。お肌がつるつるになるわよ」

「話には聞いていましたが温泉はすごいんですねえ……」

「……しっかし、ニナがメイド服を着ていないのって違和感がすごいわね」

「おや、ティエンくんは入らないのかい？」

「熱いお湯に浸かるなんて信じられないのです」

「気持ちいいですよ、ティエンさん」

「ニナまでそんなことを言っても信じられないのです」

「ほんとうに気持ちいいですよ？」

「………………」

イヤそうな顔をしながらも、ニナがとろけそうな顔でお湯に浸かっているのを見ると、ティエンは恐る恐るお湯に手を入れ、それからゆっくりと足先から入っていく。

尻尾は、ピンッ、と張ったままで。

ぷるぷるしながらも肩まで浸かった。

「おおおおお……」

変な声を出している。

「ふー……やっぱり温泉は最高ね」

エミリは伸びをしながら言った。

4人は今日、初めて温泉に入っている。

老女が気を利かせて貸し切りとしてくれた。

まばゆい光が水面に反射し、涼やかな風が吹き抜ける。解放感のある露天風呂――まさにエミリが思い描いていた温泉だった。

ようやくいろいろと終わった。

下町の孤児たちは食べていく力と方法を手に入れて、住民たちもお互いを思いやれるようになった――住民たちが変わったのは共同浴場を復活させたことの副産物みたいなものではあったけれど、それでも、彼らが孤児たちの力になってくれるのはありがたかった――ニナも、ずっとこの町にいるわけではなかったから。

そしてリゾートホテルとそのバックにいる貴族の問題。

今のニナたちはなにをどうやったって貴族と張り合うことなんてできはしない。エミリやアストリッドは彼らがこの下町エリアを狙っているのだろうとわかってはいたが、できることと言えばチンピラを追い払うくらいのもの。

そんなときにティエンが言った——「悪いことをすると、月が見ているのです」と。

エミリはそれで思いついた。神の名を使えばいい。

貴族として位が高い者は信仰に篤《あつ》い者も多い。

神の名を使って警告すれば、かなり効果的だ——もちろんそんな大それたことは平民とてやらないのがふつうだけれど、そこは異世界から転生してきたエミリと、科学的な発想をする発明家のアストリッドだ。「やらない?」「いいね、やろう」というやりとりだけでやることになった。

そこで「ゴールデンサンライズリゾート」の敷地にこっそり侵入して取水の魔道具に細工をした。

これは屋外に置かれてあったから簡単だ。

アストリッドが発明家協会を通じて呼ばれれば、大手を振ってホテルに入ることができる。

内部を見て回るとおあつらえむきに女神の絵画があり、そこに血の様な液体が噴き出るよう細工をしてきた。

明らかに偉そうな貴族が来たのはタイミングとして完璧だったけれど、最初からそこまで想定していたわけではない。単に「運がよかっただけ」とも言えるし、あるいは、

「……ほんとに、神の導きだったりして……ふふ、ニナは神様にまで愛されているのかしらね……」

そんなふうにエミリは思うのだった。

「エミリさん、なにかおっしゃいました？」

「んーん。大丈夫……ってニナ!?　顔真っ赤よ!?」

「ふぇ……少し頭がふらふらしますねぇ……」

「ちょっ!?　ティエン、ニナを出してやって！」

温泉でも大騒ぎの４人だった。

結局、海で遊ばなかった——ということに気がつくのはサウスコーストを離れ首都に向かう馬車の中で、だった。

そのころには、サウスコーストを訪れる富裕層の間にはとあるウワサが広まっていた。さる大貴族が神から非常に意味深な託宣を受け取ったらしく、そのせいでしばらくの間はリゾート通いを控える……というのだそうだ。

だがその大貴族は執念深く、欲深く、欲しいものは必ず手に入れなければ済まないタイプだともいう。きっと、ほとぼりが冷めてから行動を起こすかもしれない——それは少なくとも1年以上は後だろう。

それまでにサウスコーストの下町エリアがどうなっていくかは、町のみんなの手に委ねられている。

第4章 メイド界のトップランカーが「メイド勝負」を仕掛けてきた！

ユピテル帝国のリゾート地サウスコーストで、ちょっと変わった食べ物がある――というウワサは、とあるおしゃべりな商人から広がり、やがて貴族が耳にするまでになった。

聞けば、貴族が絶対に食べないような小魚だったりするので、それを食べるためにわざわざサウスコーストまで行こうという貴族はいなかった――その点で言えば「ゴールデンサンライズリゾート」の商会長の心配は杞憂《きゆう》だったということになる――けれども、首都会計院の調査報告書に「下町エリアに変化があるため、1年の経過観察が必要」とまで書かれると、違った意味で興味を持つ者が出てくる。

ドンキース侯爵もそのひとりだ。

名門中の名門貴族家でありながら、野心はまったくないために中央の政争からは常に距離を置いている。

多くの資産を持ち、それを管理する人々がいて、放っておいても金に困ることはない。自分が手を下すこともない。

やることと言えば情報収集くらい――つまるところ、ヒマをもてあましているのである。

「ふぅん？　これってもしかして、ウーロンテイル伯爵が一杯食わされたってこと？」

首都に大きなお屋敷を構えるドンキース侯爵は、初老の執事長が持ってきた報告書を読み終わったところだ。

小太りな中年男性で、目がくりくりしている童顔だった。

ヒマに飽かせて情報収集と分析をしているドンキース侯爵は、ウーロンテイル伯爵のもくろみをとっくに看破していた。

ただし、看破しただけ。

サウスコーストのリゾート開発なんて面倒なことに首を突っ込むつもりはない。

誰に教えるでもなく、ただ知って「ふふっ」と部屋でひとり笑えればそれでいいのだ。

徹底したヒマ人なのである。

「この裏で糸引いてる貴族は誰なの？　ボク知りたいなあ」

「それが……どう調べても貴族の影も形も見当たらないのです」

「えっ？」

きらん、とドンキース侯爵の目が輝いた。

「お前の目を欺くくらい、すごい貴族がいるの？　知らなかったなあ。新興貴族かなあ」

「わかりません。唯一の手がかりが、下町エリアに似つかわしくない、『メイド』が現れた……という情報でございます」

「…………めいど？」

こてん、と首をかしげる中年男性。

「このメイドには少々気になるところがございまして……先日、首都でもトップランクの傭兵団『凍てつく闇夜の傭兵団』が解散届を出して話題になりましたな?」

「ああ、そんなこともあったねえ。ボクは戦争関係嫌いだからさあ」

「皇帝陛下はその傭兵団の団長を招喚なさったそうです」

「ふうん。老舗だから?」

「どうやら陛下のご即位に当たって活躍した過去があるとか……」

「半世紀も前の話じゃないか。ボクが生まれるちょっと前じゃん」

ユピテル帝国の皇帝は今年で在位50年である。

「陛下は当時を今も覚えていらっしゃるのでしょう」

「昔話しかしなくなったら人間終わりだよねえ。やだやだ」

「……ご主人様、お言葉が過ぎますぞ」

「わかってる、わかってるよ。言い過ぎた。ごめんなさい陛下。ハイ、それで? 傭兵団がなんなの?」

たいして反省したふうもなくドンキース侯爵は先を促した。

「陛下は傭兵団長に解散理由をおたずねになったそうです。すると傭兵団長はこう答えたと漏れ聞こえております──」

──メイドさんの働きぶりに、気づかされましてな。

と。

「なにそれ？」

「わたくしめにもわかりません。が、あの傭兵団で働くメイドを調べてみたところ、古株の者は特に変化もなく今も傭兵団の――元傭兵団のお屋敷で働いていました。ですが、ちょうど解散の数日前に雇い入れられ、その後すぐに辞めてしまった者がおりましてな。そのメイドを呼び出して確認しようと思ったのですが、首都を出た後でした――なんと冒険者として活動していたのです」

「メイドが冒険者？」

「パーティー名も『メイドさん』という、ふざけているのかどうかよくわからない名前でございました。そのパーティーが請け負った仕事は、サウスコーストへ向かう商団の護衛でした」

「つまり？　首都トップクラスの傭兵団を解散させたメイドと、サウスコーストの再開発地区に現れたメイドは同一人物だと言いたいの？　そいつがウーロンテイル伯爵の鼻を明かしたって？」

「確実にそうとは申し上げられませんが、興味深いメイドがいることは確かです」

「……へえ」

そこまで「よくわからん」という顔をしていたドンキース侯爵は、にやりとした。

「面白いねえ、そのメイド。会ってみたいね」

「は、そうおっしゃると思い、居場所を探っております」

「うちのメイドとどっちがすごいかな？」

「ほっほっほ、お戯れを……。所詮は在野のメイドでございますよ。名門『ルーステッド』のメイドである当家のキアラと比べるのはいささか酷でございましょう」

執事長はそう言うと、恭《うやうや》しく礼をして立ち去った。

◯ ◯ ◯ ◯

冒険者パーティー「メイドさん」一行は首都サンダーガードに戻ってきた。

行きと違うのは、商団の護衛依頼などは受けずにひっそりと馬車で戻ってきたということだった。

「目立たずに行こう」「ちょっとでも隙を見せるとニナがお金持ちに狙われる」というのはエミリ、アストリッド、ティエンの3人の共通意見だった。

「……わたしから見たら皆さんのほうがよほどすごいのですが……」

ニナはそうぼやくのだが、誰も賛成してくれないのが腑《ふ》に落ちない。

夕暮れどき、以前も泊まった宿にやってくると、2階の4人部屋を取ることができた。

安心したのか3人は眠りこけてしまい、ニナだけが起きていて彼女たちの荷物を整理する。

冒険者としても宮仕えとしても引く手あまたの「第5位階」魔導士のエミリに、素人のニナから見ても明らかに優れた腕を持っている発明家のアストリッド、それに、一流の傭兵団を相手にしても一歩も退《ひ》かない月狼族のティエン。

「うーん。ただのメイドのわたしより、どう考えても皆さんのほうがすごいです」

ニナは腰に手を当ててそんなことを言うのだが、すでに全員分の荷物は汚れも落ちて美しく整えられていた。たった今、旅から帰ってきたとは思えない見た目だ。

　すると、

「──メイドさーん。お客様だよ」

「あ、はい」

　廊下から声が聞こえ、宿のロビーに行くと従業員の少女が待っていた。

　お客様？　誰だろう？　とニナが首をひねっていると、

「なんだか偉そうな感じの人だよお。『中に入って待ちますか』って聞いたら『こんな汚いところに入るわけがないだろう』だって。イヤな感じ！」

　ぷりぷりして少女は去っていった。

　どうやらそのお客様は宿の外にいるらしい。

　出てみると、ピカピカで上等な馬車が一台停まっていた。

　黒のジャケットを羽織ったどこぞのお屋敷の執事らしき若い男がやってくると、

「お前がメイドか？」

「はい、メイドでございますが……」

　じろじろと男はニナの足元から頭のてっぺんまでを見る。

「ほんとうにお前か？」

「なんのことでございますか？」

「中にもうひとり、メイドがいるんじゃないのか？」

「いえ……この宿に泊まっているメイドはわたしひとりだと思いますが」

「ならばなにかの間違いか？　クソッ、執事長め、こんなに急がせたのに間違った情報かよ」

よくわからないが悪態を吐いている――それを見てニナはひっそりと眉根を寄せた。

いくら理不尽なことや怒りたくなるようなことがあっても、執事やメイドは周囲の目があるところで感情をあらわにしてはならない。

ましてやこの男は立派な仕立ての服を着ており、馬車も上等だ。かなりいいところのお屋敷――もしかしたら貴族家かも――で働いているに違いない。

自分の振る舞いが、主人の評判に響くということがわかっていないのだ。

「アンタが傭兵団を解散させたメイドなら話は早いんだが……」

「よ、傭兵団を解散させる？　そのような力はわたしにはありません」

「そりゃそうだろうな！　んなことこっちだってわかってる。チッ、時間の無駄だった」

ツバを吐くと男は馬車に乗りこんで去っていった。

「なんだったのでしょうか……」

夕焼けに照らされたニナは首をひねったが、やはりワケがわからなかった。

自分に傭兵団を解散させる力なんてない。あるはずがない。「凍てつく闇夜の傭兵団」は解散するかもしれないと団長の老人が言っていたけれど、それは団長が決めることだし。自分とは関係ない。

そう、ニナが思うのもまあ当然のことではあった。

「気にしても仕方がありませんね」

　ニナは宿へと戻った。

　翌日の午前、もっと立派な馬車が宿の前に停まった。

「ねえ、メイドさん！　またお客さんだよ！」

　今度は従業員の少女が部屋の前までやってきた。

「あら……なんでしょう？　昨日のことですかね？」

「わっかんないけど、騎士様もいる！　やーん、かっこいー！」

　少女は野次馬する気なのか、階下へと走っていった。

　ニナが「人違いだったはずですけど……」とつぶやくと、

「ニナぁぁぁぁぁ！　アンタなにやらかしたのよ!?」

　窓から馬車を見下ろしたエミリが飛んでくる。

「なにもしてませんよ？」

「私が聞いた範囲では、さっきの少女は『また』と言っていたし、ニナくんも『昨日の』と言っていたけれども……」

　アストリッドが聞くと、

「あ、はい。昨日、どこのお屋敷かはわかりませんが執事の方がいらしたのですが、どうやら人違いだったようで帰って行かれました」

「そういうことは教えておいて欲しいなぁ!?」

エミリは先ほど起きてニナが用意した朝食を食べたばかりで、ニナが整えてくれた頭をくしゃくしゃにしてしまう。

「わたし、とりあえず出てきますね」

「ちょっと待ったぁ！　いっしょに行くから待ってなさい！」

エミリが大急ぎで身支度をしようとしていると、

「――メイドのニナ！　ここにいるのはわかっている！　出てきなさい!!」

通りから大きな声が聞こえてきた。

先ほど少女が言っていた「騎士様」だろうか――そんなことをニナが思っていると、エミリたち3人が集まっている。

「……ティエン、向こうは完全武装した騎士が8人いるわ。気をつけて」

「……問題ないのです。エミリこそ魔法をしくじらないでください」

「……誰に言ってんのよ」

「……エミリくんもティエンくんも戦いを視野に入れてるけど、裏口から逃げたほうがよくないかい？」

「……とりあえず向こうの用件を聞いときたいわね。お尋ね者になったら出国も面倒よ。ジャッジはあたしがする。あたしの合図に合わせて、あらかじめ考えていたプラン通りに動くわよ」

「……わかったのです」

「……仕方ないなあ」

物騒な話をこそこそしているが、３人とも「ついにニナが目を付けられた」と思っている。そのために逃走プランをいくつも練ってきたのである。

「？」

よくわかっていないのはニナだけだったりする。

「さ、行くわよ」

「あっ、はい」

４人がそろって宿の表へと出ると、馬に乗った騎士たちに囲まれた。

「貴様がメイドのニナだな？　ドンキース侯爵がお待ちだ。馬車に乗れ」

有無を言わせぬ言葉にエミリがずいと前に出る。

「なにを勝手なこと言ってんのよ？　いくら貴族様だってねぇ、平民を勝手に拉致していいなんて法律は――」

騎士たちが一斉に剣を抜いた。

「貴様が次に口を開いたら、貴族の道を塞いだ罰として斬り捨てる」

「はああ!?　なにそんな横暴なこと言ってんのよ！」

「警告はした――」

騎士たちが腕を振り上げたときだ。

「――早くしてよ。なにをごちゃごちゃやってるの？」

馬車のドアが開かれ、中からひょこっと小太りな中年男が顔を出した。

それを見た騎士たちがハッとして剣を一斉に下ろした。

「こ、侯爵閣下……申し訳ありません。この平民の聞き分けが悪く……」

「ねえ……ボクはニナを連れて来て欲しいって言ったんだよ？　剣を振り回せって言ったっけ？」

「お、仰っていません」

「下がってて」

「はっ！」

騎士たちは青い顔をして馬を返すと馬車の向こう側へと下がった。

「さて、と……君、魔導士かい？　威勢のいいのはいいけど、目の前で剣を振り上げられたら魔導士にできることなんてないよね？　無理しないほうがいいよ？」

「…………」

エミリは――そして横に並んだティエンはニナをかばうようにしている。

無詠唱で魔法を使えるエミリなので「目の前で剣を振り上げられ」ても大丈夫なのだが、ご丁寧にそれを教える気はない。

問題は、この小太りの中年男だ。

想定外が起きつつある。

「侯爵閣下……でいらっしゃいますか」

「そうだよ。ボクがドンキース侯爵だ」

エミリは内心で舌打ちしたくなる。

貴族の使いならば、いかようにもあしらえる。一度追い返して、その間に首都を出ることもできるだろう。

だけれど、貴族本人が来てしまえば——向こうが納得しない対応をすれば、逃げたところですぐに手配が掛かる。罪状などいくらでも作れる。

それほどまでに貴族は特権階級なのだ。

「あのっ、メイドのニナはわたしでございます。ドンキース侯爵閣下におかれましてはご機嫌麗しく存じます」

「むっ？」

ニナがすいっと前に出て一礼すると、ドンキースは彼女に目を留めた。

じっと見ている。

じいいっと見ている。

その様子はまるで、時が止まったかのように動かない。

向こうがなにも言わないので、ニナのほうから口を開いた。

「直接お越しいただきましたが、大変恐縮ながら、閣下は他のメイドとわたしを勘違いなさっているのではないかと思います。わたしは単なる主のないメイドでございます」

するとドンキースは、

「——君だ」

そう言うと馬車から飛び降り——その小太りな身体でどうやってそんな身軽なアクションができたのか、周囲の人間は、いや本人さえもわからなかったが——ニナの手を取った。

「君だ!!」

「はい？　ですから、人違いかと……」

「違う、そうじゃない！」

ドンキースはほとんど叫んでいた。

「一目で君に惚れてしまった！　君を第3夫人に迎えたい!!」

「え……」

一瞬の沈黙の後、

「えええええええええええええええ!?」

誰のものともしれない驚きの声が上がったのだった。ひょっとしたらエミリとアストリッドとティエンの声だったのかもしれない。


「沈まぬ太陽の照らす都」、「千年都市」、「栄光の首都」とも呼ばれるユピテル帝国の首都サンダーガード。

長い歴史がある以上、その中心部に行けば行くほど当然、土地はあまってなどいない。

「…………」

「…………」

「…………」

「…………」

だから、ニナたち4人は信じられなかった。

目の前のお屋敷の巨大さが。

ひしめくように住居が建っている首都とは思えないほど広い庭。そこには木々が生い茂り、池まである。

「凍てつく闇夜の傭兵団」の土地も広かったが、それとは格が違う。なにせここは首都でも中心地なのだ。

向こうにそびえているのがお屋敷だろう――ドンキース侯爵の。

彼の求婚に驚いたせいで、ろくすっぽ反論もできず、あれよあれよという間に馬車でここまで連れてこられた4人である。

「さあ、おいでニナ。ここが今日から君の家だよ」

ニナに一目惚れしたらしいドンキースが近寄ってくると、ようやく4人は我に返る。

アストリッドが後ろからニナを抱きすくめ、その前にエミリが立ちはだかる。

「お、驚き過ぎたじゃない！　なんなのよこのお屋敷は！」

「ボクの家だけど？」

「そんなのわかってるわよ！　だからってね、ニナは渡さないわよ、このロリコン！」

「ろりこん？　なんだい、それは。ボクはニナだけいればいいんだよ」

「ニナは渡さないのです」

横からティエンが入ってくる。

「なんで？　ボクは侯爵家の貴族だよ？　平民のニナが貴族家に嫁げるんだからこんな幸せなことってないよね？」

「ニナくんは私たちといっしょに旅をしているんです、閣下。この首都にだって長くはいません」

「貴族家に入ってから旅に出たらいいじゃないか？　安全だし、ふつうの平民が行けないようなところにだって行ける」

ああ言えばこう言うでドンキースにはエミリたちの言葉は響かなかった。

彼は自分が特権階級であることを完全に理解していて、そしてそれが平民よりはるかに優れていると信じている。

するとニナが、

「あの……申し訳ありません、侯爵閣下。エミリさんたちの言うとおり、わたしには御貴族様の夫人などという地位は務まりません」

「どうして？　ボクがすべてを用意してあげるのに？　君は身ひとつで来てくれればいいんだよ？」

「なぜかと問われれば、この理由に尽きます。わたしは、メ、メ、メイドですから、から」

わけのわからない言葉ではあった。

だけれどエミリやアストリッド、ティエンにはしっくりくる。

「なるほど……?」

戸惑ったようだったが、少し考えてドンキースは言う。

「それならメイドとして我が屋敷で働いて欲しい。メイドは、旅をするものではなく、屋敷で働くものだろ?」

「それは――確かに」

「だろう!?　それじゃニナはうちのメイドになるということで決まり――」

「――ご主人様!　これは何事ですか!」

そこへ、お屋敷を出てこちらにやってくる一団がいた。

30人ほどのメイドの集団だ。

メイドだというのに着ている服の布地はすばらしくよいもので、汚れもほつれも見当たらない。

そしてその集団を率いているのが――長い金髪を後ろでひとつに三つ編みにし、広いおでこをあらわにしている少女だった。

気の強そうな濃いイエローの瞳がじっとドンキース侯爵を見据えた。

「――ご主人様が、あのメイドを我が屋敷に迎えると仰っている」

「!」

初老の執事長が耳打ちすると少女メイドは目を見開いた。

「ご主人様……いくらご主人様とて仰っていいことと悪いことがございますよ？　メイドの採用に関しては、このメイド長であるキアラ＝ルーステッドの管轄！　それが我がルーステッド・メイドとの契約でございましょう！」

「!!」

この小さな少女が「メイド長」なのかという驚き。

それに「ルーステッド」という言葉にさらにニナが驚く。

「ルーステッド・メイド……まさかあの有名な、メイド界広しと言えどもトップランクに君臨するルーステッド家のメイドさんがいらっしゃるなんて……！」

……「メイド界」？

今、「メイド界」って言った？

と聞き返したくなるエミリだったが、あまりにニナの表情が真剣そのものなので聞くに聞けなかった。

ドンキースが誇らしげに、

「ニナが知っているなら話は早い。そのとおり！　ウチにはルーステッド家のメイドがいるんだよ。王侯貴族ならば誰しもが一度は迎え入れたいと思うメイド……ウィノア・ルーステッド。彼女が直接教育し、その実力を認めたメイドだけが家名として『ルーステッド』を名乗ることができ、彼女たちはルーステッド・メイドと呼ばれてる！　どうだい、ニナ。ボクのお屋敷に来てくれる気になった？」

解説までしてくれた。

そのルーステッド・メイドから文句を言われたはずなのに。

「……申し訳ありません」

「ええ!?　なんで!?」

「わたしの師匠から、ルーステッド家のメイドさんとは親交を持つなと強く指導されておりまして……」

「なんで？　ルーステッド・メイドは世界最高峰じゃないか？」

「あああああああああっ!!」

するとルーステッド・メイドのキアラが大声を上げた。

「コホン……メイドにあるまじき大声、申し訳ありません。ですがご主人様、申し上げたきことがございます。彼女の物腰、メイド服の着こなし、一度見たらこの私が忘れるはずはないほどの腕前なのに、私の記憶にはない……だけどどこかで見たことがあるような既視感。彼女の師匠は、ヴァ、ヴァ、ヴァ、ヴァシリアーチでございます！」

その場にいる誰しもが――キアラの仲間のメイドたちですら「誰？」という顔になっている。

ただニナをのぞいては。

「師匠をご存じなのですか？」

そう、ニナの師匠の名前だった。

「ご主人様。そこのメイドがあのヴァシリアーチの手の者とあればますますお屋敷に入れるわけにはいきません」

「は？　なんでメイドにそんなこと言われなきゃいけないの？」

ムスッ、とした顔のドンキース侯爵だが、キアラは怯《ひる》まない。

「私と最初に交わした雇用契約に『採用の一切を任せる』とありましたでしょう？　契約の内容をすべて満たせないのでしたらルーステッド・メイドとして完璧なお仕事ができませんわ」

「……ご主人様、ここはキアラの言うとおりかと思います。もとよりメイドの採用はご夫人とメイド長の所管であり……」

と執事長も加勢すると、

「うるさいうるさいうるさーい！　それじゃニナを第3夫人にすればいいんだろ!?　そしてニナの気が済むようにメイドをさせてあげればいいんだ！」

「それは契約をないがしろにする詭弁《きべん》ですわ」

「ご主人様、ルーステッド・メイドを雇い入れることがこの侯爵家の格を保つためにも必要なことでございます。どうぞ賢明なご判断を」

「ぐぬぬぬ……！」

侯爵と執事長とキアラのやりとりは、ニナの目には奇妙に映った。

お屋敷のトップはもちろん主人であり、執事やメイドはその命令に服従するのがふつう。

明らかに間違った判断をしているときなどは主人の考えを正すこともあるだろう。だけれど今のように「メイドに配慮しろ」というのはあり得ない。

けれど、それがさも当然であるかのように執事長も、キアラも主張する。

「大体さ、なぜニナがメイドなのはダメなんだよ!? その、ヴァなんとかって師匠がなんなの！」

「ヴァシリアーチは大酒飲み《ヘビードランカー》で人格破綻者《サイコパス》のメイドとして、メイド界では有名なのです。そしてルーステッド家に敵対していることでも」

「えぇ……そんなのがニナの師匠なの？」

とエミリがニナを見ると、「あははは……確かに……」とニナが苦笑している。

大体合っているらしい。

「敵対していようとしていまいとそれはボクには関係ない！ それこそ契約外のことじゃないか！」

「ふぅ……」

キアラは駄々っ子を相手にするようにため息を吐いた。

「ではこうしましょう。ご主人様がヴァシリアーチの弟子を名乗る、ニナというメイドのどこに執心しているのかは理解できませんが、このルーステッド・メイドである私と、メイドとしての実力差を見て、メイドとして迎え入れるなどという考えをあきらめていただきましょうか」

「実力差だって？」

「左様です。メイド勝負を行います」

「なっ……!?」

絶句したドンキース侯爵だったが、それは驚いたためではなく、「メイド勝負ってなに？」という疑問のためだった。

そしてここにいる全員が同じ気持ちだったのである。

「さあ、私と勝負をなさい」

キアラは憎々しげにニナを見据えるが、もちろんニナも「メイド勝負ってなんですか?」という顔をしているのでノッてこない。

「なんなのです、その顔は。はは－ん、なるほど?　自信がないのですね?」

「……ねぇ、そのメイド勝負がなんなのかわからないんだけど、あたしたちは帰りたいの。別にこのお屋敷に入る気もないし。そっちの勝ちでいいから帰らせてくれない?」

エミリが言うと、

「なにを言ってるの、この魔導士崩れは」

「まっ、魔導士崩れ!?　あたしは本物の魔導士だけど!?」

「もはやあなたたちの希望がどうとかそういうのはどうでもいいの。ルーステッド・メイドとして、ヴァシリアーチの弟子に実力差をわからせてやる必要があるでしょう?」

「知らないわよそんなの!」

「大体、侯爵閣下がお望みのことをたかだか平民の魔導士崩れが断れると思って?」

「ぐっ……」

そこは、エミリにとっても痛いところだ。

貴族の要望を平民が断るのはかなり難しいのである。

どうせならさっき、ドンキースと執事長とメイド長とで、意見が食い違って議論している最中に逃げればよかった。ワケがわからなすぎて最後まで話の行方を見守ってしまった。

「ちょっと待って欲しい。君は勝負すると言うけど、ニナくんが勝ったら私たちは帰っていいんだね？」

「あなたは？　発明家崩れ？」

「フレヤ王国出身の発明家だよ」

ちらり、と発明家登録証を見せると、キアラは両手を前で組んで完璧な礼をした。

「これは……実力ある発明家様でいらっしゃるのですね。もちろん、万にひとつもありませんが、ニナというメイドが勝ったのならお帰りいただいて構いません」

「コラ、メイド長！」

「ご主人様はお黙りくださいませ。まさか私が負けるとでもお思いですか？　このルーステッド・メイドが？」

「うっ……」

ぎろり、とすさまじい眼光でにらまれてたじたじになる侯爵。やはり主従関係がおかしなことになっている。

「私が勝てば――いえ、私が勝つのですが、その後はご主人様の第3夫人にでもなんでもなればよろしいでしょう。しかし、メイドとして現場に立ちたいのであれば、ルーステッド流をマスターしてからにしてもらいますわ」

「ふーん、それならよさそうだね。ニナくん、勝負を受けよう」

「ちょっ、アストリッド!?」

「ひどいのです」

焦るエミリとティエンを引き寄せ、アストリッドは囁《ささや》く。

「……メイド勝負とやらがなんであれ、ニナくんが負けると思うのかい?」

「……思わない」

「……あり得ないですけど」

「……ならばさっさと終わらせたほうがいい。貴族に目を付けられたのを帳消しにできるならそのメリットのほうが大きい」

「……うむむ、それはそうなんだけどさぁ」

「……むう」

納得できないふうのエミリとティエンではあった。

それはそうだろう。向こうの都合で勝手に連れてこられて勝手に勝負を申し込まれているのだ。だけれどアストリッドからしたら、それでも「勝負」とやらを受けて「勝てば帰っていい」というのは破格の条件だと思える。

それほどまでに貴族というのは面倒で厄介でワガママな特権階級だ。

「あの……すみません、わたしのせいで」

「ニナくんが気にすることじゃないよ。悪いけれど、私たちも応援するから勝負を受けてくれるかい？」

「わ、わかりました。がんばりますっ」

アストリッドが振り返りながら言う。

「――というわけだけど、こちらが勝ったときの条件をひとつ付け加えさせてもらおうかな」

「なぜですか？　私が勝つのにそのような条件変更は無意味でしょう？」

「ははーん、なるほどね。そのメイド勝負とやらにはなにか『不公平なルール』があって、ニナくんが絶対に勝てないようになっているのかな？」

「そ、そんなわけあるはずないでしょう!?　ルーステッド・メイドの誇りにかけてヴァシリアーチの弟子相手に不正などしませんわ。正々堂々の勝負です」

「ならば、構わないよ。こちらの条件もたいしたものじゃないし、付け加えさせてくれればそれでいい」

「……聞きましょう」

「閣下、お願いがございます」

アストリッドはドンキース侯爵へと身体を向け、片膝を突いた。

それはフレヤ王国における正式な礼だ。

「な、なに……？」

ふだん見慣れた礼ではあったが、平民だと思っていた相手に格式ある礼をされて一瞬ドンキースも戸惑う。

「これは閣下にお願いしなければならないことです。ニナくんの情報を制限していただきたいのです。正直……閣下がどのようにしてニナくんを探り当てられたのかがわからず、困惑しております。我々としては多少の心当たりはあるものの、そこまで目立っていたとは思っておりませんでしたので……」

「ああ、そこか。それはまあ……構わないけどね。当家の情報収集能力は他家よりもかなり高いレベルだから、ウチが黙っていれば他家はわからないだろう」

ドンキースの隣で執事長が胸を張っている。

「確かに情報は隠すべきだろうね。ウォルテル公がニナに懸賞金を掛けていることだし、ボクの第3夫人として迎え入れるときにも——」

「「「懸賞金!?」」」

エミリ、アストリッド、ティエンの3人がニナを見るが、

「わ、わたしは知りませんよ!?　どちら様ですかウォルテル公って!?」

「……ほんとかなぁ」

「……怪しいなぁ」

「……なのです」

全然信じてもらえないニナだった。

「そんなことはどうでもいい。さあ、ニナとやら、メイド勝負を行うのでお屋敷に来なさい。——ご主人様も」

「う、うん。……うーん。ほんとに勝てるんだよね？」

「ご主人様」

「ウッ……」

にらみつけられ、まだ納得できないようではあるが、ドンキース侯爵はキアラについてお屋敷へと歩いていく。

その後に執事長が続き、メイドたちもぞろぞろと歩いていく。

「じゃ、あたしたちも行こうか」

「そうだね。早く勝負とやらが終わることを願おう」

「ニナ、行くのです――ニナ？」

「………あっ、はい！」

ニナはそのとき、メイドたちが冷たい目を向けていることに気がついていた。

その目を自分に向けるのならばわかる。自分は、このお屋敷に飛び込んで来た明らかなトラブルの元だからだ。

でも彼女たちが見ていたのは――キアラだった。


「メイド作業の基礎中の基礎、下積みの中の下積みと呼ばれる洗い場《スカラリー》での勝負よ」

お屋敷は巨大なので、キッチンや洗い場もまた巨大だった。

大きな桶に大量の水が張ってあり、下水もあるのか流し場には穴が空いている。

それが、２セットもある。

「大皿が25枚、小皿が40枚、６人分のカトラリーセット、それに調理器具の一式。それぞれ材質は……」

キアラは立て板に水のごとく説明を始める。

材質に合わせた洗剤や洗い方があるのだ。正しい情報をあらかじめ与えるのは、彼女の考える「正々堂々」ということらしい。

いくら広い洗い場と言っても、キアラとニナ、それを見守るエミリたちとドンキース侯爵――侯爵閣下が洗い場に足を踏み入れたのは人生で初めてらしく「臭いなここは」なんて言っている――それにメイドたちとくれば、人でぎゅうぎゅうだった。

ちなみに執事長は人垣の外に追い出され、騒ぎを聞きつけて集まってきた他の執事たちに事情を説明していた。その中には最初に宿にニナを迎えにやってきた若い執事もいたが、彼は単に野次馬をするためだけに来たらしい。

「――以上よ。質問は？」

説明を終えたキアラが聞くと、

「ございません」

「ほんとうに？　一度の説明ですべて覚えたというの？」

「はい。メイドなら当然です」

絶対「当然」などではないのだろう、見ているメイドたちはひそひそと囁き合っている。

「あなた、始まりの合図をしなさい」

「わ、私ですか」

キアラに指差されたのは、彼女の母親と言ってもおかしくない年配のメイドだった。

ニナとキアラはそれぞれが洗い場の前に立った。

山と積まれた食器の量は確かに同じで、並んだ洗剤も同じだ。

「…………」

だけれどニナは、なぜか洗い場の排水口——下水につながる穴を見ていた。

「そ、それでは僭越ながら始めの合図をさせていただきます。互いに準備——」

他のメイドたちは、「かわいそうに」という顔でニナを見つめている。

(ふーん。ウチのニナが負けると思ってるのね、このメイドたちは)

エミリはそう思った。

ドンキース伯爵はそわそわしている。キアラが負けるわけがないと信じつつも、負けたニナが泣いたりしないかを心配しているのだ。

一方のエミリたちはまったく心配していなかった。

あの、ニナである。

負けるわけがない。

「……洗い物勝負、始め！」

ふたりのメイドは一斉に動き出した。

見物している人たちの誰しもが、思いもよらなかった光景が繰り広げられた――。

静けさがこの空間を支配していた。

誰も口を利けなかった。

「――ど、同着です」

始めの合図をしたメイドはそれだけをなんとか絞り出した。

テーブルにはピカピカに磨かれ、水滴ひとつついていない食器類が置かれている。

「――い、今なにが起きたの……」

「――初めて見た。あれがルーステッド・メイドの実力……」

「――ていうかそれについていったあっちのメイドの子はなんなの……!?」

メイドたちがざわついている。

すさまじいまでの手さばきで次々に洗い上げられていく食器。

だが洗い場から水が跳ねることもなく桶の水はわずかに減った程度。

終わったときにはメイドふたりは息も切らさず同時に「「終わりました」」と言ったのだった。

「ニナ！　君は何者なんだ!?　ますますボクは君に惚れてしまったよ～！」

「くっ……！」

唇を噛むキアラとは裏腹にドンキース侯爵は大喜びでダンスでも踊り出しそうだったが、ニナが勝ってしまったらいなくなることを忘れたのだろうか。

「信じられない……まさかニナと同レベルの腕なんて」

エミリがつぶやくと、

「たっ、たまたま洗い場の経験が長かったようね……。それなら次の勝負よ」

キアラは言って洗い場から出ていくが、ニナはもう一度排水口を見やった。

「ニナ、行くみたいよ」

「あ、はい。行きます！」

エミリに促されニナも動き出す。

「あの子すごいわね」

「はい……さすがルーステッド・メイドですね」

「ニナ、もしかして楽しいんじゃない？」

「え、どうしてですか？」

エミリはニナの顔をのぞき込む。

「ライバルができてうれしいってヤツよ！　物語の鉄板でしょ！」

「ライバル……？」

「そうよ。あんなに早く洗い物を片づけて、しかも周囲も全然汚さないなんて」

こてん、とニナは首をかしげた。

「メイドなら当然では……？」

「……………」

エミリはなにか言おうと口を開いて、止めた。

次にキアラが勝負の場に選んだのは洗濯場《ランドリー》だった。

「洗濯勝負、始め！」

大量のシーツを洗う対決は――ここも「同着」。

「くっ……次の勝負よ」

団体がお屋敷内を移動する。

「部屋の整頓勝負、始め！」

――ここも「同着」。

「つ、次よ」

団体がお屋敷内を移動する。

「玄関の石畳磨き勝負、始め！」

――ここも「同着」。

「むむむ……埒《らち》が明かないわ！　ひとつのスキルではなく、いくつものスキルを組み合わせた能力での勝負よ」

ふたりのメイドと、観戦する人々がいるのは玄関だった。

先ほど磨いたおかげで足元はピカピカだ。

「買い物勝負よ。今日、お屋敷で調達する予定のリストを」

「は、はい、こちらに」

「早く！」

「すみません……」

宿までニナを迎えに来た若い執事は自分より明らかに年下のキアラにアゴで使われ、不機嫌をあらわにして長い紙のリストを差し出した。

「……執事長。まだこの執事を雇っていたのですか？　私はクビにするべきと言いましたが？」

「は!?」

いきなり「クビ」を突きつけられて若い執事はあわてる。

「彼はヒットボルト男爵家の遠縁に当たる者で、そう簡単に解雇はできません」

「私はこの者がお屋敷で働くにふさわしくないと言いましたが？」

「メイドの人事がメイド長の所管であるのと同様、執事の人事は執事長の所管です」

「……そう」

まったく納得していないふうではあったが、キアラはうなずいた。

ニナに対して横柄に振る舞った若い執事は、自分の振る舞いがお屋敷の、ご主人様の評判にも影響することを理解できていない――そうニナは思っていた。同様にキアラも思っていたのがわかって、なんだか妙な共感がニナの中で生まれている。

「なによあなた」

「い、いいえ」

キアラににらまれてニナは両手を振った。

その間にもがっしりとした体格の執事がやってきて「お前、下がっていろ」と若い執事は追い出されていた。今にも舌打ちしそうな顔で忌々しそうに出て行く——そういうところですよ、とニナは彼に言いたくなる。

「次の勝負はこのリストにあるものを買ってくることよ」

調達リストはかなり長いものだった。

これを全部、「街で買ってくる」。

ふつうなら御用商人がわざわざお屋敷に届けてくれるようなものだ。だからこそ調達数はかなりの量がある。

キアラが他のメイドに指示を出して、どの店に買い出しに行けばいいか追記をさせる。さらに、場所についてもニナに説明が行われた。

最後はドンキース侯爵家の紋章だ。これがあればスムーズに買い出しができる。現金のやりとりも必要ない——いわゆるツケが利く。

「ふむふむ」

リストを見たニナは、

「……………ん?」

ある一点を見つめて止まった。そして近くにいたがっしりとした体格の執事の男に耳打ちすると、彼はうなずいてニナになにか言葉を返した。

「なにをしているの？　準備はよくって？」

「あっ、はい。いつでも」

同じリストを持ったふたりが玄関前に並ぶ。

そして、毎度おなじみになった年配のメイドが、「んんっ」と咳払《せきばら》いなどして喉の調子を整えている。

「買い出し勝負、始め！」

と合図するや、一斉にふたりはスタートした。

公爵邸の敷地の入口までは距離があるのだが、とても歩いているとは思えない速度であっという間に門に着くと、首都の通りへと出て行った。

「……あれって、走ってないよね？」

「……うん、ニナくんは歩いているねえ」

「……足音もまったくしないのです」

思わず遠い目になってしまう「メイドさん」パーティーの3人である。

後は、帰りを待つだけだった。

首都に観光に来たばかりのニナよりも、ここで働いているキアラのほうが有利な気はするが、それを言うならば初めての環境でメイド仕事をしてきたこれまでの勝負もキアラのほうが有利だということになる。

　とはいえキアラも懇切丁寧にニナに詳細を教えており——正々堂々と勝負しているのは間違いないので、エミリたちもなにも言わない。

　メイドたちが動いて、お屋敷の前にテーブルとイスが出された。ドンキース侯爵はそこでお茶を楽しむようで、エミリたちの席も用意されていた。

　気を遣われたのか、あるいはそれが身分差だからか、ドンキースから離れた場所にテーブルはあったけれど。

　もちろんそんなことは気にしないエミリたちはイスに座ってお茶をいただく。お菓子もむしゃむしゃ食べる。

「しかしすごいわねー……ルーステッド・メイドだっけ。メイドっていろいろいるんだなぁ」

「裏を返すとニナくんもルーステッド・メイドと同等かそれ以上。雇えること自体が名誉であるという——王侯貴族が欲しがる存在というわけだ」

「……ニナが危ないのです」

「早めに首都を離れなきゃ」

「……でもニナくんの幸せを考えるならここで働き口を探すのもいいんじゃないかなと思うんだけどね」

「ちょっと、アストリッド！」

「ニナくんが認める雇い主を見てみたいと思わないかい？」

「そ、それは……」

エミリは口ごもる。

その気持ちもあるし、メイドとして働くならやはりお屋敷のほうがいいのではないかと思ってしまった。

ニナはメイドだ。いつか腰を落ち着けて働く場所を見つける必要がある。

大陸屈指の大国であるユピテル帝国の首都ならば、ニナの働き口を見つけることは難しくないだろう。

エミリが考え込むと、ティエンが、

「でも過去にニナが働いていたのは、どう聞いても無能の貴族だったのです。貴族ならいいということではないのです」

「それは確かにそうだね。ティエンくんの言うことも正しい」

するとエミリは我が意を得たように、

「そうよ！　つまりあたしたちが目を光らせてなきゃダメってことじゃない！　少なくともこのお屋敷はダメ！　ロリコン侯爵のところなんて！」

エミリが大声を出したせいで――「ロリコン」という言葉の意味はわかっていなかったろうが――どうやらネガティブな言葉を言われたらしいと気づいた騎士たちがぎろりとにらんでくる。

「……こ、このお菓子美味しいな～」

エミリはイスに座り直して下手な誤魔化し方をした。

それから1時間が過ぎた。

ひたすら帰りを待っていたエミリたちのお茶もとうに冷めていて、お代わりを何度もしたせいでお腹はたぽたぽだった。ドンキース侯爵はクッションを敷いたベンチに寝転んで昼寝までしている。

「誰か来たのです」

最初に反応したのはティエンだった。

ざわっ、と全員がそちらを見ると——門に立っている警備兵の向こうに、ひょこんと飛び出た荷物があった。

本来は商人が運び込むようなものを、メイドがたったひとりで買い出しに行くのだ。とんでもない量の荷物になるのは当然だ。

通用口が開いて、そこから出てきたのはひとりの——そう、たったひとり——メイドだった。

「あ、あれは……！」

エミリが叫んだ。

長い金髪を揺らして歩いてくる少女は、キアラ・ルーステッドだった。

まさか、とエミリは思う。ニナが負けたということ？

キアラは真剣そのものの表情で、どこか切羽詰まったような歩き方で玄関までやってきた。

「——あのメイドは？　ヴァシリアーチの弟子はどこ？」

答えたのは「始め」の合図のメイドだった。

「え？　その、キアラ様のほうが先にお帰りです」

「――――」

一瞬固まったあと、キアラは「ふぅぅぅ」と長く息を吐いた。

「……勝ったのね。そう、私が……勝った。勝った！　勝ったのよ！　あはははは、なによあの子、私を驚かせて！」

キアラが大きな声を上げた――それはメイドらしからぬ声であることは間違いなかったが、だからこそキアラがなにか大きな不安を感じていたことを裏付けるものだった。

「なっ、なによそれ!?　聞き捨てならないわ！　なにがあったのよ!?」

エミリが食ってかかった。

「途中まではあのメイドと同じ速度だったわ。だけど、途中でどこかの脇道に入ったのよ……もしかしたら私の知らない近道でも存在するんじゃないかと焦ったのだけれど、ただ道を間違えただけだったのね。ああ、驚かされたわ」

「ニナが……道を？　そんなはずはないわ。なにかの間違いよ！」

「間違いかどうかは知らないけど、私が勝ったことが事実よ――荷物とリストを確認しなさい」

「は、はい」

メイドたちがキアラから買い物リストを受け取って確認する。

その分量はやはりとんでもなく多く、よくもこれだけの荷物をひとりで運べたものだ。

キアラは額に玉のような汗を浮かべ、息も上がっていた。メイド服のよれを見るに、ほんとうに大変だったろうことがわかる。

「――リストは完璧です」

「私の勝ちね！」

無邪気にキアラが喜んだときだった。

「ニナが来たのです」

ティエンが言うと、全員が正門を向いた。

同じように積まれた荷物を背負ったニナが、通用口を通ってやってくる。

「あ……」

誰かが声を漏らした。

キアラと同じに見えた。

だけれど全然違った。

なにが違うかと言えば歩き方だ。

背負った荷物の見た目は非常に重そうなのに「中身はカラッポなんですよ？」とでも言わんばかりの足取りだったのだ。

「す、すごい……」

ニナをよく知っているエミリですら思わずつぶやいていた。

あのキアラだって汗をかき、服も乱れていた。だけれどニナはいつも通りだ。ここを出ていったときとなにも変わっていない。

そして目を惹くのは、両手に持っている大きな包みだった。明らかにキアラが買ってきた中にはなかった。

「〜〜〜！」

その違いが自分との差――優劣の差だとキアラも当然わかったが、彼女は悔しそうながらもこう宣言する。

「私のほうが先にゴールをした。だから、あなたの負けよ」

だけれどニナは他のメイドに買ってきた荷物を渡すと、真っ直ぐに向かった――出がけに話していた体格のよい執事のところに。

その執事となにかを話すと、彼は真っ青になって執事長への報告へと向かった。

執事長がそれを聞くやニナのところに行き、話をしている。

「な、なに、なんなの……!?」

ただならぬ雰囲気に、キアラはイラ立ち、メイドたちもざわざわする。

「アストリッドさん！」

するとニナが手を挙げた。

「お手数ですが、お力をお貸しください。一大事です」

エミリとアストリッド、ティエンの3人は顔を見合わせた。

なにかあったのだ。

なにか事件になるようなことが――。

「んあ?」

ようやくそこでこのお屋敷の主人、ドンキースが目を覚ました。


それは確かに「一大事」――いつ「一大事」になってもおかしくないことだった。

キアラが言ったとおり、ニナは買い出しの途中で脇道に入った。だけれどそれは次のお店へのショートカットでもなんでもなく、買い出し内容とは関係ない場所へ向かったのだ。

それは首都の下水道を管理している役所だった。

役所でニナが確認したのは侯爵家の地下にどう下水道が走っているか。

「――調達リストに『殺鼠剤《さっそざい》』がありましたが、あまりにも量が多かったのに違和感を覚えました。もちろん買い置きをしておくことはあると思いましたが……」

ニナは言った。

そのため体格のよい執事に確認したところ、この殺鼠剤は1か月で使用する量の「買い置き」などではなく、なんと2日か3日で使ってしまうのだとか。

20日ほど前から、ネズミの量が増えたという。

「最初におかしいと思ったのは洗い場の、排水口から立ち上るニオイでした」

ニナは続ける。

洗い場は最初の「勝負」の場だ。そこで濃い、ネズミのニオイがしたという。下水に大量発生しているのではないかとそのときに疑いを持ったのだそうだ。

ちなみに「ネズミのニオイ……濃い……?」とエミリは首をかしげた。ティエンは「うんうん」とうなずいている。

「下水になにか問題があるのではないかと思いました。念のため、お役所で下水道がどこを通っているのか確認したのですが、このお屋敷の敷地をかすめるように下水の本道が走っていました。下水の本道からは本来、ネズミなどが上がってくることができないような機構があり、また魔道具によってネズミなどを退けているものですが、それが壊れている可能性があります。なのでアストリッドさんに、この地盤確認の魔道具で、地中に問題がないかを見ていただきたいんです」

ニナが両手で抱えていた大荷物は、地盤確認の魔道具だった。

全員でお屋敷の裏庭、そのいちばん隅に向かうと不自然に凹《へこ》んでいる地面が何か所もあった。

執事長が唸る。

「これは……見落としていましたね。ネズミが多いとの報告を受けてはいましたが、夏になって一時的に増えたのだろうと思っておりました」

裏庭の手入れは50日ほどの間隔で行っているので、変化にすぐに気づけなかったようだ。

アストリッドがニナに言う。

「ニナくんは下水道に問題があると考えて、それを調べるための魔道具まで調達してきたってことかい?　これは重かったろうに……」

「はい。ですが、殺鼠剤を使うだけでは問題の根っこは放置されたままになるので、勝手をいたしました」

「いや、勝手などではありませんよ。すばらしい洞察力ですね。是非当家で働いていただきたい――」

と言いかけた執事長はハッとして振り返る――自分の主人であるドンキースを。

「んん？　つまりこれはどうなるの？　ニナは勝ったの？　負けたの？　ボクとしてはこのお屋敷にいてくれるならどっちでもいいんだけど？」

確かに、「調達勝負」で「どちらが早かったか」と言われればキアラが勝ったことになる。

とは言え「メイド勝負」だと考えると――問題の根本を解決しようとしたニナのほうが優れているのは間違いない。

それは誰よりも勝負した本人、キアラがわかっている。

「…………!!」

キアラは立ち尽くし、震えている。

「こんなの……聞いていなかったわ！　ネズミが多いなんて！　どうして私に報告しなかったの!?　私がメイド長なのよ！」

明らかに動揺したキアラが鋭い声でたずねると、メイドたちは気まずそうに顔を逸らした。

そこに口を挟んだのは、

「……どうしてわからないのですか？　お前のその態度のせいで誰も『報告』なんてしたくないの

です」

なんとティエンだった。

「な、なによ、あなたは……」

「チィたちは『報告』なんて堅苦しいこと考えないのです。思ったことは言うのです。今日起きたことを伝えたくなるのです。でも――もしそれが、お前みたいなヤツだったら言いたくもないし、伝えたくもないのです」

「なによそれ!? メイドの頂点であるルーステッド・メイドの私になんて口を！」

「……君は確かに手元の作業については素早く正確だったね。ニナくんと同じレベルの技能を持っているなんて正直驚いたよ。でも……中身は遠く及ばない。ニナくん、メイドの仕事の本質、メイドが常に考えなければならないこととはなんだろう？」

アストリッドにたずねられ、ニナは、

「……そうですね。ご主人様を始め、関わる人すべてが快適に過ごせるよう奉仕することだと思います」

「そこにはメイド仲間も含まれる？」

「はい、もちろんです！ 仲間がいなければ、お屋敷での作業を完璧にこなすことはできませんから！」

「…………!!」

その言葉にキアラは凍りついた。

キアラはすごい。その技術は目を瞠《みは》るべきものがある。

だけれど彼女は——ひとりぼっちなのだ。エミリが連想したのは「裸の王様」だ。

メイド長として指示を出したとしても、メイドたちは、心の底からは彼女に従っていない。だから報告もおざなりになって、キアラが把握できないことも多くなる。

「……閣下、キアラの負けですな」

執事長が言うと、

「それじゃニナはどうなるの？」

「残念ですが、このままお帰りいただくことになりますな」

「…………」

ピキッ、とドンキース侯爵の額に青筋が走った。

「それ、ボクが許すと思う？」

「……いえ」

「じゃあどうするのさ!?　お前たちが自信満々にルーステッド・メイドだのなんだのというから、この茶番を放置して、ここまで我慢してやったんだぞ!!」

「申し訳ありません。ルーステッド・メイドを買いかぶっておりました」

「!?」

その言葉にキアラがびくりとし、

「な、な……メイド界のトップ、ルーステッド・メイドをそんなふうに言うなんて！」

「事実でしょう。あなたは負けたのですから」

「!!」

愕然としたキアラは、

「そ、そんな……私は、ルーステッド・メイドで……」

がくりとキアラはその場に膝を突く。

だけれどドンキース侯爵はキアラをもはや気にもかけていなかった。

「執事長、ボクはニナを逃がす気なんてないからね!!」

「はっ、承知しております」

執事長が片手を挙げると、ぞろぞろと騎士や私兵が出てきてニナたちが逃げないよう壁になった。

ことがここまで至れば、エミリも思い知った。

いいいい、貴族のやり方というヤツを。

「……アストリッド、向こうは約束を守るつもりがないみたいだけど？　もちろんなにか考えがあるのよね？」

エミリとティエンは背後を確認する。不自然に凹んだ裏庭の地面と、その先にはお屋敷の高い壁がある。

「もちろん――」

アストリッドは言った。

「――考えてなかった。まさか、交わされた約束をこうも簡単に破ってくるとはね。あははは」

「ちょっとぉ!?」

「す、すみません、皆さん。わたしのせいでっ」

「ニナのせいじゃないのです。結局、貴族なんてクソヤローばかりだということなのですから」

「おい！　そこのお前！　聞こえたぞ！」

ドンキースがティエンを指差して叫ぶ。

「何度でも言ってやるのです。この『ろりこん野郎』」

「ムキィー！」

顔を真っ赤にしてドンキースが怒っている。

「……ティエン、意味わかって言ってるの？」

「わからないけどエミリが言ったからひどい悪口なんだと思うのです」

「…………」

後で覚えてろよ、と思ったが今はそんな話をしている場合じゃない。

「それじゃ一発、頼むよエミリくん」

アストリッドはエミリに目配せし、それだけでエミリには意思が通じた。

「ふーっ……大騒ぎになるけど、しょうがないわね」

「これで私たちは晴れてお尋ね者さ」

「え!?」

アストリッドとエミリの会話に、穏やかならぬものを感じてニナが焦る。

「ダ、ダメです！　わたしがメイドとしてこのお屋敷で働けば、どうにかなるんですよね!?」

「……ニナがほんとうに、心底から望むならいいけど。でもさ、まだあたしたちは旅の途中なんじゃないの？　もっと見に行きたいところあるよね？」

エミリの言葉に、ニナは詰まった。

「うっ……」

「ニナくんは、世界七大絶景のうちひとつも見てないからねえ。六大古都のひとつも訪れていないし」

「ううっ」

「チィのお父さんとお母さんをもういっしょに捜してくれないのですか？」

「うううっ」

ティエンの言葉は半ば反則気味だったが、ニナの心はだいぶ揺れた。

「ま……まだ皆さんと旅を続けたい……です」

「よっしゃ！　その言葉が聞きたかったのよ！」

「偉いぞニナくん。正直に言ってくれたね」

「むふー」

アストリッドが守るように抱き寄せ、ティエンが前に、エミリが屋敷の外壁へと向く――その先には誰もいない。

つまり、魔法を撃ってもケガをする人間はいないということだ。

「魔導士か？」

「魔法の詠唱が終わる前に押さえるぞ！」

ウオオッ、と騎士たちが声を上げて走り出そうとしたときだった。

彼らとは多少の距離がある。

エミリならば無詠唱で魔法を使うことができ、時間としては十分だった——エミリが魔法を発動しようとした。

「——侯爵閣下！　こんなところにおいでか！」

とそこへ大きな声が割り込んだ。

距離があるのにエミリの肌がびりびりと震える。

ぎくりとして全員が凍りつき、そちらを見てしまうほど大きな声だった。

のっしのっしと歩いてきたのは身長2メートルはありそうな巨漢。きらびやかな金糸の飾りがついた騎士服を着ており、胸には勲章がずらりとぶら下がっている。

執事のひとりも体格がよかったが、この人物と比べると大人と子どもほども差があった。

やってきた人物の体躯からすると細くて華奢《きゃしゃ》な剣を腰に吊っていたけれど、ここにいる騎士や兵士が持つどの剣よりも太くて長い。

短く刈り込んだ深緑色の髪と、よく日に焼けた肌。顔には幾筋もの傷痕があった。

「グ、グリンチ伯爵……!?　なぜここへ！　ここは当家の敷地ですぞ！」

執事長が焦ったように言うと、

「ああ、止められたが時間が掛かりそうだったので無理に入って参った。ワハハ！」

見れば腰に兵士が３人ほど組み付いているが、無視して引きずってきたらしい。

「……今は取り込んでいるのだ。お帰り願おうかね。いくら騎士団長といえどもボクは許さないよ？」

「わかっておるよ、侯爵閣下。用事が済めば帰ろうではないか」

「用事だって？」

「ええ。そちらのメイドを連れていくだけのこと」

「な!?」

グリンチ伯爵——どうやらこの国の騎士のトップ、騎士団長であるらしい——が指差したのは他ならぬニナだった。

「……え？」

ニナはここで自分の話が出るとはわからずきょとんとしていると、

「そなたに注目していたのはドンキース侯爵だけではなかったということだな。ワハハ！」

「グリンチ伯爵！　それこそ通らないぞ！　どこの誰だか知らないけどボクが先にニナに目を付けていたんだ！」

「ふむ？　残念ながら侯爵、ここは譲ってもらわなければならん」

「断る！　いくら騎士団長であってもダメ！　ボクはドンキース侯爵、ユピテル帝国の名門中の名門だぞ」

「ニナを呼んでおられるのは、その帝国自身だがね」

「は？　……ま、まさか……」

その瞬間、初めて——今までワガママたっぷりに、騎士団長相手であっても怯まなかったドンキースに冷や汗が流れた。

グリンチ騎士団長はポケットから無造作に紋章を取り出す。

中央に太陽と月があり、そのふたつをつなぐ1本の剣。

波紋のように広がる同心円——それはまさに、ユピテル帝国の紋章だ。

この紋章を持ち、与えることができるのは、たったひとつの一族だけである。

「我らが帝国の太陽にして月！　皇帝陛下が、メイドのニナを連れてくるように仰せである！」

騎士団長は詔勅を告げるかのように高らかに宣言した。

エピローグ　皇帝陛下の思惑と、「メイドさん」一行の思惑と

一難去ってまた一難とはこのことだった。

皇族を象徴する帝国旗を掲げた馬車に乗せられた「メイドさん」一行は、深いため息が出るばかりだった。

「申し訳ありません……わたしのせいで」

「……いや、これは別にニナのせいじゃないとあたしは思うのよね。大体、なんで皇帝陛下がニナに注目するのかが全然わからないし」

「た、確かにそうですよね。これこそほんとうに『人違い』なんじゃないでしょうか？」

「…………」

「…………」

「…………」

エミリ、アストリッド、ティエンの３人は黙りこくる。

「なんで黙っちゃうんですかぁ!?」

人違いということはなくて、３人のあずかり知らないところでニナがなにかやらかしたと言われたほうがよほど「わかる」という顔である。

「それはともかくさぁ」

「それはともかく……!?」

「皇帝陛下がニナを呼んで……どうするのかしら？」

「うーん。考えられるのは『凍てつく闇夜の傭兵団』の件かなと思うけどね」

アストリッドが言うと、

「あー、なるほど。帝国にとってはとても重要な傭兵団で、解散させたくはないとか？」

「で、でもそうだとしても、わたしにできることなんてないと思いますよ？」

「そうなのよねぇ……」

「それならティエンくんのことかな？　月狼族だという情報をつかんだけれど名前がわからず。ニナくんを呼べばついてくるだろうとお考えになったとか」

「それならさっきの騎士団長がティエンのことを確認するんじゃない？」

「確かに……警戒している様子もなかったね」

わからないことばかりだった。

「ともかく、侯爵邸の壁を壊したり下水道を破壊したりせずに済んでよかったと思うしかないわね！」

「はい、そうですね！　――って、ええ!?　そんなことしようとしてたんですか!?」

「ん、言わなかったっけ？　あそこから逃げ出すなら壁を壊すか下水道を伝って逃げるしかなかったし」

「下水道はイヤだなぁ。だけど、表通りを逃げるほうが難易度が高いし、しょうがないのかな」

アストリッドも軽い調子で言うが、ニナはこのときになってようやく理解した。

エミリもアストリッドもティエンも、自分のためにそこまでしてくれる覚悟だったのだ。

あの一瞬で、少なくともエミリとアストリッドは言葉を交わさずとも考えを共有し、そこまで踏み込むつもりだった。

「皆さん……ごめんなさい」

「なーに言ってるのよ。仲間なら当然でしょ？」

「元はと言えば悪いのは向こうだからね。私もあんなにも簡単に約束を反古《ほご》にされるとは思わなかったよ……貴族に対する考えを改めた」

「チィにしてもらったことを思えば、たいしたことじゃないのです」

「……エミリさん、アストリッドさん、ティエンさん」

胸が熱くなる。

自分がメイドとして働いてきて、これほどまでに自分を助けようとしてくれた人はいただろうか？

ドンキース侯爵邸ではキアラが孤立していたけれど、マークウッド伯爵邸にいたときの自分だって他のメイドとはほとんど交流がなかった。

気づかせてくれたのはあのときの失敗――濡れ衣を着せられたことと、それに今いる、かけがえのない仲間たちだ。

「皇帝陛下がなにをおっしゃるのか見当もつきませんが、この４人でなら乗り越えられると、わたし思います！」

聞いたエミリもアストリッドもティエンも、笑顔になった。

４人を載せた馬車は皇城の濠《ほり》を越えていく――。


「――陛下、グリンチ騎士団長が無事にメイドのニナを確保したそうですぞ」

声を掛けられたその人は、窓辺に立っていた。

窓からは首都の景色が一望できる。

首都サンダーガード広しといえど、この建物以上に大きく、背の高いものは存在しなかった。

なぜならばここそが首都の頂点にして至高。

「早かったですね。さすがはグリンチ伯」

皇帝――今年、61歳になるユピテル皇帝はにこやかに振り返った。

白髪になった長い髪をゆるやかにまとめ、ふわりとしたガウンを羽織っている、上品な老女だった――いや「上品」という言葉では表すことはできないだろう。

彼女から滲《にじ》みでるのは生まれついて持っている優雅さと気品、その一方で「ただものではない」

と思わせる、絶対的な存在としての自信を兼ね備えている。

報告に来た老人とともに、皇帝は歩き出す。廊下に出ると侍従と近衛騎士がぞろぞろとついてくる。

天井の高い廊下には多くの絵画が飾られてあり、美しい壺には豊かな花が生けてある。かぐわしい香りが漂っていた。

「ニナというメイドが、我が首都を訪れていたのは幸運中の幸運でしたねぇ、外務卿」

皇帝が言うと老人――この国の外交を一手に握る政治家にして貴族である外務卿はうなずいた。

「これも天の思《おぼ》し召しでしょうな」

「あら。あなたともあろう人がそんな言葉を使うのですか?」

「陛下の在位50周年記念の今年、大陸にその名を轟かせる『五賢人』がここ皇城に集まり『賢人会議』を行うのですぞ。今年の会議で議長を務めるトゥイリード＝ファル＝ヴィルヘルムスコット殿が執心しているとウワサのメイドが、この首都をたまたま訪れていた。これを天が意図したと言わずになんと言うのでしょう?」

「下準備が整っていたとしても、各国が注目する『賢人会議』が成功するかどうかは別です。必ず成功させなければなりません。是非とも、ニナというメイドの力を借りましょう」

「……あのトゥイリード殿が執心するメイドというのはどんな者なのでしょうな? 私が推測するに、こう、妙齢の女性で、スタイル抜群で……」

「外務卿……」

はあ、とため息を吐く皇帝。

「そんなわけがないでしょう。トゥイリード殿の年齢は３００を数えるはずですよ？　つまり」

「つまり？」

「枯れた女性ですよ。余のような」

「いやいや、男なんてものは何歳になっても若い女がいいのですぞ」

「……………」

ぴきり、と皇帝の顔が固まる。

「これ、今の言葉を記録しましたか？」

侍従のひとりが「記録いたしました」と言うと、外務卿は青い顔をして、

「へ、陛下、お戯れが過ぎますぞ！」

「ふふふ。外務卿はたまに口が軽くなりますから、こうして釘《くぎ》を刺しておきませんと」

「まったく、肝が冷えました。……おい、絶対に我が妻に言うなよ？」

ぎろりと外務卿が侍従をにらむと、彼らは慇懃《いんぎん》に礼をした。

外務卿の奥方は皇帝と同い年であり、かつて首都の社交界で皇帝と並んで「双大輪」と称された女性だった。

「メイドひとりでトゥイリード殿の歓心が買えるのであれば安いものです」

この時点でも、皇帝は勘違いしていた――いや、そのメイドの価値を低く見積もっていたのだ。

各国の政治方針さえも変えるほどの影響力を持つ「五賢人」。

その全員が一堂に会するだけでも大変な価値があるというのに、「賢人会議」で話される内容は、それぞれ賢人が持ち寄った膨大な情報から大陸の行く末を占うものとなる。

政治や経済、戦争や和平はもちろん、新技術や魔法の可能性まで幅広く語られる。

この情報が真っ先にもたらされる帝国の利益は計り知れず、各国要人も漏れ聞こえる情報をかき集めるために続々と首都へとやってきている。

そんな会議を成功に導く鍵となるのが――小さなメイド、ニナであることを、当の本人はもちろん、「トゥイリードが気に入っているらしいから」という理由だけで抜擢《ばってき》しようとしている皇帝もまた、知るよしもなかった。

あとがき

ネタバレというほどではないのですが、今巻の途中でニナが、自分の仕事がなくなる時代が来て「メイドという職業はもう要らない」となったときに自分は受け入れられるか、という問いを考えるシーンがあります。

ここでニナはわからないという、なんとも素直な結論に至るのですが、実のところこのテーマは掘り下げると1冊書けるどころか何冊にも渡ってしまうほどの深遠なテーマだと思っていて。

実を言うと私が会社でしている仕事は（ご存じない方に申し上げておくと兼業小説家なのです）イラストレーションや3Dグラフィック、デザインに関することだったりします。最近流行のトピックは「AIがアートを創り出す」こと。これを社内で勉強会をしたり、個人で考えてみたりして、この時代にどう向き合っていくかを考えています。

AIには得手不得手があって、実際の問題としてAIが人間の仕事を奪うことは今のところなさそうだなという結論に至りましたが、それでもAI作のイラストや3Dモデルを見たときの衝撃はなかなかのものでした。それこそ「私たちの職業はもう要らない」となるかもしれないと感じるほどの。

本作のイラストを担当してくださっているキンタ先生ほど才能あふれる方であれば気に掛ける必要もないことかもしれませんが（あるいは才能があるがゆえにいろいろとお考えかもしれませんが）、非才の身では衝撃の後に脅威を感じます。テクノロジーと人とが共存する社会であってほしいと願っています。

作品内においてはニナの感じた戸惑いは、今回はスッとなくなってしまいましたが、今後どこかで芽が出てくるかもしれませんね。

振り返ってみると、人類は長い歴史の中で「技術が進歩すればやがて人間は働く必要がなくなって、毎日面白おかしく過ごせるはずだ」と考えてきたようです。確かに私も少年のみぎりに「俺が大人になるころには機械がどんどん働いてくれるようになるんだろうな」とか考えていました。

なのに、ですよ。少年三上康明が思い描いたよりもずっと進歩した社会になっている（少なくともスマホがここまで進歩するとは思っていなかった、なんと弊社はフルリモートワークなので出社する必要もないのです）というのに、私は毎日あくせく働いて、ランチの時間すら取れず、会議と会議の隙間時間でカップラーメンを胃袋に流し込んでいるのです。ほんと最近のインスタント麺やレトルト食品はおいしいですね。いや、そういう話じゃない。

結局のところ、テクノロジーが人間の仕事を代替するのならば、人間は別のところに仕事を見つけて「ああ忙しい忙しい」と言うんじゃないかなとも思ったりします。それは人間が貧乏性だからなのか、あるいは働いていないと不安になってしまうからなのか……。

EARTH STAR NOVEL

メイドなら当然です。Ⅱ
濡れ衣を着せられた万能メイドさんは旅に出ることにしました

発行 ―――― 2023年1月16日　初版第1刷発行

著者 ―――― 三上康明

イラストレーター ―――― キンタ

装丁デザイン ―――― 村田慧太朗（VOLARE inc.）

発行者 ―――― 幕内和博

編集 ―――― 今井辰実

発行所 ―――― 株式会社アース・スター エンターテイメント
〒141-0021　東京都品川区上大崎 3-1-1
目黒セントラルスクエア　7F
TEL：03-5561-7630
FAX：03-5561-7632
https://www.es-novel.jp/

印刷・製本 ―――― 図書印刷株式会社

ISBN 978-4-8030-1736-6